Brunhilde Pomsel

Thore D. Hansen

EIN DEUTSCHES LEBEN

Was uns die Geschichte
von Goebbels' Sekretärin
für die Gegenwart lehrt

ゲッベルスと私

ナ チ 宣 伝 相 秘 書 の 独 白

ブルンヒルデ・ポムゼル＋トーレ・D. ハンゼン

監修＝石田勇治　翻訳＝森内薫＋赤坂桃子

紀伊國屋書店

ゲッベルスと私

ナチ宣伝相秘書の独白

本書の伝記部分は、二〇一三年と二〇一四年にミュンヘンで「ブラックボックス・フィルム」によって収録された同名のドキュメンタリー映画における、ブルンヒルデ・ポムゼルとの対話にもとづいている。

本書の編集は、映画「ゲッベルスと私（原題：EIN DEUTSCHES LEBEN）」の監督である以下の四名が行った。

クリスティアン・クレーネス
オーラフ・S・ミュラー
ローラント・シュロットホーファー
フロリアン・ヴァイゲンザマー

目次

＊本文中の行間の1、2……は、著者による注で、原注として巻末に付す。
〔　〕は訳者による注を示す。

ブックデザイン　鈴木成一デザイン室

自分に与えられた場で働き、みなのために良かれと思ったことをする。誰かに害をなすかもしれないと、わかっていても。それは悪いことなのかしら。エゴイズムなのかしら。
それでも人はやってしまう。人間はその時点では、深く考えない。無関心で、目先のことしか考えないものよ。

――ブルンヒルデ・ポムゼル（二〇一三年、ミュンヘン）

『ゲッベルスと私』は、ホロコーストの分析にきわめて重要な寄与をしただけではない。現代の政治情勢に照らし合わせると、本書は、現代と未来の世代にとって長らく待たれていた、時代を超越した警告の書でもある。

――ダニエル・ハノッホ（ホロコースト生存者）

まえがき

ブルンヒルデ・ポムゼルは、歴史上最悪の犯罪者の一人ときわめて近い場所で過ごした、同時代の中でもごくまれな人物だ。ポムゼルはナチ・ドイツの国民啓蒙宣伝省でヨーゼフ・ゲッベルスのタイピスト兼秘書をつとめた。彼女はアドルフ・ヒトラーの権力掌握からほどなくナチ党(国民社会主義ドイツ労働者党)の党員になった。だがそれは、国営放送局で仕事を得るための手段にすぎなかった。一九四二年に国営放送局から国民啓蒙宣伝省に異動し、ナチ党のエリートたちに立ち交じり、一九四五年五月のベルリン陥落直前まで宣伝省の大臣官房秘書室で勤務した。最後の数日間は、ソ連軍がすでにベルリン市街に侵攻している中、逃げ出す機会をとらえようともせず、宣伝省の防空壕で書類をタイプし、ベルリンの降伏をあらわす白旗を縫った。こうしたすべてについて、彼女は七〇年近く沈黙を守った。

ドキュメンタリー映画「ゲッベルスと私」の撮影にあたり、製作者のクリスティアン・クレーネスとオーラフ・S・ミュラー、ローラント・シュロットホーファー、フロリアン・ヴァイゲンザマーの四人はブルンヒルデ・ポムゼルをカメラの前に座らせ、彼女が人生を回顧するようすを印象的なモノクロの映像におさめた。ポムゼルの物語は、聴く者を当惑させると同時に引きつけた。本書は、二〇一三年に収録されたこのポムゼルの回想を土台に作られている。出版にあたり、彼女の語った内容を年代順に並べ替え、言葉の文法上の修正などの編集作業を適宜行った。

ポムゼルの回想は、ベルリンでの子ども時代から始まる。彼女は一九一一年に生まれた。ほどなく第一次世界大戦が始まり、無口な父親はロシアに出征したが、一九一八年に無事帰還した。ポムゼルは五人きょうだいの長子として厳しく育てられた。それは、彼女のその後の人生にあとまで影響を与えた。父親は内向的な性格で、家庭で政治が話題になることはほとんどなかった。ポムゼルが育った家は、ベルリンの中でも裕福なズートエンデ地区にあった。ベルリンのほかの地域で——あるいはドイツ全体で——多くの人々が物資の不足に苦しんでいたときも、家には比較的きちんと食べ物があった。社会には徐々に不安が広がっていた。街頭では共産主義者と国民社会主義者（ナチス）が政治的に敵対しあい、暴力的な衝突も増えていた。だが、邸宅の立ち並ぶズートエンデでは、そうした情勢はなかなか実感できなかった。

振り返ってみると、このナチ党という新しい運動に無関心だったことこそが、彼女のキャリアアップに重要な役目を果たした。きっかけは、夏に恋仲になったハインツという青年が、一九三二年の暮れにポムゼルを、第一次世界大戦時に将校だったある男に引き合わせたことだ。この出会いが結果的に、ポムゼルの運命を大きく変えた。ポムゼルを庇護することになるこのヴルフ・ブライという男は、ナチ党の初期からの党員で、のちに国営放送局のレポーターになる。一九三三年三月の選挙でナチ党が勝利したあと、党幹部らの面前で行われた祝いの松明(たいまつ)行列のようすを大げさな言葉で報道したのが、このヴルフ・ブライだ。

ヒトラーの権力掌握後、ブライはやがてドイツ座という劇場にポストを得て、ポムゼルも彼とともにドイツ座に移った。だが、ブライに劇作家としての才能はなかった。ナチ党員だったブライはほどなく国営放送局に新たなポストを提示され、ポムゼルはブライから秘書として一緒に来るよう要請された。ポムゼルはこのとき彼から、党員になることを求められた。ナチスはしばらく前に放送局を浄化しており、ユダヤ人のディレクターはみな解雇され、職場から追われていた。ブライはすぐまた別の職場に移ったが、ポムゼルは彼との出会いをきっかけに出世の道を歩みはじめ、最後は権力中枢の最奥まで足を踏み入れた。こうした稀有な経験について、ポムゼルはきわめて高齢になるまで語ろうとしなかった。

七〇年以上の歳月で忘却したことも少なくなかったが、重大な経験や転機となった出来事についての記憶は鮮明だった。波乱に満ちた人生のさまざまな局面や、放送局や宣伝省での経験について彼女は語ったが、その言葉には重大な矛盾がときおり見え隠れした。読者はところどころで、ポムゼルが何かについて言葉を濁すいっぽうで、別の場所ではそれを認めてしまっていることにおそらく気づくだろう。ポムゼルの物語に私たちが引きつけられるのは、まさにこの矛盾ゆえだ。

ブルンヒルデ・ポムゼルの回想の意義は、新しい歴史的知見の獲得だけにとどまらない。当時の人がいかにしてナチスに同調したか、その心境を浮かび上がらせる本書は必然的に、現代を生きる私たちすべてに対する警鐘としても機能する。今日の社会状況において——かつてと同じように——反民主主義的な流れや右翼的な大衆迎合主義(ポピュリズム)が幅を利かせ、社会や民主主義のシステムを揺るがしかねないところまできているのは、否定すべくもない。言いかえれば、社会のただなかでそうした動きが起きているのだ。

二〇一五年ごろから欧米の社会でなぜ右翼的なイデオロギーの表明がふたたび受け入れられるようになったのか、一部の人々をスケープゴートにしようとする差別や、戦争難民をはじめとするマイノリティへの不当な干渉がなぜ許容されるようになったのかという問題には、政治的にも社会学的にも関心が集まりつつある。ドナルド・トランプの第四五代アメリカ大統領選出は、ヨーロッパのポピュリズムの流れをさらに推し進める人物がついに権力の頂上についたことを意味している。四〇パーセントを超える米国民が投票を行わなかった事実はともかく、彼はヨーロッパのポピュリズムに極めて近いスローガンと、高度に複雑な世界に極度に単純な解決策を示すという手法で投票者を動かすことができた。

西欧のほかの国々においても、強い〝リーダーシップ〟を求める声は強く、いっぽうでそれを批判する広い動きは起きていない。ポピュリストは、ファシストは、今またただの同調者や声なき大衆を利用して、民主主義を抑圧しようとしているのだろうか？

ブルンヒルデ・ポムゼルは政治に興味はなかった。彼女にとって重要なのは仕事であり、物質的な安定であり、上司への義務を果たすことであり、何かに所属することだった。彼女は自身のキャリアの変遷について非常に鮮明に、詳細に語った。だが、ナチ体制の犯罪に話が及ぶと、彼女は自身の個人としての責任をいっさい否定した。

「ゲッベルスと私」の試写がイスラエルやサンフランシスコで行われたとき、怒りに満ちたコメントや彼女の責任を咎(とが)める声はごくわずかしか聞かれなかった。「自分の関与はないとあれだけ断言できることに、脱帽する」と「フランクフルター・ルントシャウ」紙の特派員は伝えた。

ドキュメンタリー映画「ゲッベルスと私」の主眼は、ポムゼルの生き方を断罪することよりも、見る者の胸に私たちの時代についての問いを投げかけることにある。暗黒の一九三〇年代は今日また繰り返されるのだろうか？　私たちの不安や無知や消極性が究極的には、新しい右翼の勃興を支えることになったのだろうか？　私たちは数十年間、ファシズムの亡霊は根絶されたと思い続けてきた。だが、そうではないかもしれないことをポムゼルの回想は浮き彫りにしている。映画の中でポムゼルは、戦争のただなかでの無邪気な日常生活について、「政治に疎い娘」だった自分の転職について、そして、当時の希薄な現状認識について、驚くほど明確に語っている。映画では彼女の発言へのコメントはいっさい行わず、ただそれらを、ゲッベルスの言葉の引用や、死体の山の映像や、強制収容所から解放されたやせこけた人々の姿や、第三帝国のプロパガンダ映像や、その他のおぞましい映像とともに呈示した。それらの映像は、ポムゼルの認識や回想とあまりにも乖離している。

この映像を見て、当時と現代を比較し、慄然とさせられたことが、本書においてポムゼルの経験と現代の潮流を対比し、それをテーマに据えるきっかけとなった。「歴史は繰り返す」という不安は、果たして杞憂なのか？　私たちの社会の中で、ファシズムや権威主義支配の再来を許さないという一線は、もうとうの昔に越えられていたのではないか？　ポムゼルの回想は私たちに、個人的利益の追求は社会的・政治的な動きに対する無知につながることを示唆しているのではないだろうか？

ブルンヒルデ・ポムゼルの伝記を通じて今日の世界に近づくためには、今日の状況に民主主義のエリートたちがどれだけ責任があるかを考え、そこに一九三〇年代との類似点があるかどうかを問い直さなければならないだろう。

デジタル化の加速、金融危機、難民の群れ、気候変動、ネットワーク化された世界の社会的枠組み、それらが引き起こす衰退の不安や流入する外国人への恐怖――そうしたものが浮き彫りにしている現代の問題は、大衆の一部を個人の領域に引きこもらせ、過激なほうへと走らせつつある。ブルンヒルデ・ポムゼルが暮らしていた七〇年前の世界は、一見、現代とはまったく異なっている。ポムゼルは、人生におけるたくさんの小さな決断について語っている。それは最初、きわめて論理的で筋の通った、まっとうな決断に聞こえる。だが、話が進むにつれ、耳を傾ける人々の胸にはこんな疑問がわきあがってくる。「自分だって、気がついたときにはゲッベルスの事務所に座っていたのではないか？」「私たち一人ひとりの中に、どれだけのブルンヒルデ・ポムゼルが潜んでいるのか？」。あるいは試写のすぐあと、ある編集者がいみじくも述べたように、「私たちはみな、多かれ少なかれポムゼルなのではないか？」と。

そして何百万人ものポムゼルの——自分の出世と物質的保障ばかりをいつも考え、社会の不公正や他者への差別を受け入れてしまう人間の——存在は、人々を巧みに操る権威主義体制の強固な土台にほかならない。だからこそそうした人々は、過激な党に投票する急進的で強硬路線の有権者よりもよほど危険なのだ。ブルンヒルデ・ポムゼルは最後には、祖国が欧州全体を地獄に引きずり込むのを目の当たりにさせられた。

歴史がふたたび繰り返すより前に、過去と現在の共通点を分析すれば、モラルのコンパスを正常に整え、過激主義にはっきりノーを突きつけるべき瞬間を見逃さずにすむ。私たちはみな、自分の心の中にあるモラルの計器をいいかげんに扱っているのではないだろうか？　私たち人間は内なるモラルの基準を、単純で、近視眼的で、陳腐で、表層的な目標のために、あるいは見せかけの成功のために、たやすく犠牲にしてしまうのではないか？　こうした問いに対する普遍的な答えを、ブルンヒルデ・ポムゼルの物語に求めることはできない。私たち一人ひとりが自分のこととして問題を熟慮しなければ、答えは得られない。

ヨーロッパの多くの国において、そして世界一の大国であるアメリカ合衆国において、ポピュリストは支持を広げつつある。ポーランドやハンガリーなどの中欧のいくつかの国の指導部はすでに、民主主義的なシステムを骨抜きにしつつある。トルコに至っては、法治国家の原則や表現の自由が、もうすでに重んじられなくなっている。そして、体制を批判したとされる何万人もの人々に対して、大量逮捕が行われ、粛清の嵐が吹き荒れている。それは、専制政治出現のメカニズムとして教科書にあげられる例そのものだ。そしてこれは、トルコだけの話ではないはずだ。

さらにアメリカには、ドナルド・トランプという現象がある。トランプは、マイノリティや移民を攻撃し、エスタブリッシュメントを攻撃する米国史上もっとも汚い選挙運動を行った。嘘と人種差別的なスローガンに支えられた選挙戦を行い、その結果、ついに不動産王は大統領府に上り詰めた。

こうした独裁主義的な時代の前兆はヨーロッパでも急速にあらわれつつあり、自由と民主主義の土台を脅かしている。このような背景に置かれた人間がどんな感情をもつかを示すものとしても、ブルンヒルデ・ポムゼルの物語は役に立つ。それは読者に、昨今の政治情勢という枠組みの中で個々人がいかなる責任を負うかという、きわめて時宜を得た問いを投げかけてくるはずだ。ポムゼルの話はまた「ものごとから目をそらすな」という警鐘としても、あるいは私たちが社会および個人としていかなる位置に立っているかを示す一種の目盛りとしても機能するだろう。

本書の中でブルンヒルデ・ポムゼルは、子ども時代について語り、保険の仲買をしていたユダヤ人弁護士のもとでの仕事について語り、党員になったいきさつについて語る。国営放送局にポストを得たことを語り、宣伝省への異動について語り、終戦までの日々について語り、戦後ソ連の特別収容所に抑留されたことについて語り、ようやく自由の世界に戻ったことを話した。ポムゼルの伝記を通して私たちは、彼女の友人であるユダヤ人のエヴァ・レーヴェンタールの運命もたどることになる。コラムニストのエヴァは当時はなんとか生きのびていたが、一九四三年にベルリンからアウシュヴィッツに移送され、アウシュヴィッツで落命した。

共感や連帯意識の低下、そして政治への無関心こそが、ナチスの台頭と躍進を許した一つの要因であることを、ポムゼルの物語は明らかにしている。だが、彼女自身の視点には、矛盾が含まれている。自己矛盾抜きにポムゼルは当時を見つめることができないのだ。

ブルンヒルデ・ポムゼルの物語を通じて私たちは自分の心の中を覗き込み、自分がどこに立っているのかを否応なく認識させられる。そして、ポーランドの作家アンジェイ・スタシュクの次の言葉を痛感させられるだろう。「われわれ投票者が不安を抱けば抱くほど、選ばれるのは巨大な臆病者になる。そして不安を司る者は、権力の座を守るためにすべてを犠牲にするだろう。私たちも、私たちの国も、私たちのヨーロッパ大陸も」

われわれは、怯(おび)えてどこかに逃げ込むのだろうか、それとも立ち向かうのだろうか？

二〇一七年一月　　トーレ・D・ハンゼン

一九三三年より前は、誰もとりたててユダヤ人について考えていなかった。あれは、ナチスがあとで発明したようなものだった。ナチズムを通じて私たちは初めて、あの人たちは私たちとちがうのだと認識した。何もかも、彼らによってのちに計画されたユダヤ人殲滅（せんめつ）計画の一部だった。私たちは、ユダヤ人に敵意などもっていなかった。

——ブルンヒルデ・ポムゼル

「私たちは政治に無関心だった」

一九三〇年代ベルリンでの青春時代

ブルンヒルデ・ポムゼルの記憶は、一九一四年八月の第一次世界大戦勃発とともにぼんやりと始まる。当時彼女は三歳だった。母親が、突然電報を受け取った。父親への召集令状だった。ポムゼルの父親はもっとも初期に召集された兵隊の一人だった。家族は大急ぎで馬車で、ベルリンのポツダム駅まで出征の見送りに行った。それから四年後の一九一八年一一月、父親は無傷で帰還した。

＊

記憶は私にとって、とても大切なもの。私につきまとい、私を離してくれないもの。もう忘れてしまった名前や出来事もある。それらについて語ることはもうできないけれど、でも、ほかのすべては大きな辞書や図鑑におさめられたようにしっかりと存在している。まだ小さな子どもだったころを、思い出すわ。こうして生きてきた中で、私がただそこにいるだけで、きっとたくさんの人を幸福にしてきた。そう思うと、このうえなくすてきな気持ちになるわ。

父さんが戦争から戻ってきたとき、私たち子どもが母さんにたずねたのをはっきり覚えている。「ママ、知らない男の人がおうちにいるよ?」。それから、とてもたいへんな時代が始まった。あの当時、食べ物が不足していた。第一世界大戦が終わるころから、町に炊き出しが出た。母さんはいつも家族のために料理をし、食卓を整えてくれたけれど、ある日「一度くらい試してみましょうよ」と言い出した。それで、母さんと私たち子どもはそこへ行って、昼食をとった。帰るとき母さんは、「もう来ないわ」と言った。

家に帰る途中、母さんに言った。「ヒンデンブルクの像に釘を一本打っていい?」[1]。ケーニヒス広場〔現共和国広場〕にはそのころ、ヒンデンブルク元帥（げんすい）〔第一次世界大戦でロシア軍を撃破し、国民的英雄になる。ワイマール共和国で大統領に選出され、一九三三年一月にヒトラーを首相に任命する〕の巨大で素朴な木像があった。一ゼクスター――ベルリンでは五ペニヒ硬貨のことをこう呼んでいた――を払えば、ハンマーと釘を一本渡され、決まった領域の好きな場所に釘を打つことができた。やってみたくてしかたなかった。母さんは、私のささやかな楽しみのためにお金を払ってくれた。

父さんは幸運だった。ロシアに送られて、ずっとロシアにいたのに、それでもケガもせず、命も奪われなかった。でも戦争はちがう形で傷を残した。父さんは以前よりももっと無口になって帰ってきた。そのせいもあって、わが家では政治が話題に上ることはほとんどなかった。ナチスが台頭してからは少し変わったけれど、それでも、表面的な話しかしなかった。

子だくさんな家は、あのころとてもたいへんだった。うちには五人の子どもがいた。両親はもう一人女の子が欲しかったのだけど、生まれてくるのは男ばかり。あのころは、その手のことをコントロールできなくて、どちらが生まれてくるかは運任せだった。私はいちばん年上で、ただ一人の女の子だったから、多くを求められがちだった。弟たちの失態は、ぜんぶ私の責任。「どうしてちゃんと見ていなかった？」と、いつも言われた。現代から見たらあの当時の子育ては、お粗末なものだった。子どもが生まれれば世話はするし、ご飯も食べさせる。毬（まり）だの人形だのの遊び道具も多少は与える。でも、それだけ。子どもは何をするにも親に伺いを立てなければならず、しつけはとても厳しかった。ときどき平手打ちもされた。家では始終何かが起きていた。そういう意味でうちは、まったく普通のドイツの家庭だった。

そんなわけで、いちばん年上の私は多くの責任を引き受けなければならなかった。成長して自分の考えや願望をもつようになっても、親はいつも少し意地悪くそれを受け止めた。「はいはい、でもすべてがお前の言うようにはいかないよ」と。まじめにとりあってはもらえなかった。

うちの生活は質素だったけれど、食べ物はいつもあった。飢えとか、そういうものに苦しんだ記憶はないわ。でも、そうではない人も大勢いた。仕事のない人や、貧しい人々とかね。

父さんは、家では王様のようだった。なんでも父さんに伺いを立てなければならなかった。その前に母さんにたずねることもあったけれど、たいていは無駄で、母さんは答えをはぐらかし、「パパに聞きなさい」と言うだけだった。父さんは、年をとってからはずいぶん変わったけれど、私たちが幼いころは子どもを絶対服従させていた。

何をしてよいか、何をしてはいけないかを私たちはそうして学んだ。してはいけないことをすると、罰を受けることも学んだ。そうしたことはたくさんあった。たとえば、食器棚の果物皿に、親が買ってきたおいしそうなリンゴがいくつも入っているの。親はリンゴの数をきちんとかぞえているから、それが一つでも消えたりしたらもうたいへん。「リンゴを取ったのは誰か？　みんな、そこに並べ！　お前か、それともお前か？」と、弟たちは一人ひとり父さんに問いただされた。私はされなかった。「だれも名乗りでないなら、もう一個もやれないぞ」と父さんが言うと、誰かが「ゲルハルトが、お皿のあたりをうろうろしていたよ」と告げ口したりする。子どもたちは、たがいに争うように仕向けられていた。

食器棚のコップには母さんがいつも小銭を入れていた。とても誘惑的だった。グロシェン銅貨や二〇ペニヒ硬貨の一枚くらい消えても、ばれやしないのじゃないかってね。一度、弟たちの誰かがほんとうにそれをした。でも、突然大きな棒飴をもって歩いたりするから、すぐばれてしまった。子どもなんて、浅はかなものね。そんなときは全員が罰を受けたわ。絨毯(じゅうたん)たたきの棒でお尻をバチンとたたかれた。悪さをすると、こういう罰を受けるんだって教えるためにね。とっても痛かった。それからまた家には平和が戻った。父さんは、自分の義務を果たすだけ果たせばご満悦。そして子どもたちは、その程度の罰なら性懲りもなく似たようなことを繰り返そうとした。

服従は、家庭生活の一部だった。愛情や理解なんかでは生ぬるくてだめ。服従、少しの嘘やごまかし、誰かに罪を押しつけること、それらはみんな家庭の生活の一部だった。だから子どもの中に、本来存在しなかった性質が芽生えてきてしまうのね。

ともかく、うちみたいに大勢の家族が一つ屋根の下で暮らしていたら、愛情以外の感情が生まれないわけはないわ。私たち子どもはよく叱られて罰を受けた。私は女だったから、多少は少なかったかもしれない。でもそのぶんしょっちゅう、「いちばん年上なのに、そんなこともわからないのか」と言われた。見下すような叱り方を、何度も何度もされた。弟たちの不始末の責任は、いつも私に回ってきた。

一〇歳か一一歳くらいになると私たちは、親がどこに投票したのかを知りたがるようになった。父さんも母さんもぜったいに答えなかった。今になっても、それがなぜかはわからない。ともかくそれは秘密だった。うちで政治が話題になることはまったくなかった。私たち子どもも政治に関心はなかった。父さんは自分の子ども時代のことも、語りたがらなかった。父さん自身も、子だくさんな家に生まれ育った。あとで――父さんが亡くなったずっとあとで――知ったことだけれど、父さんの父さんは自殺していた。だからドレスデンの孤児院で、きょうだいたちと一緒に育った。きょうだいには一人だけ女の子がいた。そういうことを私がぜんぶ知ったのは、今から四〇年くらい前のある偶然からだった。母さんはそのころまだ生きていた。だから私は聞いてみた。「ママ、そのことを知っていたの？」。母さんは「ええ」と言った。「なら、なぜ私たちに何も教えてくれなかったの？」と私は言った。「パパがそれを望まなかったからよ」母さんは言った。父さんが望まなかったから、母さんはずっとその通りにしてきたの。

父さんの父さん――つまり私の祖父は、ザクセン王家の庭園で庭師をしていた。何かの称号（タイトル）もっていたそうよ。イチゴの新しい品種を開発して、賞状をもらったこともある。そして、結構お金持ちだった。でも、アムステルダムの花の市場に投機をして、財産も、庭付きの美しい家も、みんな失ってしまった。祖父は五人の子どもと妻を残して、ドレスデンの橋の上から列車めがけて飛び込んだ。祖母も、それからしばらくして亡くなった。この悲惨な出来事を、父さんは人に言いたがらなかった。子どもにも教えようとしなかった。私はその事実を、父さんが死んで何年もたったあと、いとこを通じて知った。

まだよく覚えているけれど、あのころ私たちは、うちにはお金がないのだと言われていた。父さんは内装の仕事を営んでいて、当時は仕事があるというだけで、とても贅沢なことだった。だからほんとうは、お金はないわけではなかった。第一次世界大戦に負けたあと、ひもじい思いをした人はたくさんいたけれど、うちはそういうことには一度もならなかった。食べ物は、いつもあった。豪華ではないし、いつも同じような食事だけれど、おなかはちゃんと足りていた。野菜ばかりだったけどね。母さんは野菜の煮込みを作るのが上手だった。今もときどき恋しくなるわ。チリメンキャベツや白キャベツとキャラウェーの実の煮込み。緑の豆とトマトの煮込み。トマトを入れるのはあのころ、たいへんな贅沢だった。でも、トマトがなくてもおいしかった。そしてクリスマスには、食卓に欠かせないガチョウを買う余裕があった。父さんのためにはいつも小さなグラスのビールがあった。復活祭（イースター）のときには、母さんが綺麗な服を用意してくれた。

　一四歳くらいになると、スーツやコートを新調してもらう友だちもいた。でも、私はそうではなかった。いつも誰かのお下がりを、体に合うように直して着せられた。贅沢を覚えさせないためにね。家にそんなにたくさんお金がないことは私にもわかっていたし、一人が贅沢をすれば、ほかのみんなもそれに倣って真似をしたくなる。「うちにはお金がない」とあのころさんざん聞かされたものだけど、家賃はきちんと支払えていた。そして私が国民学校を終えて、先生から「この子はぜったいに上の学校に進むべきです。とても優秀ですから」と言われたときは、そのためのお金も払ってもらえた。母さんが父さんをなんとか説き伏せて、中等学校のお金を出させた。たぶん月に五マルク〔一九二四年から一九四八年に使用された通貨単位ライヒスマルクを指す〕だったと思う。そんなわけで私は中等学校に入り、一年間そこに通った。一年間の課程が終わり、いずれ大学入学資格試験（アビトゥーア）を受けるつもりなら、女子高等学校（リツェーウム）に通わなければならなかった。[2]

　これはもう、論外だった。大学？　九〇年前にどれだけの人が大学に行っていたと思う？　ほんとうに選ばれた人だけが大学に通っていたのよ。うちでは、そんな可能性はなかった。

学校に行っていたころは、私はオペラ歌手か学校の先生になりたいと思っていた。学科の成績はとても良かったので、母さんは知り合いの裕福な女性からこう頼まれた。「ポムゼルさん、お宅のお嬢さんを毎日、うちのイルゼと一緒に勉強させてもらえないかしら？　私は勉強はからきしだし、うちの娘は一人ではだめみたい。助けてくれる人がそばにいてくれたら、とてもありがたいのだけど」

イルゼは友だちだったから、私は喜んで引き受けた。そんなわけで、私たちは一緒に勉強をするようになった。でも、答えを丸写しさせていたわけではなくて、ちゃんとイルゼに説明をして、理解させた。我慢強く教えただけで、彼女の成績はとても良くなったわ。イルゼの家に行くのはすごく楽しかった。とてもお金持ちで、お邪魔するといつもすぐにコーヒーや紅茶と、それにもちろん甘いものも出してくれた。イルゼのお母さんはイタリア人で、昔はオペラ歌手だった。家にはすばらしいピアノがあって、お母さんはいつも歌っていた。ときどきオペラのアリアを歌ってくれて、私たちは座って、うっとりしながら耳を傾けた。とてもすてきな時間だった。私の家はいつだって人だらけでうるさかったから、よけいにそれがありがたかった。自分の家では、静かに勉強をするなんてまず無理だった。金銭的にも、オペラ歌手になるなんて夢のまた夢だったわ。

中等学校を卒業したあと、家政学校に進学する生徒もいた。でもうちの父さんは言った。「もう十分だ。これ以上は払わない。家事なら学校に行かなくても、家で勉強できるだろう。学校はもう卒業だ」。そんなわけで私は中等学校の一年課程を終えたところで、学校を去った。

最初は家で、母さんの手伝いをした。でも、私はちっとも役に立たなかった。ひどいものだったわ。私は炊事が大嫌いなので、母さんから家の掃除しか任されなかった。台所を任せられても失敗ばかりで、なんでも台無しにしてしまうからね。母さんは私に、どこかで職業訓練をさせたがっていた。でも、私はできるだけ早くオフィスで働きたかった。どこでもいいから、とにかくオフィスで働くのが憧れだった。

秘書や事務員や、保険会社の経理の助手など、オフィスで働く女性は私の目にはとても魅力的に映った。そういう仕事こそやりがいがあると強く思っていた。

当時からあった新聞「ベルリーナー・モルゲンポスト」で求人広告を探して、「若い勤勉な見習い（トレーニー）求む。期間は二年間」という見出しを見つけた。中身をじっくり読んだ。場所はハウスフォクタイ広場（プラッツ）。当時そこはとてもお洒落な界隈で、ものすごいお金持ちが住んでいる高級住宅街だった。募集の締め切りはその日の午後一時だった。私はすぐにSバーン〔都市近郊電車〕に乗り、そのクルト・グレージンガーという会社に急いだ。会社はモーレン通りにあった。すべてが美しい豪華な建物だった。赤い絨毯が敷かれていて、エレベーターまであった。でも私はふかふかの絨毯の上を歩いて階段を上り、とても大きくて綺麗なオフィスに足を踏み入れた。そこにユダヤ人で、高級衣料品店を営むベルンブルームさんがいた。厳格そうだけれど、誠実な感じの人だった。部屋には三人か四人の女性が座っていた。その中の一人がまもなく契約切れになるそうだった。

ともかくベルンブルームさんは私の面接をして、いくつか質問をしたあと、突然言った。「いいでしょう。あなたをトレーニーに雇う契約をしましょう。ただ、未成年なので親御さんの署名が必要です。ご両親のどちらかと一緒に、もう一度ここに来てくれますか?」

私はワクワクしながら家に戻り、みんなに話をした。でも父さんの言葉は冷たかった。「許可もとらずになんてことを。それに、電車の運賃は誰からもらったんだ?」。でも結局、母さんが一緒に来て、二年間の契約書に署名をしてくれた。お給料は月に二五マルクというなかなか立派なものだった。

この会社では速記やタイピングをはじめ、必要とあらばどんな仕事でもした。夜には商業高校の上級クラスに通って簿記の基礎も勉強した。でも速記の技術は——これがあったおかげで私は、のちに放送局や宣伝省に入れたわけだけど——この職場ではあまり重宝されなかった。速記は、仕事に就く前から得意だった。学校ではいつも私がいちばんだった。でもそれは、速記の先生に当時の私が恋していたからなの。片思いだったけれどね——。

ここでは二年間働いた。いちばんすてきだったのは毎日の通勤よ。Sバーンでズートエンデからポツダマー・リンク駅まで行って、そこからライプツィヒ広場までは徒歩。三〇分はかかるから、ちょっとした散歩ね。モーレン通りではなくライプツィヒ通りを歩けば、洒落たお店がたくさん見られた。私にはとても手の届かない上等な品物をそろえた高級洋品店がいくつもあった。それを見ながら、自分にはこんなものは一生縁がないだろうと思ったものよ。でも、綺麗な服を見たり夢想したりすると、いつもすてきな気分になれた。

会社の居心地は良かったし、毎日の仕事もとても楽しかった。私は何でもまじめに学んで、きちんとできるようになった。二年が終わるころには、電話を受ける仕事も任されていた。少し前からうちにも電話はあったけれど、子どもは使用を禁じられていた。さわることさえ、許されていなかった。でも私たち子どもには、電話をかける相手なんていなかった。電話をすべき相手なんて、さっぱり思い当たらなかった。あのころ、電話のある家がどれくらいあったと思う？ 会社では、電話を使うときベルンブルームさんが私に「ポムゼルさん、シュルツェ・ウント・メンゲの会社に電話をつないでくれ」とか言うのよ。そうしたら、彼の見ている前でまず番号を調べなくてはならない。手が震えたものよ。「こちらズートリンク局です」と返事が来たら、「ノルトリンク局と通話を願います」と申し込む。すると別の誰かが「番号は？」と聞いてくる。番号を言って、やっと会社の誰かに電話がつながったら今度は、「誰々さんの代理の者ですが、誰々さんとお話できますか？」と言わなければならない。そういうものを一度も使った経験のない人間には、とても難しいことだった。今の人には想像もつかないでしょうね。今の私は携帯電話を使いこなすのに四苦八苦しているけれど。

私はとても勤勉な労働者だった。いつも勤勉な、と言うべきかしら。勤勉さは、ほとんど性分になってしまっていた。義務はかならず果たすべきだというプロイセン的な何か。そして、上の人間には従うものだという気持ちも少しあった。それは家の中でつちかわれたのかもしれないわ。

わが家では、規則に従わないと暮らしていけなかった。あの当時の家庭は、何でもほんとうにとても厳しかった。万事に親の許可を得なければならない。自由なお金はいっさい与えられない。現代の子どもたちはある程度の年齢になれば〝おこづかい〟をもらうけれど、あの当時、そんなものはなかった。私は親から少しだけお金をもらっていたけれど、それはお駄賃だった。みんなが昼食で使った皿を毎日洗う代わりに少しお金をもらっていた。あの時代の皿洗いは、ただ蛇口をひねって皿をすすぐだけではないからたいへんだった。重い薬缶（やかん）にまず湯を沸かして、二つのたらいに注ぐ。片方には炭酸ソーダを入れて皿の汚れを落とし、もう一つはすすぎに使う。そしてすすいだ皿を水切りかごに置く。皿洗いとひとことで言っても、とてもたくさんの仕事をしなければいけなかった。その対価にお金をもらっていた。たしか、一月に二マルクだったと思う。だからこそ、トレーニーとして雇われて、初めてお給料をもらったときは、とてもありがたかった。

ベルンブルームさんのところには二年間いた。二年の契約が終わったあと、先方は私にとどまってほしいと言った。提示された給料は、月に九〇マルクだった。でも私はまだ二一歳になっておらず、未成年だったので、親に相談しなければならなかった。そうしたら父さんは言った。「九〇マルクでは少なすぎる。一〇〇マルク、要求しろ！」

次の日、私はベルンブルームさんに、父親が一〇〇マルクと主張しているのだと話をした。ベルンブルームさんは言った。では残念ですが、これきりですね――。私は解雇された。「それなら新しい仕事を探せばいい」と父さんは言った。

こうして私は生まれて初めて職業安定所に行き、失業者として登録し、いくつかの連絡先を手に入れて応募した。そして、短いあいだではあったけれど、本屋で働いた。私は読書が大好きだった。それほどたくさんの本を読んでいたわけではないけれど、それでも本はとても好きだった。お給料も月に一〇〇マルクと悪くなかった。一九二九年の冬はとても寒くて、私はそのころ一八歳だった。でも働いてみたら、とてもつらい仕事だった。暖房をなかなかつけてくれないから、部屋がしんしんと寒いうえに、同僚たちは排他的でつんけんしている。つくづくみじめな気持ちで仕事をしていたものよ。

そんなある日父さんが、近所に住むフーゴ・ゴルトベルク博士に道でばったり会った。ゴルトベルク博士はユダヤ人で、保険の仲買をしていた。彼はうちの父さんに、商売はどうですかとか、お子さんがたはどうしていますかとかたずねたらしいわ。そのうちに父さんが、「いや、うちのヒルデはもう大きいんで、外で働いていますよ」と言うと、ゴルトベルク博士は「ほう、なんの仕事を?」と言い、さらに「ものは相談だけど、うちの秘書がもうすぐ結婚して仕事を辞めることになっているんです。よかったらお宅の娘さんをうちによこしてくれませんか。とても利発なお嬢さんだと聞いているし」と言ったそうよ。

翌日すぐに私は、近所のゴルトベルク博士の家を訪れ、自己紹介をした。博士とは初対面に等しかった。道で軽く目礼はしていたかもしれないけれど、それだけ。向こうが私のことを知っていたなんて、初耳だった。ゴルトベルク博士は言った。「まあ、やってみましょう。保険の仕事はなかなかおもしろいですよ。一度にぜんぶを頭に入れるのは無理でも、やっていくうちにだんだん身についていきますよ」。そんなわけで一九二九年の中頃から私は、ゴルトベルク博士のところで働くようになった。

それからしばらくは、穏やかですてきな日々が続いた。最初の二年ほどは、ゴルトベルク博士のお宅でよくパーティーが開かれた。招かれるのはお金持ちばかりだった。ゴルトベルク博士は大きな邸宅の一フロアを借り切って住んでいた。奥さんの五〇歳の誕生パーティーのことは、今もよく覚えているわ。部屋を中世風に飾ることになって、ご主人は準備に大わらわ。ブースを作るのに手助けが必要だと言うので、父さんはあれこれ手伝ってあげていた。すべての準備が終わったあと、博士が私の父さんに言った。「お嬢さんを、中世の靴屋の見習い役にお借りしてもいいですかね?」。ゴルトベルク博士の友人や知人を、私は電話を通じてたくさん知っていた。父さんから話を聞いて、私は「いいわ」と即答した。そんなわけで私は奥さんの誕生パーティーに、靴屋の見習いの恰好で参上した。お客様はみんな夫妻の友人で、ユダヤ人ばかりだった。ゴルトベルク博士はすてきなアイデアを思いつく名人だった。パーティーは夕方に始まって、夜通し続いた。私は朝までずっとその場にいた。短いズボンをはいて、羽根飾りのついた短い丈の上着を着て、肩にはずっとブーツを背負って。ほんとうにワクワクしたわ。

時とともに私にも、保険の仕事がだいぶわかるようになってきた。会社ではきわどい取引もたくさん行われていたけれど、それでもずいぶん儲かっていたのは事実。だからといって、私のお給料が良かったわけじゃない。お給料はその昔と同じ、月に九〇マルクぽっきり。会社勤めの女性の給料としては、ごく平均的な額だった。四年間つとめるうちに昇給して、最後の一九三二年には月に一二〇マルクになっていた。でも、一九三三年になる少し前、勤務時間を半分に減らされてしまった。そのころはもう、ゴルトベルク博士の事業はうまくいかなくなっていたの。私の見るに、博士は近々会社をたたんで、ドイツを出ていこうと考えているようだった。

そのころから、ゴルトベルク博士の会社での仕事は、朝の八時から午後一時までになった。ほかに収入源がなかったから、経済的にとても苦しかった。

そのころ、私には恋人がいた。ハイデルベルク出身の学生で、ハインツという名前だった。大恋愛をしたわけではないけれど、ともかく初めてのボーイフレンドだった。友だちにはそのころもうみんな恋人がいて、連れだって出かけたりしていたけれど、私にはなかなかボーイフレンドができなかった。だからみんなが、おぜん立てをしてくれたの。みんなでティーダンス〔午後または夕方に催されるダンスパーティー〕に行ったとき、誰かがハインツを一緒に連れてきて、私に引きあわせた。ハインツはお金をほとんどもっていなかった。家業を継がず、まわりの反対を押し切って大学に進んだせいで、お父さんが財布のひもを締めてしまったからよ。私だって文無しも同然だった。少ないお給料から、わずか五マルクとはいえ家にお金を入れなくてはならなくて、自由になるお金なんかほとんどなかった。だからハインツと会っても、私たちはただ一緒にそこらを散歩しているだけだった。一緒に映画に行ったこともない。行ったら、ハインツが私の代金を払わなくてはいけなくなってしまうし、当時の風潮からいって、私がハインツの分をおごるわけにはいかなかった。一緒にコーヒーを飲みに行けば、やっぱり払うのは彼。当時はそれが普通だった。自分のは自分で払うと言ったら、きっと相手を傷つけてしまう。そんなことをしようだなんて、私は考えもしなかった。あのころは、男女で食事をしたりコーヒーを飲んだりしたら、代金を支払うのは男と決まっていた。その人がどんな仕事をしているとか、どれだけ収入があるとかはおかまいなし。おかしな話だけど、あのころはそれが当然で、みんな異議を唱えることもなく従っていた。

あれはまだ一九三三年になる前のことだった。ハインツが、スポーツ宮殿のチケットを二枚もっていた。ベルリンのスポーツ宮殿では、いつも何か催しが開かれていた。ボクシングの試合や、アイススケートのレース。スポーツ宮殿はそうした催しで有名だったから、私は一緒に行くことにした。うきうきした気分だった。スポーツ宮殿で待ち受けているのが何なのか、私は何もわかっていなかった。

スポーツ宮殿で待ち受けていたのは、汗臭い男たちの群れだった。みなベンチに腰をかけ、何かが始まるのを待っていた。私とハインツも同じようにした。突然音楽が聞こえてきた。音楽隊があらわれて、元気な行進曲を演奏した。そこまではすてきだったのに、続いて登場したのは制服に身を包んだ太った男だった。ヘルマン・ゲーリングだった。その場でゲーリングの演説が始まったけれど、話の内容にはさっぱり興味がもてなかった。政治と、それから何だったかしら。私は女だから、そういうことに興味をもつ必要がなかった。あとで私はハインツに率直に言った。「ねえ、こういうのには私、もう二度と来たくないわ。ものすごく退屈だった」。そうしたらハインツはいかにもという顔で「そうだろうと、僕も思ったよ」と言った。彼は私を説得しようともしなかった。この政党はドイツをユダヤ人から解放することをめざしているとかいった話は、いっさいハインツはしなかった。

一九三三年より前は、誰もとりたててユダヤ人について考えていなかった。あれは、ナチスがあとで発明したようなものだった。ナチズムを通じて私たちは初めて、あの人たちは私たちとちがうのだと認識した。何もかも、彼らによってのちに計画されたユダヤ人殲滅計画の一部だった。私たちは、ユダヤ人に敵意などもっていなかった。父さんはむしろ、顧客にユダヤ人がいることを喜んでいた。彼らはいちばんお金持ちで、いつも気前が良かったから。私は、ユダヤ人の子どもたちとも遊んだ。ヒルデという女の子は、とてもやさしい子だった。うちの近所に住んでいた同い年のユダヤ人の男の子のことも覚えている。ときどき一緒に遊んだわ。それから小さな石鹸屋の娘だったローザ・レーマン・オッペンハイマーという子も覚えている。その子たちの何かが異質だなんて、私たちは考えもしなかった。すくなくとも幼いうちは、まったく考えたことがなかった。国民社会主義が台頭してきたころも、この先どうなるのか、私たちは皆目わかっていなかった。人気の指導者（フューラー）に、私たちはなんの疑問もはさまずに手を振った。一九三三年以前には、ユダヤ人のことが頭にあった人はほんとうにごくわずかだった。人々にとって最大の関心事は、仕事とお金を得ることだった。第一次世界大戦でドイツはすべてを失ったうえ、ヴェルサイユ条約でペテンにかけられた。私たちはのちに、そう聞かされた。

ヒトラーについて行けばどんなことになるのか、人々はかけらも理解していなかったのよ。

こんなふうにしてブルンヒルデ・ポムゼルは、のんきな生活を続けていた。ナチ独裁の権力中枢に自分がいつか職を得るなど、そしてそれが自分の人生全体を大きく変えることになるなど、彼女は何も知らずにいた。

ボーイフレンドのハインツからしたら、私は政治のことなど何もわかっていない未熟者だったけれど、それが原因で喧嘩をしたりはしなかった。毎週日曜日に会って、Sバーンでどこかに出かけたり、散歩をしたり、コーヒーを飲んだりした。そのあと、彼の部屋に遊びに行くこともあった。でも、おたがいを特に束縛はしなかった。私は彼と会ったあとで、仲良くしているグループのところによく遊びに行った。その仲間たちは、みんなハンサムぞろいだった。グループの誰かのオートバイに乗せてもらってベルリンの郊外に小さな旅行をするのは、とても楽しかったわ。こういうのはすべて、他愛ない交際だった。男の子の中には政治の話の好きな人もいたけれど、女の子たちはそういうことにまるで興味がなくて、話に耳を貸さなかった。一人、ドイツ共産党に入っている男の子がいた。とてもハンサムな人だったのに、ドイツ共産党とはね。それでもハンサムなことに変わりはなかったから、私たちは彼と仲良しだった。ほかの男の子たちは、ナチ党かドイツ国家人民党のどちらかを支持していた。

ときどき、あのころを振り返ってみて思うの。あの当時、私が政治に無関心だったのは、責められるようなことなのだろうかと。でも、むしろ、無関心なほうがよかったのかもしれないわ。若いころの理想主義はどちらかの側に偏りがちで、そのせいで、たちまち命を奪われてしまうこともある。私はあのころ、すぐ何かに影響されるほうだったしね。それとは別に、もうひとつ友人のグループがあった。そのグループは、ナチスにはちっとも関心のない人の集まりだった。裕福な家の出身で、少し怠惰な青年たち。まだ仕事には誰も就いていなくて、もうじき大学に入る人もいれば、そうでない人もいた。実家はだいたい大きな実業家で、すくなくとも息子を大学にやる金銭的余裕があった。そういう家庭はベルリンのズートエンデに邸宅をかまえていた。だいたい二〇歳から二三歳くらいで、みんな、仕事に就くことなどまるで考えていない。ともかく、そんなにすぐに仕事に就こうとは考えていなくて、ただだらだらと日々を過ごしていた。そんな人たちが私の友だちだった。ハンサムな人たちや、会うのが楽しいすてきな人たちだった。あのころはお祭りや学校祭など、愉快な集まりがたくさんあった。ギムナジウムはどこも毎年、創立記念祭や何かを開いていた。ズートエンデにあるパークレストランでは、そういう集まりがよく開かれていた。ズートエンデはベルリンの中でも、その種のことに最適の立地だった。湖に近くて、湖を囲むように少し緑もあって、ボート遊びをすることもできた。

冬になると湖の水がぜんぶ凍って、即席のスケートリンクになった。近くの大きなレストランや催事場では大がかりなお祭りやダンスパーティーや小規模な催しも開かれた。小ジョッキ一杯のビールを飲むお金すらなくても、大丈夫だった。二〇ペニヒあれば、何人かで一杯のビールを分けっこした。大事なのは、飲み屋でみんなと一緒にいることだった。このグループの集まりでは、誰も政治のことは話したがらなかった。政治に興味のある人は、そこには誰もいなかった。そうした仲間の中にはもちろん、ユダヤ人は一人もいなかった。ただ一人、私の友人のエヴァ・レーヴェンタールがユダヤ人で、ちょくちょくそのグループに顔を出していた。

私たちはほんとうに政治に無関心だった。今の女の子たちが自分の意見や考えをきちんと口に出せるのを見ると、私は自分と引き比べて思ってしまう。ああ、なんという違いなのかしら。信じられないほど大きな開きがある。ときどき自分が、一〇〇歳ではなくて三〇〇歳なのではないかと思うほどよ。生き方全般に、これほど大きな違いがあるなんて。


一九三二年の終わりにブルンヒルデ・ポムゼルは、のちに放送局のアナウンサーになるヴルフ・ブライと知り合うことになる。この運命的な出会いをきっかけにポムゼルは、アドルフ・ヒトラーの権力掌握後、放送局に入り、さらにその後、ヨーゼフ・ゲッベルスの率いる宣伝省に職を得ることになる。ヴルフ・ブライ（一八九〇年ベルリン生まれ、一九六一年ダルムシュタットで死亡）

は著述家で、ラジオアナウンサーでもあった。一九三一年にナチに入党し、さらに突撃隊（ＳＡ）にも入った。ブライは後世には特に、ヒトラーの権力掌握時のラジオ報道で知られるようになる。ヒトラーが権力を握った一九三三年一月三〇日の晩、ブランデンブルク門付近で党員による松明行列が行われたとき、ラジオで報道をしたのがブライだ。彼はさらに、一九三六年のベルリン・オリンピックの報道でも知られることになる。

ボーイフレンドのハインツには、物書きをしているという知り合いがいた。第一次世界大戦のとき航空隊の少尉だったという人。ハインツは、ユダヤ人のゴルトベルク博士のところで私が仕事を半減されることを知っていた。ハインツの知人は回想録（メモワール）を書きたがっていて、タイピストを探していた。ハインツは私に、その知人のところでタイプを打たないかと提案してくれた。それが、ヴルフ・ブライさんよ。とても親切で、人当たりのいい人だった。ちょうどいいことにブライさんは、うちからそれほど遠くないところに住んでいた。奥さんもとても親切な人で、息子さんもいい子だった。ブライさんのうちに行くと、まずコーヒーを出されて、少しおしゃべりをした。それから私は、ブライさんの話を紙に移し替えた。仕事はそんなふうに進んだ。ブライさんには、ベルリンのリヒターフェルデに住んでいる海軍大佐のブッシュさんという友人がいた。その人もやはり回想録を書きたがっていたので、そちらも手伝ってもらえないかと言われた。とても気前のいい人だった。毎日お宅に伺って、夕食時まで仕事をすると、息子さんの一人が私を車で家まで送り届けてくれた。とてもお金持ちの家だったから、報酬もはずんでくれた。そんなわけで私は一九三二年の終わりには、午前中はユダヤ人のゴルトベルク博士のところで働き、毎日ではないけれど午後は、ナチのヴルフ・ブライさんのところで働くという生活をしていた。ときどき自問した。ユダヤ人とナチの両方のところで働くなんて、少し軽率なのではないかと。でもそのころ私は、すくなくともまだ、仕事のある人間の側に属していた。あのころ、失業者がものすごく増えていた。友人はほとんどみんな、仕事を失っていた。でも私は四年間、ずっとゴルトベルク博士のところで働いていて、それだけでもとても恵まれていた。これはみんな、一九三三年になる前の話よ。そのあと、すべてが突然変わってしまったの。

すべてに小さな矛盾があったけれど、私はそれをさほど真剣に受け止めていなかった。その種のものごとにはほんとうに関心がなかったの。当時の私は年若い、恋に夢中な娘にすぎなかった。そういうことのほうが私には重要だった。それに、もうずっと昔の話だから、今の私は当時どんなふうに考えていたかがわからない。あのころはただもう、気づいたらあそこに入り込んでしまっていた。

――ブルンヒルデ・ポムゼル

「ヒトラーはともかく、新しかった」

国営放送局へ

一九三二年が終わるころ、ブルンヒルデ・ポムゼルは、当時のドイツで成人にあたる二一歳だった。

*

当時のベルリンは活気にあふれた開放的な町で、たくさんのものがあった。もちろんそれらは、お金持ちだけのためのものだった。お金持ちのユダヤ人のためのものだった。お金さえあればベルリンは、楽しみにことかかなかった。すべてが――当時の人々が重要だと思っていたものすべてが――ベルリンにはあった。演劇やコンサート。立派な動物園。綺麗で大きな映画館。映画館ではいつも映画がかかっていた。普通の映画のほかに、短いまじめな文化映画も上映された。歌とピアノのリサイタルも、ラインダンスのようなダンスのレビューも、とにかく何でもあった。

人々が必要とするすべてがあった。ほかに必要なものは思いつかないくらい。そう、とてもお洒落で値段の高いレストランもあった。庶民はとても足を踏み入れられないようなお店。ああいう店のことは、放送局に入ってから初めて知ったわ。

でも、人々の憧れのベルリンにも、暗い面はたしかにあった。第一次世界大戦に負けたころは特にそうだった。あちこちの街角に失業者や物乞いや貧しい人々がいた。でも、私のように郊外の落ち着いた環境に住んでいれば、そういう面はほとんど目にしなかった。もちろん、貧しい人が多く住む特別な界隈もあった。でも、そういうものを人は見たいとは思わなかった。そして目を向けなかったから、見えなかった――。

そうこうするうち一九三三年の三月に突然、ナチスが選挙に勝った〔ナチ党は三月の国会選挙で悲願の単独過半数を達成できず、得票率四三・九パーセントに甘んじた〕。うちの両親がどこの党に入れたのか、私は知らない。自分がどこに投票したかさえ、よく覚えていない。たぶん、ドイツ国家人民党だった気がするわ。黒と白と赤がシンボルカラーで、その旗がとてもすてきだと思ったから。私が子どもだったころから、選挙の行われる日曜日はふだんとちがう特別な日曜日だった。町には旗と音楽とポスターがあふれ、楽しい雰囲気だった。投票日のベルリンは町じゅうが活気に満ちていた。ほんとうにすてきだった。でも、政治に関しては……私たち子どもは口を出すことはいっさいできなかった。そして、何の感化も受けなかった。

少し前の一九三三年一月、ボーイフレンドのハインツが私をポツダムまで強引に連れていった。そこで見たのは、老いたヒンデンブルク大統領とヒトラーが握手をしている光景だった〔三月二一日にポツダムで行われた国会開院式（ポツダムの日）のことと思われる〕。でも、私はもう、このわけのわからないことは何かとたずねる気すらしなかった。知りたいとも思わなかった。ハインツも、私がいかに政治に無知で無関心かに気づいた。私たちはきっとたがいに不釣り合いだったのね。そのあともう彼は、私の考えを改めさせようとはしなかった。私たちのあいだではもう、ナチスはどうでもいいことになった。その年のうちにハインツとは別れることになったわ。

一月にヒトラーが首相に任命されたとき、ベルリンは大騒ぎになった。熱狂した大勢の人々がブランデンブルク門へと押しかけた。その中にはもちろん、ボーイフレンドのハインツもいて、私も一緒にいた。首相府官邸の窓のところにヒトラーが立っているのが見えたのを覚えている。あたりは人、人、人。みんな、今どきのサッカーの試合みたいに大声を上げていた。ハインツと私も、やはり同じようにした。そして気のすむまで大声や歓声を上げた人々は、一人また一人と押し出されていった。そうして人々は、歴史的な出来事に立ち会えたことに大いに満足した。私もみんなと一緒に歓声を上げた。そのことはたしかに認めるわ。ヒトラーはともかく、新しい何かを感じさせたから。

でも私は、けっして熱狂してはいなかった。熱狂することができなかった。それで、そういう集まりをそのあとはできるだけ避けるようにしていた。たいていはうまくいった。まだ覚えているわ。国営放送局で働きはじめてから、五月一日〔ヒトラー政府はメーデーを「国民勤労の日」と改め、祝日にした〕にはいつも帝国運動競技場まで行進をしなくてはならなかった。ムッソリーニが来たりしたときは、テンペルホーフ空港まで行進した。そこで整列をさせられた。それぞれの部署には、みんなと一緒にやらないと小声で注意をしてくる小うるさい人がいて、出欠状況もチェックされていた。でも、私たちも馬鹿ではなかった。一つ目か二つ目の角までは、みんなと一緒に行儀よく行進をした。大行進が始まると――たしか行き先は帝国運動競技場だったわ――私たちは放送局の前に集合させられた。でもうちの課は居酒屋の前で集まろうと申し合わせて、五分ごとにひとりずつ行進を抜け出した。そしてビールを一杯ひっかけた。体裁をつくろうために、二〇人のうち二人だけはずっと競技場に顔を出した。でもそういうことは、小さな危険と隣り合わせだった。特別に目をつけられている班もあった。たとえば放送局の文芸部がそうだった。

でも、ヒトラーが就任した直後の雰囲気は、ただただ新しい希望に満ちていた。とはいえ、ヒトラーがそれを成し遂げたということは、大きな驚きだった。当人たちも、驚いていたのではないかと思うわ。

あのころの自分は、あまりにも無頓着だった。私にとってはあの当時も、ただ日々の生活が続いていただけ。まだゴルトベルク博士のところで仕事は続けていた。もちろん、一月三〇日にヒトラーに歓声を送ったことは、ゴルトベルクさんには言わなかった。そんなことはしない。私にも、それくらいのわきまえはあった。気の毒なユダヤの人にそれを告げるなんて、するべきではないとわかっていた。すべてに小さな矛盾があったけれど、私はそれをさほど真剣に受け止めていなかった。その種のものごとにはほんとうに関心がなかったの。当時の私は年若い、恋に夢中な娘にすぎなかった。そういうことのほうが私には重要だった。それに、もうずっと昔の話だから、今の私は当時どんなふうに考えていたかがわからない。あのころはただもう、気づいたらあそこに入り込んでしまっていた。

ナチの行進のことも松明行列のことも、私たちはさして気に留めていなかった。私の住んでいたベルリンのズートエンデはシュテグリッツ地区の中でも高級な一画で、二〇年代の一連の叛乱〔旧軍将兵によるカップ一揆などのこと〕のころも、そのあとにヒトラーの運動が出てきたときも、そういうこととは無縁だった。とても上品で、ブルジョワ的な界隈だった。労働者が多く住む地区に行けば、その手の騒ぎを目にしたかもしれない。ズートエンデはたいへんなお金持ちも住む高級住宅街で、瀟洒（しょうしゃ）なお屋敷や大邸宅もいくつかあり、各階を賃貸ししている家もあった。そこに住む人たちにふさわしいお店があり、店員がいた。そこには確かな調和があった。ズートエンデでは、行進なんてただの一度も目にした記憶がないわ。そういうのが行われる土地柄ではまるでなかった。誰もぜったいに参加しないだろうしね。それはたしかよ。そして人々は、わざわざ別の場所に行ったりもしなかった。新聞でいろいろ報道されてはいても、ズートエンデの界隈はほんとうに平和だった。ある種、独特な雰囲気があった。ベルリンの目抜き通りであるシュテグリッツ通り〔現在はポール通り〕のあたりではナチスの行進などの騒ぎがあったけれど、そんなところにずっと突っ立ってさえいなければ、べつにどうということもなかった。弟たちはユングフォルク(若い民族)というナチ党の少年団に入って例のカーキ色のシャツを着ていたけれど、私はそれを別段どうとも思わなかった。

そのうち、通りで突撃隊員をよく見かけるようになった。でもとくにそれを気にかけはしなかった。突撃隊が増えたことについて、何も考えようとしなかった。ナチ婦人団というのもあって、全員に加入を強制する法律ができたらどうしようと、私はとても心配だった。服装についての規定があって、たとえばドイツ女子同盟(BDM)では、青いプリーツスカートを着なければならなかった。私のまわりでは、それはとても恰好悪いと思われていた。当時の流行はタイトスカートだったのに、BDMの女性たちはあのもっさりした服であたりを歩いている。私がそのころ心配していたのは、そんなことだった。婦人団には、なんとか入らずにすんだ。どうやって言い逃れをしたのかは、もう忘れてしまった。加入は強制ではなかったけれど、加入を促す宣伝はとてもさかんに行われていた。私は大衆運動に加わるのが嫌だから、そういうのはいつも極力断ってきた。

でも、ヒトラーが権力を握った直後から規則や規制がすごく多くなって、あっというまにたくさんのものごとが変わった。政府の命令や緊急令の発動が激増したの。でも最初の変化は、前向きなものがとても多かった。高速自動車道（アウトバーン）の建設開始は、もっとも大きな変化のひとつだった。それによって、路上でうろうろしている人たちを救うことができた。路上にたむろしている乞食や貧しい人々の中には、単に怠けてぶらぶらしているのではなく、ほんとうに困窮している人も大勢いた。そういう失業者はほとんどなんの手当ももらっておらず、しかもたいていの場合、大勢の家族を抱えていた。貧しい人はお金持ちの人よりも概して子だくさんだから。第一次世界大戦の結果、ドイツ国民を見舞ったこうした苦境を克服するために、ヒトラーはまずは見事な仕事をしたわけよ。

若い人々は当時、こうしたことを何かからの解放として受け止めている向きもあった。私の弟たちはこのころ、晩には居酒屋にたむろするようになっていた。以前なら、そんなことは絶対できなかった。彼らはヒトラーユーゲント〔ナチ党の青少年組織〕に入り、仲間同士で、家ではないどこかに行くようになった。親から離れて好きなところに出かけるようになった。ともかく、たくさんのものごとが突然良いほうに変わった。人々は単純に、こう言うしかなかった。やあ、これはなかなかすばらしいじゃないか、と。

それから少したったころ、ブライさんの回想録はまだ完成していなかったのだけど、一九三三年の選挙の直後、ブライさんはドイツ座という劇場の劇作家として招聘（しょうへい）された。彼は私に、一緒に来ないかとすすめてくれた。これが私のキャリアアップの始まりだった。ヴルフ・ブライと知り合うという偶然がなかったら、私の運命はまったくちがうふうに進んでいたかもしれない。きっと、ほかのどこかで秘書をつとめる程度で終わっていたはず。ブライさんはさらに言った。「君のユダヤ人のボスのことだけど、彼の事業はもうこの先長くは続かないよ。それより国営放送局で働く気はないかい？　あそこでも口述筆記の仕事があると思うよ」

そういえば、覚えているわ。ブライさんはそれよりもっと前、一九三二年のクリスマスのころにこう言っていた。「ナチ党は、あと一回の選挙できっと政権を手にするよ」。そして、党がそれを実現すれば、自分は一生安泰だと言っていた。じっさい、そのとおりになった。ブライさんは古くからの党員だった。見かけだおしで、芸術的な才能はまるでない人だったから、その彼をドイツ座に送ったのは、賢いはずのナチスの見立てちがいだった。ともかくブライさんは、ヒトラーの権力掌握の直後、ドイツ座にポストを得たの。

そのころ劇場では、初めての大きな出し物の稽古が行われていた。演目は「ウィリアム・テル」。ゲスラー役はハインリッヒ・ゲオルゲ。[3] テル役はアッティラ・ヘルビガー[4]だった。最初はやるべき仕事がほとんどなくて、私は劇場で所在なく過ごしていた。ときどきブライさんから、手紙の口述筆記を頼まれる程度だった。でもブライさんは私をとても買ってくれて、いつも高いお給料を渡してくれた。嬉しかったし、とても楽しかった。いちばん感激したのは、劇場付きの秘書をしているブランケンシュタイン出身の女性が、事務所の部屋に招いてくれたことよ。部屋の壁には、献呈の言葉の書かれたブロマイドが一面に飾られていた。なんともすばらしいことに、二人で話をしていたとき、部屋のドアが開いて——誰が入ってきたと思う？　俳優のアッティラ・ヘルビガーよ。当時すべての娘たちの憧れだったアッティラ・ヘルビガーが部屋に入ってきて、シガレットケースを出して、私に煙草をすすめてくれたの。私は震える指で、煙草を吸ったわ。家で夕食のときにこの話をしたら、座が大いに沸いたものよ。

それから何か月かしてブライさんは私に、国営放送局と交渉をすると言ってきた。そして、一緒に放送局に移る気はないかとたずねてくれた。ブライさんの話では、秘書を一人連れていけるそうだった。そうなったら、私のお給料は局から支払わせようとブライさんは言った。今まで私の給料は彼が払っていたのだけれど、放送局と私を契約させて、局にそれを払わせようというわけ。それはさておき私は、大喜びした。そんな大きな会社に移れるなんてすごいチャンスだと思ったわ。だから、一も二もなく承諾した。

少ししてブライさんが言った。「うまくいきそうだ。うまくいきそうだ。君のほうも、このぶんなら大丈夫だと思う」。そのころ私たちはまだドイツ座で働いていた。ブライさんは依然、ドイツ座に劇作家として勤務していた。

それからちょっとして、ブライさんが聞いてきた。

「ところで君は党員だよね？」

「いいえ」と私は答えた。「ちがいます」

「うーむ」ブライさんは言った。「局で働くなら、党員になっておいたほうがいいな」

「そうですか」私は言った。「それなら、入ってきます」

「それがいい」彼は言った。「今募集をしているかどうかは、わからないがね」

そのころ党と言えばナチ党のことで、入党の申し込みが殺到していた。今台頭しつつある偉大な男は庶民の味方だと、人々は期待していた。党は以前からそう説いていた。だから、党員になるのは良いことだと人々は思っていた。

党員になれば放送局で働けるとブライさんが言うのなら、そうすればいいのではないかと私は考えた。家に帰って家族に言った。「これこれこういう理由で、党に入ろうと思う」と。両親は賛成も反対もしなかった。きっとどうでもよかったのね。「したいようにすればいい」と両親は言った。


その日の午後は、ユダヤ人の友人のエヴァ・レーヴェンタールが遊びに来て、一緒にコーヒーを飲みに行くことになっていた。正確に言えば、コーヒーをおごることになっていた。彼女がお金をもっていないのはみなが知っていたから、一緒にコーヒーを飲みに行こうというのはつまり、おごるから一緒に行こうという意味だったの。でもその日、私はエヴァに言った。「エヴァ、今日は無理だわ。急いで党員になる申し込みをしに行かなければならないの」。申し込みの窓口はいつも数百人だか数千人だかを受け入れたら、いったん締め切られることになっていた。党員証の作成手続きが追いついていなかったので、運が悪ければ次の募集のときにまた列に並ばなければならなかった。

「そうなの」とエヴァは言った。「じゃあ、おともするわ」。私たちは一緒に、ズートエンデの地方支部に行った。そこにナチ党の地方支部のひとつがあった。すくなくとも一〇〇人くらいが外に列を作っていた。みんな入党の希望者だった。月初めには申し込み窓口がまた閉まる見込みだったし、とにかく申し込みをしておくに越したことはないとみんな思ったのね。

私は列に並んでいなければいけなかった。エヴァはそのあいだ、生垣のところに腰を下ろして待っていた。手続きはとても良く組織化されていて、列はすいすい進んだ。部屋に入ったら、あれこれ署名をしなくてはならなかった。会費は月二マルクだと言われた。そんな高額を支払うだなんて、ショックだった。でももっと痛かったのは、入党料として一〇マルクをその場で払わなければいけなかったこと。とても悲しかった。お財布が空っぽになって、コーヒーは飲みに行けなくなった。それにしても一〇マルクとはね。当時、一〇マルクは大金だった。

それでも私は署名をした。これで放送局に雇ってもらえるなら、一〇マルクのことなんてすぐに忘れられると思ったから。こんなふうに手続きは無事終わり、私は党員になった。

その後、誰かから「あなたは党に入っている?」と聞かれて、「ええ、入っています」と答えたことはあった。でもそのほかには、誰からもそんな質問をされたことはない。のちに宣伝省に入ったときも、誰一人、私が党員かどうかを聞いてこなかった。宣伝省にいる人がみな党員だったのかどうかも、私には皆目わからないわ。あんなに焦って入る必要は、なかったのかもしれない。とはいえ、党員になったせいで不利益を被ることもなかった。

それから数週間して、地方支部から手紙と本物の党員証が届いた。いついつからあなたはナチ党員になりましたという証明書よ。それから、さらに手紙が届いた。党員になった人間は党のために何かをしなければいけないと、そこには書いてあった。ほかにもいくつかの提案があった。私が考えたのは、まずは「やりすごす」ことだった。街頭募金の参加とか、折にふれて行われていたけれど、自分には関係ないと思っていた。街頭募金は年中、でもそのうち地方支部からまた手紙が来て、支部に出向かなければならなくなった。

地方支部に行ったら、党員は党のために貢献するべきなのにあなたは何もしていないとお説教された。「では何をすればいいのですか?」と私が言うと、「あなたの職業は?」と聞かれた。「国営放送局に勤めています」と答えたら、党の事務所でタイピングの仕事ができるだろうと言われた。店がみんな閉まる午後六時過ぎにも、党の事務所にはまだ仕上げなくてはいけない手紙があるので、タイピストが必要だということだった。

もう言い逃れはできず、私はそのつまらない手紙をタイプするしかなくなった。でも私は、口実を考え出し、支部に電話をした。今晩は放送の仕事があるので、局にいなくてはなりません——と。支部の人間は私が放送局でどんな仕事をしているかは把握していないから、私の言うことを信じた。次の週はまた別の口実を考えた。最後には支部もあきらめたのか、「あなたのことは頼りにできないから」と、協力を求めてこなくなった。それからはもううるさいことは言われなくなった。でも、孤児や貧しい人のための街頭募金にはそれからもずっと協力を求められて、気が重かった。

一度、とても印象に残った街頭募金があった。冬に行われた大がかりな街頭募金で、チョコレート会社のザロッティが協賛していた。ザロッティのイメージキャラクターは縞模様の服を着たザロッティ・ムーアという黒い顔の小人で、ザロッティのチョコレートはあのころ、どこのメーカーよりもおいしかった。そのザロッティが街頭募金のために、ザロッティ・ムーアの縞模様の服を放送局に貸し出してくれた。募金活動にも少しはファンタジーがあったほうがいいのではないかと誰かが言い出して、冬のさなかにメルヘンの世界の仮装をしようということになったから。うちの部署にその衣装がまわって来て、みんなが「ポムゼルちゃん。着てみなよ」と言った。たしかにそれは、私の体にぴったりの大きさだった。私のような小柄な人間のために、あつらえたような衣裳だった。素材も上等だったわ。ぜんぶがシルクで仕立てられていて、とても高価なものだった。みんなとてもびっくりして、私に言った。ぜひその衣装でザロッティ・ムーアに扮して、次の日曜日は街頭募金に参加するべきだよ、と。

そして当日が来た。有名な俳優も集まって、一緒に募金活動をした。俳優をひと目見たさに大勢の人が集まった。政治家や、ザロッティ・ムーアに扮した私もいた。私は経済大臣のそばに立ち、大臣がスピーチをしているあいだ、募金箱を抱えてあたりを跳ね回った。もちろん、大きな人だかりができた。ウンター・デン・リンデンで募金が終わったあとは、動物園やティーアガルテン地区に場を移した。でもいちばんのメインはもちろん、ベルリン王宮や国会前での募金活動だった。ここでも私は、日が暮れるまでザロッティ・ムーアの恰好で跳ね回り続けた。すべてがお開きになると、みんなはそれぞれが集めたお金を引き渡し、家に帰ることができた。まだ覚えているわ。帰ってきた私を母さんは風呂桶の中に座らせ、茶色のドーランを必死になって落とそうとした。

ブライさんはそのころ、放送局の新しい仕事の引継ぎを受けていた。彼は放送局役員会の幹部のポストを得ていたの。私にも自分用の綺麗な部屋が与えられ、その隣に事務室がもう一つあった。放送局の洒落た建物の中には事務室がたくさんあった。硬質レンガの造りといい設計といい、とてもモダンな建物で、当時は大きな評判になっていた。

放送局では最初のころ、たいして仕事がなかった。建物の中にすてきな社員食堂があって、同僚の女性が一緒にご飯を食べに行きましょうと誘ってくれた。屋上には美しい庭園があり、食堂のメニューをそこでも給仕してもらえた。そんなふうにして何人かの女性社員と親しくなって、その後もずっと友情が続いた。生涯の友人の何人かとは、この放送局時代に出会った。一人はまだ生きているわ。私より一歳年上の人よ。

それはそうと、ヴルフ・ブライさんは放送局に突然来たときと同じように、あっというまにどこかに移ってしまった。ブライさんと一緒では仕事が何も始まらないことは、もうわかっていた。その年の終わりには、彼はいなくなっていた。クリスマスまでは来ていたかもしれない――けれど、そのあとは姿を見なかった。放送局でも、ブライさんのもとでは何も始まらなかった。凡庸な人だった。自分では何もできなくて、ただ波に乗ってみんなと一緒に泳いでいるだけ。若くして軍隊に入って、航空隊の少尉になって、なんとかうまく人生を渡ってきたけれど、専門の教育は何ひとつ受けていないし、大学も卒業していない。でももちろん、古くからの党員ではあった。後年、彼の噂は何も聞こえてこなくなった。彼はナチスの古参闘士だった。ナチスはそういう人たちに、「われわれが権力を握ったら、あなたたちの世話をする」と約束していた。そしてたしかに何がしかのポストをあてがった。でもブライさんはほかの多くの人と同様、とびぬけて優秀な人物ではまるでなかった。それはともかく、私のほうはそのまま放送局にとどまった。

ブライさんとの幸運な出会いのおかげで、私は放送局からお給料をもらう身になった。お給料はとても良かった。はっきりとは覚えていないのだけれど、一か月で二〇〇マルクを超えていたと思うわ。とんでもない金額よ。それまでの数年のお給料と比べたら、ものすごく多かった。最初は管理局で働いて、それから、昔役職者だった人たちのいる事務所に移った。これはあまり名誉なことではなかった。そこに来ているのはある意味、左遷されたような人たちだったから。放送局で以前主要な部署にいた秘書たちがそこに来ていた。彼女たちの以前の上司はユダヤ人だった。監査役会のメンバーはだいたいがユダヤ人だったから。でも、ユダヤ人は当時みな、会社を首になったり収容所に送られたりして、放送局からいなくなっていた。

自身がドイツ人でも、以前ユダヤ人と働いていた秘書たちはこの部署に送られて、書類の写しを作ったりする仕事をあてがわれていた。

そのころ私は、不運と幸運の両方に同時に見舞われた。放送局で働きはじめてほどなく、病気になったの。風邪がいつまでも治らずにいるうちに肺を悪くしてしまって、病状はひどくなるいっぽうだった。そんなある日誰かが、保険会社にかけあって療養休暇の申請をするようすすめてくれた。バルト海に面した新しくて綺麗な療養所(サナトリウム)で、すくなくとも四週間は過ごせることになった。医師が同意してくれたおかげで、そのうえさらに、北海のフェール島でも療養を続けることになった。療養所での生活は、結局半年に及んだわ。その間ずっと放送局は、毎月お金を送金してくれた。あの時代にそんな幸運は、とても想像できなかった。もっとあとでもう一度療養休暇をとったけれど、そのときは三か月くらいですんだ。そのときも放送局がすべて支払ってくれた。

その後、報道部に異動になり、放送展に出席した。速記の腕を認められていたから、政治家やその他の人々のスピーチを筆記して、ゲッベルスによる開会のスピーチも私が筆記した。私の速記は正確でしかも速いので、報道部ではとても重宝された。そこでの仕事はほんとうに楽しかったわ。

少ししてから今度は時事ニュースの担当になった。[5] この部署を私は、ほんとうに気に入っていた。同僚の男性は若者から壮年までさまざまで、普通のレポーターもいればサッカーのレポーターもいた。エドゥアルト・ローデリッヒ・ディーツェ[6]はテニスの中継放送をした。ロルフ・ヴェルニッケ[7]はサッカー。ホルツアーマー教授[8]も当時はレポーターをしていた。のちに彼はZDF〔第二ドイツテレビ。一九六三年に開局した公共放送〕の初代会長になったわ。

このころには私の仕事もすごく増えていた。朝の仕事はいつも、みんなで大きなコーヒーテーブルを囲んで始まった。ベルリンや世界で起きているさまざまなニュースについて議論した。「山びこカー（エヒョー・ワーゲン）」と呼ばれる、レポーターを乗せた中継車も出た。朝に一回、昼に一回、晩に一回。国賓や王侯の訪問のような重大な出来事や、サッカーの試合やコンサートや芝居の上演のときに、中継が行われた。ストレスも多かった。食事の時間と仕事の時間の区別など無いも同然だった。でも、晩にはいつもすべての仕事が終わり、みんなで陽気に集った。社内の食堂でビールを一杯飲むこともあったし、かどの飲み屋の「オイゲン」に行くこともあった。レポーターの中には所帯をもっている人もいて、そういう人たちはすぐに家に帰ったけれど、大半は独身だった。いつも誰か一人は車で来ていた。車をもつのは当時としては特別なことだったけれど、レポーターはみんな自分の車をもっていたので、私はいつも家まで送ってもらった。あのころの私は、そういう人たちの輪の中にいた。数年間だったけれど、ほんとうにすてきな時間だった。

特に楽しい思い出は、一九三六年のオリンピックのときのこと。放送局はもちろんあのとき、大活躍だった。とてもすばらしい時代だった。何よりすてきだったのは、外国の人と知り合うのが可能になったこと。今でも覚えているわ。友人が電話をかけてきて、こう言ったの。「聞いて、昨日、インドだか日本だか、ともかく私たちとはぜんぜんちがう世界から来た人と知り合いになったの」。放送局に勤めている知り合いがいるのだと友人が話したら、その外国人は放送局をぜひ見学したいと言い出した。それで友人は私に、なんとかしてやれないかと相談してきた。友人は言った。「今から彼があなたのところに行くわ。ほどなく着くはずだから、どうぞよろしくね」。そしてほんとうにその外国人は来た。ドイツ語を話せる人だった。もしドイツ語が通じない人だったら、私は何ひとつ彼と会話ができなかったでしょうね。それから局の偉い人が来て、彼に内部を案内した。もちろん見せられる範囲でね。その晩は、その外国人と約束をして、一緒に食事をした。まったくちがう言語を話す人と一緒にいるなんて、とてもワクワクした。当時はそれが、特別なことだった。今なら一二歳の子どもでも、外国人と喋ったりするけれどね。

あのころはベルリン中が熱気に満ち、世界のどこよりももてなしの精神にあふれていた。ホテルやペンションなどの宿泊施設が十分にはなかったから、すべての家庭に、部屋を提供してほしいという呼びかけがあった。もちろん私の家でも、貸し出すための部屋を準備した。利用してもらえれば、お金だって手に入る。一泊につき一〇マルクだった。それはさておき外国人を家に迎えるのはとても名誉なことだった。まだ覚えているわ。オリンピックが開会してもまだ私の家には、一つも宿泊の申し込みが来ていなかった。うちの両親はお客さんのために寝室の模様替えまでして、すべてを美しく整えて待っていたのに、誰も来なかった。でも、開会から三日か四日したところ、ベルリンのオリンピック委員会の事務所からうちに電話がかかってきて、お客をまだ受け入れられますかと問い合わせてきた。もちろんいつでもどうぞ、と私たちは答えた。やってきたのは、オランダ人の夫婦だった。大いに興奮した私たちはみな、その晩なかなか寝つけなかった。

こうして私たちは、誇らかな気持ちで街を歩いた。うちもやっとオリンピックのお客様を迎えたのだ！　そのオランダ人の夫婦はびっくりするほど親切な人たちで、前もって注文していた入場券をもっていた。彼らはオランダに帰ってからも、うちに焼き菓子やチーズなどを送ってくれた。そういうのは、とてもすてきな経験だった。

放送局にはそのころ、あたりまえだけど、とてもたくさんの仕事があった。オリンピックスタジアムからもベルリンの郊外からも、次々に中継があった。私も、自分で試合を観に行く時間はほとんどなかった。陸上競技を一つと馬術を見ただけよ。チケットを手に入れるのは簡単ではなかったし、それにとても高額だった。

でも、ベルリンは別の町に変身したかのようだった。目抜き通りのクアフュルステンダムが突然まるでパリのようになった。人々はみな上機嫌で、お天気もすばらしかった。あれはまさに祝祭だった。天の神様が総統に祝祭を贈ってくれたのね。一九三六年のベルリンはそんなふうだった。通りを歩けば英語やフランス語が聞こえてくるし、インド人にも会えた。思い出すわ。黒人以外で——黒人に会った覚えがあるわけではないけれど——あんなに肌の色のちがう人に会ったのは初めてだった。動物園の観客の中に見ただけだけど、でもインドの人を見るなんて、やっぱりとても特別なことだった。

もちろんオリンピックの試合の報道は、放送局が行った。報道のスタッフは優秀な人たちぞろいだった。とても優秀で、のちに有名になった人もいたし、テレビの世界に移った人もいた。スポーツ報道の分野で私の直属の上司だったロルフ・ヴェルニッケは、時事ニュースにもかかわっていた。あのころ、すべての地方局は国営放送局という組織の一部だった。それぞれの局は、それぞれの地域に責任をもっていた。でも、どんな方向性で報道するべきかという決まりには従わなければならなかった。

自由な言論はもう存在しなくなっていた。すべてが監視され、盗聴されていた。ラジオ番組の監視だけにかかわる部署も存在した。放送内容が以前から見張られていたのかどうかは、私にはわからない。でもあとで聞いたところでは、ゲッベルスはすべての台本を、短いものだろうと一見重要でないものだろうと、ぜんぶ事前に提出させていたそうよ。彼はとにかくすべてに口をはさんできた。文句をつけたり、俳優を降ろしたり、別の誰かを推したり、キャストにはかならず干渉してきた。放送局には、何をしていいか・いけないかという明確な指令が来ていた。だからみな、どうふるまうべきなのかを了解していた。放送局の各部署に、かならず党の人間の席があった。いわゆる古参闘士ではなく、党に属し、党に何らかの貢献をした人たちが放送局に来た。芸術的なことにはまるで経験はないけれど、党内で功績をあげ、さらにSS（ナチ親衛隊）の大隊指導者をつとめていたりする人が来ることもあった。それに対して文句を言ったり反抗的な態度をとったりする勇気のある人間はいなかった。監視者が一人でも増えるのはごめんだったから。放送局の中で発言力のある人にはみんな、党の息がかかっていた。そしてこのころからたしかに、反ユダヤ主義が徐々に忍び込んできていた。でも、どこでもそれが感じられたわけではないわ。放送局の文芸部には、もちろんそれがあった。でも、子どもや女性向けの番組の部はちがった。あそこでは、料理の作り方や子どもの歌を流しているだけだもの。

時とともにいろんな人と知り合いになって、あの人は強硬派だとかそうでないとかもわかるようになった。党なんかに入っていなければ、気の良いただの男なのだろうという人もいた。

ともあれ最初の数年は、そしてオリンピックのころまでは、ドイツはすばらしい国だった。ユダヤ人の迫害は行われておらず、万事がまだ順調だった。焚書（ふんしょ）の現場を私自身は一度も目にしたことがない。そういうことが行われていると、新聞では読んでいた。でもそれは、私には遠い出来事だった。そんな場所に行くだなんて、ありっこなかった。

もっと地位が上の人々は、世界政策についてあれこれ心配していたのかもしれない。でも、私たちはそうではなかった。私たちのまわりでは、すべてがあまりにものどかだった。

最初の変化を感じたのは、ユダヤ人の店が消えはじめたときだったわ。でもうちの近所ではそれもまだごくわずかで、残っている店もたくさんあった。それにあのころ、誰かが店をたたむのは、悲しいけれど日常茶飯事になっていた。ユダヤ人の経営でなくても、たたまれた店はたくさんあった。

でも、私たちの住む、平和で政治とは無縁な界隈でも、ユダヤ人の店へのボイコットが徐々に起きるようになった。住民の半分近くが大邸宅を所持する静かな郊外のズートエンデで、人々はそれまでずっとユダヤ人とつきあってきたし、父さんの店もつねにユダヤ人の顧客を抱えていたのだけれど。

私自身、ユダヤ人の雇用主のもとで四年間働いて、何かが起きていると気づきはじめたのは最後の一年だった。その雇用主ももう、ドイツを去ろうとしていた。ユダヤ人がどこかに移住しているという記事を、そのころ新聞で目にするようになった。私を雇っていたあの人もその一人なのかしらと、ときどき思ったわ。でも、そんな考えもいつかまた頭から消えてしまった。誰かがいなくなっても、人はなかなかそれを、何かの恐ろしい出来事とは結びつけなかった。人々はそれについて、誰かと話すことさえできなかった。

戦争への道のりはゆっくりとしていた。でも、その前の一九三八年三月、レポーターのロルフ・ヴェルニッケと一緒にグラーツに行ったときのことを、覚えているわ。ヴェルニッケとは腹を割って話せる間柄だった。私たちはほかの友人と一緒に二、三日のんびり過ごすためにグラーツに向かっていた。車の中でラジオを聞いていたヴェルニッケが、突然車を止めて「いよいよ来たな！」と言った。私たちはベルリンにとって返し、報道を行わなければならなかった。その日起きたのは、オーストリア併合だった。ヴェルニッケは、ナチの支持者ではまったくなかった。ナチにはまるで興味をもっておらず、興味の対象は女の子と、サッカーの試合の中継だけだった。

オーストリア併合について、華々しい報道が行われた。すべてのドイツ国民が立ち上がったとされているけれど、そうした報道は放送局の人が大袈裟にしたまでよ。すべては、こうあるべきという方向につねに捻じ曲げられるようになっていた。数千もの人々がすすんでそれに協力し、何が起きているのかちっとも理解していないのに、言われるまま歓声を上げた。彼らはみな、あのころの私と同じくらい愚かだった。

そう、強制収容所が作られるようになって、初めて「KZ（強制収容所）」という言葉を耳にしたとき、人々はこう言った。そんな施設に収容されるのは、政府に逆らった人や、殴り合いの喧嘩をした人だろうと。きっと、すぐに刑務所に送るわけにはいかないから、まずは収容所で矯正するのだろうと。誰もそれについて深く考えてはいなかった。あのころ、放送局でアナウンサーの先駆けだった人がいるの。ユリウス・イェーニッシュといって、とてもすばらしい人だった。彼なしでは、放送局全体が成り立たなかった。朝昼晩にニュースを読んでいたそのユリウス・イェーニッシュが、強制収容所に入れられたの。[9]「彼が？　いったいどうして？」「ユリウスは同性愛者なんですって」「同性愛者？　なんてこと！」。当時、同性愛は言語道断の恐ろしいことだと思われていた。人でなし扱いをされた。ユリウス・イェーニッシュは親切でいい人だった。「ええ、そうね。親切な人よ。でも同性愛者なの」。私たちはみんな、抑圧された状態にあった。

それから突然、近所のローザ・レーマン・オッペンハイマーのうちが店を閉め、姿を消した。東部から多数のドイツ人が戻ってきているからだと、私たちは繰り返し説明された。ズデーテン地方〔チェコ北部の、ドイツやポーランドと接する地域〕に住むドイツ人が戻ってきたので、空になった村に人を入れる必要がある。そこにユダヤ人を送り込めば、彼らもやっと一つになれる――。人々は、それを信じた。それをうのみにした。説得力もあった。当時、見知らぬ人が急に増えていた。歌う歌も言葉もちがう人々がドイツに来て、住居を探し、生活を始めた。かわりにユダヤ人がどこかに行った。望むと望まざるとにかかわらず。でも、ほんとうに起きていたのは……。誰も私たちのことを信じてくれない。みんな、私たちがすべてを知っていたはずだと思っている。でも、私たちは何も知らなかった。すべてはしっかりと隠されたまま、進行していた。

ユダヤ人の経営する小さな商店はまだあった。私を雇っていたゴルトベルク博士も、父さんのお客で近所に住んでいたレーヴィさんもまだいた。人が出たり入ったりが、ずっと続いていた。でもそれは、とてもゆっくりだった……誰や彼やが、気がつけばいなくなっていた。でもどうやって？　なんのために？　私たちは何も知らずにいた。一九三八年一一月にあの恐ろしい出来事が起こるまで〔一九三八年一一月九日の「帝国水晶の夜」事件。パリのドイツ大使館員がポーランド出身のユダヤ少年に射殺された事件を受けて、ゲッベルスが反ユダヤの報復・煽動演説を行い、ドイツ全土のシナゴーグ（ユダヤ教会堂）、ユダヤ商店などが突撃隊員らによって破壊された。少なくとも九一名のユダヤ人が殺害された」。ナチスが迫害を始めたあの夜までは。

あの事件が起きて、私たちは大きな衝撃を受けた。同じ人間であるユダヤ人を襲撃し、ユダヤ人の店の窓をたたき割り、品物を略奪するだなんて——。それが、町じゅうで起きた。ほんとうに、それが始まってしまった。人々はここで、目を覚まさせられたわ。制服を着た人間に近所の人が連れ去られたという話を、友人や親戚が次々にするようになった。人々は集められ、車に乗せられた。でも行く先はわからない。誰もそれ以上のことは知らなかった。それまで政治に特に関心のなかった人々には、とても大きな衝撃だった。私たちも、そうした人間の側に属していた。

私自身、そうしたことはもちろん何も知らずにいた。活字やラジオの報道以外のことは、何もわかっていなかった。でも、何かの集まりのときに友人が——正確にはその姉妹が——泣きながら私たちのところに来て、こう話したことがあった。ユダヤ人の上司が襲われて、めちゃめちゃに殴られたのだと。そのユダヤ人は命からがら家にたどり着いて、すぐさまドイツを去ろうとしていた。ルートヴィッヒ・レッサーという人だったわ。彼は逃亡になんとか成功した。逃亡なんてまっぴらだと言っていた幾人かも、高価な家具やグランドピアノや何やらを捨てて、逃げ出した。逃げ出せたのは、抜け目のない人々よ。貧乏でお人よしな人たちは、そんなことはできなかった。彼らはおそらくこう言われた。すべてを置いていけ。すべてを残していけ。チェコスロヴァキアに、すべてが整った住居が用意されているから、と。それは表向きの話だった。でもみんな、それを信じた。チェコスロヴァキアからこちらに難民が来ていたから。「帝国へ帰ろう(ハイム・インス・ライヒ)」という標語を掲げて――。そして私は思った。これまで書斎に座っていたお父さんたちが、あちらでは牛小屋の掃除をしなければならないなんて、なんて気の毒なことだろう。でも、そういうものなのだ。これは何か意味のある措置なのだと、人々は受け止めていた。みながそれを信じていた。信じ込もうとしていた。そうして万事はまたしばらく落ち着き、日常が戻った。

あの時代に、職業婦人としてやっていくのは簡単ではなかったけれど、それを成し遂げた人は認められていた。でもほんとうのところはやはり、女は結婚をして子どもをもつのがいちばんだと思われていた。あのころの放送局には、少しばかりインテリな人たちが集まっていた。髪を大きな花環のように編み上げて、お洒落でない靴や野暮ったいスカートを履いたご立派なドイツ女性など、放送局にはお呼びではなかった。局の女性たちはジャズをはじめアメリカのことをとてもよく知っていて、自分たちはある意味少し特別なのだと感じていた。今の時代をよく理解している女なのだと自負していた。

ナチスに女性の組織はあったけれど、そういうことに私たちは関心がなかった。私があのころ一緒にいた人たちは、ユダヤ人の作家と知り合いだったり、ときどきロンドンのラジオ放送を聴いたりもしていた。でもそういうのは、本当に信頼できる仲間としか話せないことだった。あのころ、人々は尋常でない注意を払わなければいけなかった。陥れられないように、いつも注意しなくてはならなかった。

そうして戦争が始まった。一九三九年の夏のことを、そして戦争がまさに勃発した日のことを私はまだ覚えている。あのときの自分が今も目に浮かぶわ。私は放送局の中で、事務所の扉のところに立っていた。そして、スピーカーからあの放送を聞いた。その日の早朝、ポーランド軍の奇襲にドイツ軍が応戦したということだった。その放送が流れた瞬間のことは、まるで昨日のように覚えている。そして、みんなが当惑していたことを覚えているわ。みんなよ。放送局で働いていたのは若い人間ばかりだったけれど。誰も歓声を上げなかったし、「ヤー〔イエス〕！」と叫ぶ人もいなかった。「いいぞ！」という声も上がらなかった。人々はみな、ただただ当惑していた。それは今でも、はっきりと覚えているわ。

それからほどなく、レポーターたちが戦死したという最初の知らせが入ってきた。私の友人のオッティ・クレップケも亡くなった。実習生だったハンサムな若者も、東部戦線に送られて、戦争が始まったその日にもう命を落とした。レポーターたちは、どんどん戦地に送られていった。最初はポーランドへ。そしてロシアへ。そしてアフリカへ。それらの戦線から生きて帰ってこられたのはごくわずかだった。もっとあとでドイツがフランスのパリを占拠したときは、もっと年配のレポーターたちが、戦線に送られる代わりにパリに送られた。そしてパリの彼らはすばらしい生活を送った。ドイツに戻ってくるときはいつも、すてきな土産をもってきた。ボトル入りのコニャック。シックな手袋。誰かが私に、奇抜なデザインの帽子をもって帰ってきたこともある。そのいっぽう、同じ部署の人間はどんどん少なくなっていった。

そんなころ、突然放送局の総裁が変わったの。新任は、それまでケルンの局で総裁をつとめていたハインリッヒ・グラスマイヤー[11]という人物だった。とても気のいい人ではあったけれど、彼はケルンのスタッフをみんな一緒に連れてきて、自分の息のかかった人物で重要なポストをぜんぶ固めてしまった。

戦争は続いていた。でも、身内に徴兵された者がいなければ、人々は戦争のことを頭から追い出して過ごしていた。生活は、最初のころはまったく普通に進んでいた。そのうちに、食料が配給制になったり、購入券がなければ衣料品が買えなくなったりした。母さんがこう言っていたのを覚えているわ。「ああ困ったわ。ヒルデ〔ブルンヒルデのこと〕のパンにいったい何を添えてあげればいいのかしら?」。すべてがとても困難になってきた。私たちが心配していたのは、そういうことだった。弟たちのことはさして心配していなかった。弟の一人は出征していたけれど、戦地で元気にやっていた。そのうち、最初の爆弾がドイツの国土に落とされ、突然人々は、事態が深刻になるかもしれないと認識した。それでも、人々はまだとても無頓着だった。そのうちだんだんと、新聞に死亡広告が増えていった。死亡広告は増加の一途をたどり、紙面がすべて戦没者の名前で埋まってしまうこともあった。人々は徐々に不安を感じはじめていた。

でも、すべてがなんとかなるということについて、人々はかけらも疑いを抱いていなかった。ドイツに宣戦を布告した相手の国々のことも、人々はさして重く受け止めていなかった。ドイツ以外の西欧諸国に対して、私たちは無関心だった。あの当時、自分たちの手から自由が奪い取られていたことに、私たちはまるで気づいていなかった。私たちはただ、規定されていた筋書きどおりに考え、新聞やラジオが伝えるまま思考していただけだった――。ラジオ放送局はあのころ〔国営放送局〕一つしかなかった。ドイツ放送局はまだ存在していたけれど、誰も聴いていなかった。文化番組か教養番組しか放送しないから、誰も耳を傾けなかったの。ドイツじゅうで人々が聴いていたラジオ局は一つだけだった。ともかく大勢の人々が、大衆が、そうしていた。そしてその中に私たちもみな属していた。戦時中、もっとあとで、イギリスの局がドイツ語で放送をしているというのを噂で聞いたわ。内容は当然、反ヒトラー的なものだった。人々はそれを笑い飛ばすか、自分の心の中に留めておいて、ぜったいに裏切らない相手にこっそり話すかのどちらかだった。

放送局での仕事はそのころもう、私にとって以前のように楽しいものではなくなっていた。新総裁と一緒にケルンの人間がベルリンに来て、ベルリンのレポーターはみな戦地に送られた。残ったのはアクセル・ニールスだけだった。七〇歳になっていたニールスは、前線に行く必要がなかったの。でも、だいたいの男性社員は徴兵の対象になった。だから、局の仕事をそれまでと同じようにやっていくのは難しくなった。それでも私たちは長いこと状況に耐えていたけれど、ついにベルリンでも爆撃が始まった。それまでもフライブルクやリューベックには空襲があり、報道でそれが伝えられると人々はとても悲しんでいた。でも、いよいよベルリンで空襲が始まると、それはもう他人ごとではない重大な事態となった。爆撃のたびに人々の不安は募った。そして戦争が長引くほど、戦禍はベルリンに集中するようになった。この悪しき社会全体の中心であるベルリンに——。

私たちはそれでも生きた。ずっと怯えていることはできなかったし、泣いていることも、逃げ出すこともできなかった。人々は戦争とともに生き、それが日常になった。ベルリンにいればそれでもまだ、おいしいものが手に入ったり、コーヒーの配給が多かったりと、人々は優遇されていた。首都での生活を平穏なものにするべく、特別な措置が取られていたからよ。じっさい、穏やかな生活が続いていた。逆らう人はいなかった。逆らうような余力が少しでもある人は、おおかたが戦地にいた。残っているのは女と子ども、病人、戦争で負傷した人など無害な——そして役立たずの駒ばかりだった。

戦争が長引くとともに、生活には活気がなくなっていった。火が消えたような生活で、夕方の六時には一日が終わってしまうみたいだった。交通機関はどんどん間引かれていった。そして人々はたくさんの決まりを守らなければならなかった。でも、人々はなんとかやっていった。それは、さほど悲惨なものでもなかった。

　でも、戦争が始まった最初の年に、食料は大きく制限された。バターや肉は配給制になり、小麦粉や牛乳などの日常的な食料品もみな、購入が制限された。私はまだ恵まれたほうだった。肺の病気を患ったから、滋養のある物を多くもらうことができた。私が肉の配給切符を受け取ると、すぐに家の誰かがそれを奪い取った。私はいずれにせよ、肉はさほど欲しくなかった。バターの特別配給や牛乳は、ありがたく受け取った。母さんは、食べ物が多く手に入るのを喜んでいた。わが家にはいつも、食べ物がなんとかやってきていた。

少しだけエリートになった気分だった。そんなわけで、宣伝省はとても良い職場だった。すべてが快適で、居心地がよかった。身なりの良い人ばかりで、みんな親切だった。あのときの私はほんとうに浅はかだったのね。とても——愚かだったわ。

——ブルンヒルデ・ポムゼル

「少しだけエリートな世界」

国民啓蒙宣伝省に入る

伝染病にでもならなければ、宣伝省への異動を断ることはできなかったと、ブルンヒルデ・ポムゼルは二〇一三年の夏に語った。ゲッベルスの宣伝省に移るよう指令が出たのは一九四二年のことだった。最初は逡巡した。だが、拒否することはできなかった。断ればすくなくとも、何らかの圧力を受けずにはすまなかったと彼女は述懐する。一九四二年にポムゼルは宣伝省に入り、参事官でゲッベルスの個人担当官でもあるクルト・フローヴァインが最初の上司になった。

＊

放送局の人事部は、いつも宣伝省に利用されていた。そしてある日、速記タイピストが欲しいという話が来たの。放送局では、私の速記の腕は知られていた。そして突然、なんの心の準備もないまま、私はヴィルヘルム通りで部長のファイゲさんの面接を受けることになった。ヴィルヘルム通りには車で行った。そしてファイゲさんに、あなたは何ができますかと質問された。面接のあと、こう言われた。「よろしい、月曜日からあなたの机をヴィルヘルム広場のほうに用意しておきましょう」。私はこう答えた。「そうはいきませんわ。放送局の私の机には、やりかけの仕事がたくさん残っています。片づけなければいけないこともいろいろあります」

相手は耳を貸さなかった。ともかく次の月曜の朝九時から、すぐ勤務を開始せよとのことだった。私は家に飛んで帰って、できる範囲で準備をした。放送局の友人たちのおおかたは、もうそのころは戦地に送られたり戦死したりしていたから、放送局を去ること自体に未練はなかったわ。

でも、みながそうだったわけではない。たとえば、時事ニュース課で一緒に働いていて、先に宣伝省に移った女性がいた。異動が決まったとき彼女は絶望していた。両親が昔社会民主党の支持者で、そういう家庭で育ったから、彼女も同じ考えをもっていた。それが宣伝省に異動だなんて、本人は打ちひしがれていたわ。でもあとで電話をしたら、こんなふうに言っていた。「ねえ、こっちに来てほんとうに良かったわ。ううん、宣伝省ではもう、ぜんぜん仕事をしていないの。私はただ、ゲッベルスのお屋敷で――つまり、ベルリンの私邸か別荘で――レコードのコレクションを整理しているだけ。ごちゃまぜなコレクションだから、分類して、新しいのを入れて、古いのを処分するの。とっても楽しいわ。大臣の書斎で作業をしているのだけど、誰にも邪魔されないし、ずっと音楽三昧よ」。彼女は何日間もそこで作業をして、昼食はゲッベルス夫人に招かれた。仕事をするのはゲッベルス本人が不在のときだけだった。彼はよそ者が屋敷の中にいるのを好まなかったから。でも、夫人はとてもやさしい人だと、同僚は言っていた。食卓をともにしてくれたし、いつもとても親切にしてくれたと言っていたわ。

誰だかの城に行くように指示されたこともあったそうよ。そのうち、彼女がゲッベルスのレコードの整理をしているという話がヒトラーの耳に入って、ヒトラーも真似をしたがった。それで彼女は、同じ仕事をヒトラーのところでも行うようになった。もちろんヒトラーがいないときにね。一度も姿を見たことはないと言っていたわ。彼女はベルクホーフ〔南ドイツのベルヒテスガーデンにあるヒトラーの別荘〕でも同じ仕事をした。そしてたくさんの人に会ったと話していた。

ともかく私はその晩、初出勤のために党のバッジをどこかで調達した。宣伝省では党員バッジをいつも身につけていなければいけないだろうと思っていたから。でもじっさいには、そんなことはまるでなかった。それどころか宣伝省の人は、みんなとてもお洒落な恰好をしていた。二日目からは私もそういう服で出勤した。私はそれまで、そこの人たちはみんないつも、カーキ色の上着に青いスカートという、私が一度も属したことのないドイツ女子同盟やナチスの女性組織の制服のような出で立ちなのかと思っていた。でも、それはちがった。みんなごく普通の人たちだった。

私が秘書をする予定だったのは、ゲッベルスの補佐官でのちに省の次官になったナウマン博士[12]だった。博士は親衛隊に属していた。でも彼は、純粋に外見上の理由で私を秘書にするのを拒絶したの。博士の好みのタイプは、ブロンドの大柄の美人だった。あとで聞いたことだけど、彼は「俺の秘書室になぜユダヤ女を入れなければいけないんだ!」と言ったそうよ。私はそのころ黒縁メガネをかけていて、髪も濃い茶色だった。だから、そう見ようと思えば、少しユダヤ人みたいに見えたのかもしれない。

結局私は、クルト・フローヴァイン[13]という人のところに配属になった。フローヴァインさんはとても若い、きびきびした将校だった。前線に行っていたけれど軽傷を負って、療養のために戻ってきていた。自分のケガを少し大げさに申告し、東部戦線に送り返されないようにしていた。彼はベルリンにとどまりたがっていたの。そして、ナウマンさんからゲッベルスの個人担当官に任命された。フローヴァインさんはとても仕事熱心で、なんでも手早かったけれど、無愛想な人だった。一緒に仕事をするうち、なぜ彼がそんなふうなのか、私にもわかるようになった。彼は宣伝省という組織全体に強い嫌悪感を抱いていた。彼がそこにとどまったのはただ、前線に行くよりベルリンにいたいと思っていたからにすぎなかった。彼には奥さんと子どもがいたから。

フローヴァインさんと私はうまくやっていけた。彼はとても若く所帯をもって、奥さんはそのころ妊娠中だった。ゲッベルスは個人担当官や広報担当官などの側近をたいせつにした。フローヴァインさんはとりわけ、ゲッベルスの影のように働いていた。いつもゲッベルスのそばにいた。ゲッベルスが手洗いに立てば、フローヴァインさんも席を立ち、ゲッベルスが車でどこかに出かければおともをし、食事のときもそばにいた。ゲッベルスが自分の地所だか家だか、とにかく彼の所有する邸宅に帰れば、フローヴァインさんも一緒に行ってそこで寝泊まりしていた。勤務は三日三晩連続だった。ほんとうにゲッベルスの影のようだった。三日間の勤務が終わると交代の人が来て、フローヴァインさんは休みをとれた。

全体がどう動いているのか、そのころの私にはさっぱり見当がつかなかった。フローヴァインさんが唯一の担当官でないと知ったのも、あとになってからだった。宣伝省にはほかにも、とても重い地位の人が大勢いた。省内にはたくさんの部署があって、どこの部署にも局長と複数の副局長がいた。宣伝省には、それぞれの任務をもつ人たちがわんさといた。といってもそういう人たちはただその場に起立して、話を聞いているだけだったりした。午前中は、ゲッベルスがベルリンにいれば打ち合わせが行われた。フローヴァインさんももちろん出席した。そして二時間かけてあらゆることが討議された。こうした議論をもとにフローヴァインさんのなすべき仕事が決まった。文書を仕上げる作業は、彼の代わりに私が行った。

細かい出来事については、残念ながら思い出せないものもたくさんあるわ。でも、多くのものごとは機密として厳重に管理されていた。そういう書類を私が作成したことは、ただの一度もない。とりわけ、ナチスに歯向かった人々の裁判記録には、私はいっさいかかわらなかった。白バラ抵抗運動〔ミュンヘン大学の学生と教授による非暴力の抵抗運動。一九四三年二月、グループの中心ショル兄妹らが反ナチ・反戦のビラを撒いて逮捕され、関係者とともに民族法廷での見せしめ裁判の後、ギロチンで処刑された〕の裁判記録や七月二〇日の総統暗殺未遂〔一九四四年七月二〇日に発生したヒトラー暗殺未遂。ドイツ国防軍の反ナチ将校グループが計画した。実行犯の多くは自殺もしくは逮捕、処刑された」の裁判記録も、いずれそこに含まれることになった。そうした事件はいくつも起きていた。でも、人々の生活はまだ普通に続いていた。そして、戦時下の社会をどんなふうに組織するかについてなど、あらゆることが協議されていた。それを文書にまとめるのが私たちの務めで、仕事はたくさんあった。

でも、どんな抵抗運動が起きていたかについては、かけらも公表されなかった。白バラ抵抗運動ですら、最小限のことしか表沙汰にはならなかった。ミュンヘンで起きたあの事件について、どんな説明がなされていたのか、私はもう覚えていない。彼らに共感する人々も、世間にはたくさんいた。あの事件の首謀者はあまりに若かった。まだ、学生だった。即座に処刑するなんて残酷すぎた。だれもそんなことを望んでいなかった。でも、あんなことをしでかすなんて、それは彼らが愚かだった。黙ってさえいたら、今頃きっとまだ生きていたのに。それが、普通の人々の見方だった。

恐ろしかった。そういう恐ろしいことについて話せる信頼できる友人が、きっと誰にでも少しはいた。でも、ほんとうに少しだけ。こうしたテーマについて言及するときは、よくよく相手を選ばなければならなかった。でも、そうした会話はいつも結局、「何ができるだろう?」「何もできはしないよ」という言葉で終わった。そうした問題をじっくり考える時間も、人々にはろくになかった。どうなってしまうのかと考えるより前に、当事者は殺されていた。あんなろくでもない紙のために、あんなビラをまいたりしたために——。当時下された判決は、ほんとうに残酷だった。たしかに、今なら私もあの子たちを尊敬できる。若い人は簡単に信じてしまう。より良い者が最後に勝利する。だから、何か行動しなくてはと。そして彼らは、とにかく自分にできることを実行に移したのね。

こういう人たちには、このうえない敬意を払うわ。でも、もし私がそこにいたら、必死になって彼らの計画を止めようとしたこともわかっている。彼らのような勇気は、私には到底ないわ。もし仮に、私がそういうグループに属していたとしたら……いいえ、やっぱりそれはありえない。私にはそんな勇気はないから。私の中にも理想主義のようなものはあったけれど——そのために、あんな重荷を背負う覚悟はなかった。そういう意味で私は、彼らがなぜあそこまでしたのか、理解することができないわ。

当時、そうした事件が起きて、とても狼狽したことが幾度かあった。世間には絶対知らされないような事件もいくつかあった。ヒトラーについて他愛のないジョークを言っただけで逮捕されて、処刑された人がいた。まだそのことは覚えているわ。省内のみんなが衝撃を受けていた。犠牲者の個人的な知り合いは、ひどいショックを受けていたにちがいないわ。

でも、白バラの事件は別格だった。私はむろん洗礼や堅信式〔幼児洗礼を受けた者が、自己の信仰告白をして教会の正会員となる儀式〕を受けてはいるけれど、かつても今もけっして宗教的な人間ではない。でももしそうだったら、あの男の名のもとに行われたすべてを目にした瞬間、きっとあらゆることを放り出し、神様なんてあるものかと思っていたでしょうね。私自身は抵抗運動に参加することなどできなかった。臆病者だから、そんなことはとてもできなかった。そんなことをする勇気は、きっとなかった。たぶん私は「だめよ、できないわ」と言っていたはず。私は臆病者の一人だった。でも、今日の人々に「自分なら、ナチ体制からきっと逃げただろう」と言われたら、私は断言している。無理だった。そんなことはできなかったのだと。それをした人は、命を危険にさらしたのだと。それを証明する事実があった。「ノー」を言うことはできなかった。「ノー」と言うのは、命がけのことだった。それを示す十分な事例があった――。

ゆっくりと、でも確実に、ある大きな変化が起きていた。戦争が長引くにつれて、前線にいるジャーナリストたちが戻ってこなくなってきた。みんな気づいていた。でも、日常的にはそれを意識せず、いつもどおりの生活を続けていた。そうした変化がどれだけ大きなものだったのか理解できたのは、ずっとあとになってからだった。それらの意味を――そうした変化の恐ろしい意味や、さらにはユダヤ人迫害の真の意味を――人々はあのころ、意識していなかった。

全般的に言えば、ある種の輪(サークル)に何も接点をもたない人は、ユダヤ人迫害のことをほとんど気づいていなかった。私にしても、近所の親切なユダヤ人や父の仕事の取引先を別にすれば、ユダヤ人の知り合いはごくわずかだった。

ただ一人、エヴァ・レーヴェンタールとはとても親しくしていた。エヴァの家族は貧しかった。

ユダヤ人迫害の始まる前の年から一家はすでに困窮していて、エヴァは文字通りぎりぎりの生活を送っていた。

エヴァが病気だというので、一度お見舞いに行ったことがあったわ。家を訪れると、エヴァはベッドで寝ていた。住居には家具がほとんどなかった。家具もなければ棚もなく、あるのはテーブルと椅子だけというとても奇妙な光景だった。そしてエヴァには定職もなかった。文章が上手だったから、書いたものが文芸欄に採用されれば、少しはお金を得ることができた。ごくまれにだけど新聞の、たいていはリベラル派の新聞の記者に文章を採用されたりした。そうした媒体はときおりエヴァの文章を掲載した。彼女は得意なテーマについては、とても才気あふれる文章を書いたから。でもそうした幸運はせいぜい二か月に一度くらいしか起こらず、それで一家が食べることはできなかった。そもそも自分本位なエヴァは、お金が入っても煙草ばかり買って、両親に食べ物を買ってあげたりはしなかったのだけど——。

そのうち誰かから、エヴァの一家がフリーデナウ地区に引っ越したことを聞いた。たしか一九四二年の中頃だったかしら。その家には一度だけ足を運んだ。一つきりの部屋に、両親とお姉さんとエヴァが住んでいた。お姉さんは、家から家へと掃除機を売り歩いていた。一家四人が大きな一つの部屋に暮らしていた。部屋には間にあわせのベッドしかなかった。私はそれを見て、思ったわ。ああ神様、なんてひどいこと！　エヴァは私に説明した。市から庭仕事か何かを命じられたのだけど、断ったのだと。あるいはただ単に、行かなかっただけかもしれない。ともかくそのせいで、一家は支援を打ち切られた。飢え死にしろと言われたのも同然だった。

一家はそもそも最初から貧しかった。だからみんなで少しずつ、エヴァの面倒を見てあげていた。みんなでビールを飲みに行くときは、いつも誰かがエヴァのぶんをおごってあげた。

あれは私が放送局に勤めていたころのことよ。エヴァが局を訪ねてきたの。エヴァはあまり背が高くなくて、髪は赤くて、きゃしゃで線が細かった。そしてユダヤ人に特徴的な鼻をしていた。でも、とても可愛かった。とても綺麗な目をしていた。私が時事ニュースの部署で働いていたとき、エヴァはときどき遊びに来ていた。お金をもっていなかったから、ベルリンの町をずっと歩いてきた。マズーレン通りまではるばる歩いてきて、「ポムゼルちゃんをちょっと訪ねてみようと思ったの」と言っていた。そうして放送局に遊びに来るエヴァのことを、報道記者たちは気に入っていた。冗談が好きで、打てば響くようなところがあったから、彼女が来るとみんなとても楽しそうにしていた。でも、記者の誰かが言った。「ねえ、あの子はちょっとユダヤ人が入っているよね?」。私は言った。「そうね、ちょっと混じっているかも」。でもほんとうは、生粋のユダヤ人だった。両親のことも知っていたからわかるけれど、完全にユダヤ人だった。

一九四二年に宣伝省で働くようになってもまだ私は、エヴァのところにときどき足を運んでいた。彼女の家はとても貧しかったから、気兼ねしたわ。煙草をお土産にしたけれど、パンをもっていくべきだったのかもしれない。別のとき、エヴァとバスの中で会った。放送局にまた遊びに行こうかしら、と言われた。それはもう無理だった。私は言った。今はヴィルヘルム通りにあるゲッベルスのオフィスで働いているの。だから、もう来ないほうがいい。彼女はすぐにこう返した。「驚いた。あそこには行かないわ」。エヴァはまだ自由だった。だから、あれは一九四二年のことだったはず。[14]

エヴァは、私の家に頻繁に来るようになっていた。母さんもエヴァの困窮を知っていたから、パンをもたせてあげたりしていた。でもそれは、純粋に人道的な理由によるものだった。政治の世界で何かが起きているせいで、エヴァの生活が危険にさらされているだなんて、考えもしなかった。人々はただ、明るくのんきな生活を続けていた。最初のころは、すべてが順調だった。みんなのお給料が上がった。私たちはけっしてお金持ちではなかったけれど、ちょっとしたものなら奮発して買えるようになった。でも人々は、自分のことにばかりかまけていて、貧しい人のことにいつもは思いが至らなかった。今日だって、人々はシリア難民のことを四六時中考えてはいない。故郷を追われて、海で溺れていく気の毒な人たちのことを、ずっと考えているわけではないでしょう？　けれど、テレビの前に座ったときは、あそこで今あんなことがほんとうに起きているなんてと思っている。でもそれは起こりうることよ。一〇〇年後にも起きるかもしれない。一〇〇年後だけでなく、地球が存在しているかぎり起こりうるかもしれない。人間とは、そういう生きものだから。

エヴァとはまだかなり長いあいだ音信があったけれど、彼女の置かれた状況について本人にじかに聞いたりはできなかった。聞いてどうなるものでもない。だから、そういう問題については話さなかった。それにうちの近所では、ユダヤ人が消えるという事態はまだ起きていなかった。でも、いったん始まったらあっというまだった。

ユダヤ人が移送される場には、ただの一度も出くわさなかった。話によればベルリン中の通りを、ユダヤ人を詰め込んだトラックが走っていたというし、それを否定するつもりはないけれど、私自身はそういう車を一度も目にしなかった。ともかく、シュテグリッツのあたりでは見かけなかった。郊外の小さな町には、そんな車はいなかった。一九三三年以前は赤色戦線〔ドイツ共産党が保有していた準軍事組織〕の車も、一台も走っていなかった。あのあたりでは、そういうことはまるで起きていなかった。政治に無関心な土地柄で、人々はそうやって生きてきた。ベルリンの端っこの地区だから、起きているものごとからもあまりに遠かった。

そして、エヴァは突然いなくなった。[15] 私たちにはどうしようもないことだった。彼女はきっと、どこかに連れ去られた人の側に入ってしまったのだ。でも、人々が連れ去られたのは、東部の空っぽになった農園を埋めるためだったと聞いたわ。戦争の起きている場所にいるより、むしろそのほうがましなのではないかと私たちは思っていた。そして、もしエヴァが強制収容所にいるのなら、そのほうが身は安全なのではないかとも思った。強制収容所で何が起きているのか、誰も知らなかったから。

人々は多くを知りたいとは、まるで思っていなかった。むしろ、不用意に多くを背負い込みたくないと思っていた。物資の供給は日に日に逼迫していて、人々は自分の生活を守るだけで手いっぱいだった。ベルリンはそれでもまだ、物資についての大きな不安はなかった。何でもというわけではないけれど、ものはなんとか供給されていた。コーヒーは配給制になった。それまで店で買っていたように何でも好きなだけ手に入れることはできなくなった。多くのものを、なしですまさなくてはならなかった。

もちろんあのころも、新聞だけはいくらかなりとも情報を伝えてくれていた。当時、亡命する人が出てきていた――たとえば作家とか。亡命する人は、亡命していった。でも、一九四三年のユダヤ人の大量拘留以降に起きたすべてを私が知ったのは、戦後に私自身が抑留を解かれてからだった。当時の私は、そういうものごとにまったく関わりをもたなかった。宣伝省の中でさえ、そういった話はいっさい聞かなかった。そのころは、白バラ抵抗運動が盛んだった。でも、そういう書類をちらりとでも見ることは、私たちにはぜったいにできなかった。その種の書類は鋼鉄製の金庫にしまわれていて、私たちはとても近寄れなかったから。

宣伝省での私たちの仕事全体は、基本的に、とても厳しく管理されていて、単調だった。私たちはいつも机について、仕事が来るのを待った。仕事は宣伝省の建物の中のあらゆる部署から、束になって来た。すべては、国民の啓蒙とプロパガンダのために組織されていた。啓蒙活動は、あらゆる分野で行わなければならなかった。経済、美術、劇場、オペラ、映画——そして、人々の生活のごくささやかな楽しみさえ、啓蒙のために活用すべきとされた。すべての分野のトップにはかならず、局長クラスの人間が配置された。そこにはお役所的な原理が存在していた。その構造は山と似ていた。いちばん頂上に大臣が座り、いちばん下にメッセンジャーボーイが、そして中間あたりに私たち秘書がいるの。

宣伝省で任せられた仕事を、私はとくに重要なものとは感じなかった。とにかく仕事がおもしろくなかったの。やりがいが感じられる職場ではなかった。晩にみなで「今日も頑張って、よく働いたね」と言いあえるような仕事ではまるでなかったわ。出勤して、座って、タイプして、電話で喋ってという、それだけ。ある俳優をゲッベルスが呼びつけて、大目玉を食らわせたというような話は、たしかに私たちは知っていた。でも、そういう話は巧妙に言いつくろわれていた。公にされない事柄は、たしかにあった。ゲッベルスと側近は多くのものごとを自分たちのところにとどめて、いっさい外に漏らさなかった。放送局や新聞が伝えるすべては、宣伝省によって長いこと、完全に統制されていた。放送局はたった一つしか存在しなかった。活字媒体も今日のようにたくさんは存在しなくなっていた。宣伝省の許可がなければ、何ひとつ発行できなかった。放送局は、ある経路を通ってきた情報しか発信することができず、それを迂回したり、かいくぐったりすることはできなかった。たくさんのことがデスクを通る前に現場で監視されるようになった。異なる意見の形成は、もはや不可能だった。ただ一つの可能性は——それは死刑によって禁じられていたのだけれど——外国の放送を聴くことだった。もちろん、あえてそれを行った人もたくさんいた。みな、それが命がけの行為であるとわかっていた。でも私の知り合いで、外国の放送を聞いていたという人はいなかった。ナチ政権にまったく反対だという人は何人かいたけれど、彼らは私のことを極度に警戒していた。個人的な知り合いも、みな基本的に私を強く警戒していた。愚かな冗談を誰も口にしたりしなかった。昨今とはおおちがいよ。少し前に、誰だったか芸人がＣＳＵ（キリスト教社会同盟）のゼーホーファーのことを真っ向から批判しているのを見たわ。あのころにはそんなこと、ぜったいに考えられなかった。誰もそんな勇気をもてなかった。コメディアンのヴェルナー・フィンク[16]のことを、今も覚えているわ。彼はナチスに反対する、ちょっとした痛快なジョークをよく口にしていた。そんなことをしたら、普通の人はギロチンで処刑されていた。

　私たちの職場には、そんなにたくさんの有名人は出入りしなかった。そういう人が来るのは、たいてい何か申し開きをするときだった。そのころ私の席は、大臣室の入り口近くだった。ガラスの大きな扉があって、絨毯が敷かれていて、肘掛椅子が二つあった。その椅子に誰かが座っているところがまだ目に浮かぶわ。誰だったか俳優がそこに座っていたこともあった。きっと何か、ろくでもないことを言ったり書いたりしたのね。彼はゲッベルスと話をするのを待っていた。私たちはみんな、彼のそばを通り過ぎて、顔をちらっと見た。そして思った。お気の毒に！　今日はこてんぱんにやられるはずよ。その俳優が誰だったかは、もう忘れてしまったわ。手紙を横取りされて、それをお偉方の手に渡されて、それだけで、手紙を書いた本人は刑に処せられた。そうした事件を人々は身の回りで始終耳にした。そして、けっして忘れなかった。

私たち秘書はいつも、大臣のゲッベルスがいつ来て、いつ出ていったかを知っていた。私たちの控えている秘書室に来るときは、いつも何人かの取り巻きや副官らを従えていた。ゲッベルスのそばには、かならず誰かがくっついていた。私たちは立ち上がり、机の後ろで行儀よく、直立不動でいた。しばらくして「ハイル・ヒトラー」「ハイル・ヒトラー、ハイル・ミニスター」とみなが言い、ゲッベルスは出ていった。彼は旅行に出たり、総統大本営に行っていたりすることが多かった。出張のときは、タイピストが必要になったときのために、秘書が一人同行することもあった。私も、急行列車で出張におともしたことがあるわ。行き先はポーゼンだった。でも彼がスピーチをしているあいだ、私は列車の中でずっと待機していなくてはならなかった。

いつだったか一度、突然呼び鈴が鳴って、何人か訪問者が来たことがあった。担当官が「大急ぎで、誰か筆記を！」と私たちを呼びに来た。私は紙と鉛筆をもって部屋に行った。ゲッベルスは、何人かの大物と議論をしていた。彼は私に短い口述筆記をさせると、また部屋の外に出るようにと言った。

彼が秘書に直接口述筆記をさせるのは珍しかった。たいていの場合、ゲッベルスは自分の担当官に直接話をし、彼らがそれを局長か、もう少し下の人間と協議し、ようやく私たち秘書が主に担当官のために仕事をする番になった。

ゲッベルスは見た目のいい人だった。背が高くはなかった。人前で注目を集めるには、もう少し上背があったほうがよかったかもしれない。でも、とにかくやたらと洗練されていたわ。最高級の布地で作った上等な服を身につけていた。いつも、少し日に焼けていたわ。手も、よく手入れされていた。きっと毎日誰かに、爪の手入れをしてもらっていたのね。すべてが完璧で、非の打ちどころがなく、けちのつけようがなかった。とても魅力的だと人々に思われていた。きっとそうだったのだろうと私も思う。でも、彼は私たちの前では、魅力的にふるまう必要なんて感じていなかった。彼にとって私たちは、部屋の中にある家具や机と同じだった。私たちは、その程度の存在でしかなかった。私たちに笑いかけることなどないし、職場に花が飾ってあっても、「今日は誰かの誕生日だったかな?」と聞くことさえなかった。普通の上司なら、ときどきは部下の機嫌を取ろうとそんなことを言ったりするものよね。でも、彼はいっさいそういうことをしなかった。

私はいつも「ゲッベルスは私たちのことを、書き物机としか見ていないのよ」と言っていた。高慢な人だったというわけではない。でも、彼は秘書を女だとすら見ていなかった。もちろん私たちも美人ぞろいではなかったけれど、それでも、誰ひとり彼から言い寄られたりしなかった。いつも、映画女優やモデルやその他のいろいろな人たちに取り巻かれていたから、わざわざ事務所の女になんか手を出す必要はなかったのよ。

一度、劇場でゲッベルスの隣の席に座ったことがあるわ。それは、ゲーリングの配下にある劇場だった。国立劇場やオペラ座などはゲーリングの管轄になっていて、ゲッベルスは口を出すことができなかった。でも、ルネサンス劇場やコメディー座のような小さな劇場は、ゲッベルスに任されていた。そして彼は自分の誕生日にいつも、友人を劇場に招待していた。秘書もいつも二人招かれた。一人がゲッベルスの右に、もう一人が左に座った。でも私たち秘書は劇場まで行くとき、ゲッベルスとは別の車だった。そして彼は、私たちにひとことも話しかけなかった。ただ、私たちのあいだに座っていただけだった。それでも私は、こんな場所に招いてもらえるのはとても光栄なのだとわかっていた。

宣伝省のほかの秘書たちに比べて、私は新参のほうだった。宣伝省ができたころからずっと秘書をしているクリューガーさんは私より少し年上で、とても感じの良い人だった。ゲッベルスも彼女の名前はきちんと覚えていて、何かが起きるといつも彼女を呼んだ。クリューガーさんは秘書仲間の中でも、最古参として一目置かれていた。こうした人々と一緒に、とてつもなく快適な環境で私は働いていた。美しい家具も、建物じゅうに敷きつめられた綺麗な絨毯ももちろん気に入っていた。普通の家にはないような、すばらしい絨毯だった。そういうものに、私はいつも憧れていた。

宣伝省の中では、どれだけ厳しく取り締まっても、大物にまつわるさまざまな噂が飛び交っていた。たとえば、ゲッベルスはチェコの銀幕スター、リダ・バーロヴァ[17]と深い仲だともっぱらの評判だった。ゲッベルスはリダにぞっこんだと言われていた。きっとそれはほんとうなのだろうと私は思った。それはいかにもありそうな話だった。ゲッベルスが離婚するのではないかという噂もあった。でも、ヒトラーがそれを許さなかった。そういう噂はたくさん飛び交っていて、どれが真実でどれがそうでないかわからなかった。でもさっきの話は、おそらく真実だと私にも推測できた。

ゲッベルスについてはほかにも、いろいろなことが陰で言われていた。浮気の噂は始終ささやかれていた。そういうことはたしかにあったのだろうと思うわ。でもそんなのは、さして大騒ぎするようなことでもなかった。もし結婚して子どももいる男の人が、奥さん以外の女性とそういう機会があったら……それはよくあることだし、そのせいでゲッベルスが悪く言われることはなかった。むしろみんなはそれを、他愛のない冗談の種にした。ゲッベルスについての冗談と言えば、女がらみと相場が決まっていたわ。

同僚の秘書たちとの関係はとても良好だったけれど、放送局のころと比べれば表面的なつきあいだった。友人同士とは言いがたかった。いつも隔たりがあった。でもみんな、親切ではあった。

だから私は、宣伝省での日々を楽しく過ごしていた。

仕事以外には、もう何もすることはなかった。ベルリンではそのころ、劇場も、コンサートホールも、映画館も、すべて閉鎖されていた。

日曜日に仕事があると、ときどきゲッベルスの子どもたちがお父さんを迎えに来て、歩いて家に帰っていた。一家は、ブランデンブルク門の近くに町用の住居をもっていた。とっても可愛らしくて、お行儀のいい子どもたちだった。そのあたりを跳ね回っている最近の子どもとはまったくちがって、きちんとしつけられていた。あいさつもお辞儀も、上手にできた。ほんとうにおりこうさんだった。子どもたちが職場に来ると、私たちは大歓迎した。遊びに来たのは五歳から七歳くらいの子どもたちで、私たちが「あら、すてきなお洋服を着ているのね！」と言うと、嬉しそうにしていた。「タイプライターをたたいてみる？」と聞くと、「うん、やる！」と顔を輝かせた。子どもたちがタイプライターの前に座ると、私たちは紙を入れてあげて、「それではパパにお手紙を書きましょうか。大丈夫、きっと上手にできるわよ」と言った。私の目には、ゲッベルスが子どもたちを特別に可愛がっているようには見えなかった。子どもたちはふだんお母さんと一緒に、ベルリンの市外に住んでいた。ゲッベルス夫人は、自分が大きな役目を担うのを避けようとしていた。もちろん彼女については、権力者の妻の座をかさにきて万事を行ったという印象をもっている人もいた。でも、夫人のマグダは出しゃばりな性格ではなかった。もちろんこれは、私の抱いている印象にすぎないけれど、私は彼女のことをとても親切な人だと思っていたわ。

ゲッベルス夫人には好感をもっていたけれど、宣伝省で働くこと自体はかならずしも名誉には感じられなかった。でも私は思った。すくなくともここにいれば仕事がある。それに、放送局にいたときもお給料はかなり良かったけれど、それがさらに急激に上がったの。職員年金の保険料も、お給料からいっさい引かれていなかった。何も引かれなかった。最初に給料明細を見たとき、私はあっけにとられたわ。二七〇マルクという、高額だったから。私の友人たちのお給料は、月にせいぜい一五〇マルクだった。みんなが私のお給料を羨ましがった。私のお給料にはさらに、省勤務手当というのが六〇マルクついていた。非課税だった。それからさらに、大臣官房勤務手当というのが五〇マルクあって、それも非課税だった。前にもらっていた税引き前のお給料より、さらにもっと多い金額が、私の手に転がり込んできた。でも、使いようがなかった。買えるものはもうなくなっていたから。それでも気分はよかったわ。ときどきは何かを買うこともできたのだし。

フランスにコネのある仕立て屋さんを知っていたの。あるとき、彼女から電話がかかってきた。「ポムゼルさん。とびきりの布があるんです。すてきなお召し物をひとつ、作ってはいかがですか？今晩、そちらにお寄りしますよ」。「おいくらかしら？」。答えを聞いて、私は言った。「まあ、ずいぶんなお値段ね。でもいいわ、お願いしましょう」。そういうのはとても楽しかった。だけどそれは、宣伝省とは何も関係のないことよ。私は、自分から何かを要求したことは一度もない。

申し出を受けただけよ。あのころはコネさえあれば闇で、一ポンド〔約四五〇グラム〕のバターを三〇〇マルクで、あるいはコニャック一瓶を五〇マルクで買えた。そういうことは可能だった。放送局はパリに支局があって、私はそこの人たちと当時も連絡をとっていたから、こちらに来るときいつもプレゼントをもらえた。ちょっとした贈り物とか、香水とかよ。そういうことはよくあった。少しだけエリートになった気分だった。そんなわけで、宣伝省はとても良い職場だった。すべてが快適で、居心地がよかった。身なりの良い人ばかりで、みんな親切だった。あのときの私はほんとうに浅はかだったのね。とても――愚かだったわ。

でも、ゲッベルスの取り巻きはけっしてナチスばかりではなかった。私の最初の上司で、ゲッベルスの個人担当官だったフローヴァインさんからして、それをにおわせる発言をすることがあった。それは、彼が私をとても信用してくれていたからよ。フローヴァインさんが宣伝省で働く最大の理由は、妻子とともにベルリンにとどまるためだった。それは一種のエゴイズムだった。彼は、腕を高く掲げて始終あたりを行進している人たちとはちがっていた。私がナチスかぶれでないのを彼も感づいていたから、仕事のパートナーとして気に入ってくれていた。でも、そういうことをあえて話したりはなかった。ただ、おたがいにそれを感じとっていただけ。私とフローヴァインさんはとても、うまがあった。でも、彼を煙たがる秘書仲間もいた。無愛想で仕事が速くて、こちらも万事を急がなければならなくなるので、ちょっと苦手だと彼女たちは口をそろえた。それに、フローヴァインさんが何かを言ったら、いつも半分くらいは言外の意味を推し量らなければいけなかった。でも私はそういうことにも慣れて、フローヴァインさんとうまくやっていけた。

ときどきフローヴァインさんの表情から、彼がどんなことを指示しなければならないのか伝わってきたりもした。あの人は、ナチスではまるでなかった。

そのうち、映画部門のトップが何かの理由でゲッベルスの逆鱗（げきりん）に触れて、仕事をクビになった。そのあとがまにフローヴァインさんが指名された。省の一秘書官にすぎなかった彼は突然、映画部門の長に昇進し、ヴィルヘルム広場の事務所から栄転することになった。新しい勤務先はUFA（ウーファ）〔一九一七年、第一次世界大戦のためのプロパガンダ映画や公共映画を制作する会社としてベルリンに設立された〕がスタジオをかまえているバーベルスベルクだった。彼は私に「どうだろう、君も一緒に来る気はあるかい？」とたずねた。「はい」と私は即答した。「なら申請してみるよ」と彼は言った。フローヴァインさんは上司である次官のナウマン博士に話をしに行った。博士はゲッベルスの補佐官でもあった。私も一緒に異動できないかとフローヴァインさんが頼むと、ナウマン博士は「そうか」と言った。そして「まったく論外だ。ポムゼルさんはここに残ってもらう。彼女を出すわけにはいかない！」と続けた。申請は却下された。フローヴァインさんは異動し、私は宣伝省に残らなければならなかった。一度は私を追い出したナウマン博士が、また私の上司になった。こうして突然、彼のもとで働く羽目になった。私はたしかに優秀だったけれど、なぜ選ばれたのかはまるでわからない。ほかの人たちもみな優秀だった。私はその一人だったというだけ。

ナウマン博士も妻子持ちだったけれど、女癖は悪かった。秘書室に一人、みんなから嫌われている同僚がいて、博士は日曜日のたびに彼女を家に呼んでいた。彼女の話では、ナウマン博士はヴァンゼー湖の近くに別荘をもっていた。きっとボートにも乗せてもらって、ベッドにも入ったにちがいないわ。背が高くてすらりとした美人だった。でも、秘書仲間には嫌われていた。たった数週間いただけで、彼女は秘書室からいなくなった。

一九四三年当時、ベルリンも大きな空襲を受けるようになっていた。[18] 私たちの美しいズートエンデも標的になり、町はめちゃめちゃに破壊された。空襲が始まったとき、私は住まいに一人きりだった。ちょうど帰宅したばかりだった。パーティー帰りで、フランス製のシルクの服を着ていた。家に帰り着いたとたん、サイレンが鳴りはじめた。私は仰天し、すぐに地下室に逃げようと急いで荷物をまとめた。ちょうど足元に籠(かご)があった。中に何が入っていたのかは覚えていない。でも、籠の上にストッキングが山積みになっていたのは覚えているわ。あの当時はたぶん、まだ腰まであるストッキングは普及していなかったから、ひざ上までの——といっても絹のストッキングよ。ストッキングは始終伝線していて、伝線した網目をつくろうのが私は得意だった。誰かがちょっとした道具を発明してくれた。小さな木の道具で、パチンと留める仕掛けが端についているの。それを使えば、伝線したストッキングを再利用できた。最初に自分のを直し、母さんのを直し、友だちのを直し、さらに別の友人のを直し……。「お願いできるかしら?」「お願いよ」というようにみんなが次々にストッキングをもってきた。お礼にとチョコレートを一枚くれる人もいた――もちろんもっていればの話だけれど。チョコレートはそのころ、とても貴重品になっていた。

そんなわけで、籠の上にはいつもストッキングの山があったの。サイレンが鳴ったとき、私はとっさにハンドバッグもそこに載せて、籠を抱えて地下室に急いだ。地下室では、主婦たちが野菜の汚れを落としたり、セーターを編んだり、おしゃべりをしたりしていた。

私は籠をひっつかみ、よそゆきの服のまま一目散に地下室に向かった。サイレンは鳴り続けていたし、何かの物音も聞こえてきて、一刻の猶予もなかったから。そのあと、初めて体験するすさまじい空襲が始まった。もちろんそれまでにもベルリンのどこかが爆撃されたことはあった。バイエルン広場が爆撃されて、家屋が破壊されていた。でも、こんなに長くて近い、そしてすさまじい空襲は初めてだった。ほんとうに恐ろしかった。もう地下では誰も、何もしていなかった。人々はただ座って、もうすべてが終わりかもしれないと恐怖に震えていた。そのとき突然誰かが来て、「建物で火が出た」と言った。建物にはかならず一人、地区防空責任者がいて、その任務に当たった人は、水の入ったバケツと雑巾を建物の各階に準備することになっていた。迅速な救助の手伝いもしなければならなかった。私たちのところの責任者は、三〇歳くらいのとても親切な女性だった。ご主人は戦地にいた。彼女はすぐ外に飛び出し、私たちは地下に座って待った。しばらくしてその人が戻ってきて、「あたり一面燃えている。私たちの家も。でも、まだそれほどひどくはない。今なら、みんなで消し止められるかもしれない」と言った。こうして、可能な人はみな、消火のために地下から這い出した。私もそうしようとした。でも、その女性が地下にいる人々を見渡した。誰がそこに来ていたか、よく覚えてはいない。当然ながら女の人が大半だったけれど、男の人もちらほらいた。防空責任者の女性は私のほうを向いて言った。「あなたはここに残っていたほうがいいわ」。きっと私が役に立つとは思えなかったのね。地下から出るには、階段四段分の高さをよじ登らなければならなかったし。

その女の人はふたたび外に出ていく前に、自分の腕時計を――金の腕時計を――はずして私に言った。「あなたはここに残って。私の時計をどうかお願いね」。私は預かった時計をハンドバッグの中に押し込み、そのまま地下にとどまった。地上の人たちはバケツやスポンジで必死に火を消そうとした。でも、とても無理だった。そしてじわじわとではあったけれど、火はこちらにも迫ってきた。消火をしていた人々がみな、地下に戻ってきた。

「だめだ！　もうここを出ろ！」。でも、どうやって？　そうこうするうち、あたりに煙がたちこめてきた。呼吸をするのがやっとだった。「この地下室を出て！」と誰かが言った。でも、もうあたりは火の海だった。そのとき突然、警察官や消防官や防空警備員や、あとは誰だかわからないけれど、とにかく何人もの人たちが来て、私たちの手をつかんだ。歩くこともできなくなっていた私たちは手をつかまれ、地上に引きずりあげられた。

私は例の籠をずっと握りしめていた。そして、ふと気がついた。いちばん上に載せたはずのハンドバッグがなくなっていた。バッグの中には、食料品の配給切符が入っていたのに。当時、配給切符は何よりも貴重な物だった。それをなくすというのは今日で言えば、パスポートを紛失して、それが二度と戻ってこないのと同じくらい重大なことだった。配給切符がなければ、食べ物は何も手に入らない。たいへんなことになる。

私たちはそれから、どこかの地下室に入れてもらい、そこで何とか眠った。夜が明けてあたりが薄明るくなるころ、拡声器の音が響き渡った。この通りの住民は全員、シュテグリッツの市立公園に集合せよとのことだった。もう安全なようだったので、私たちは公園まで歩いていった。そこでは赤十字の人たちが、みんなにスープを配っていた。でも、いちばん大切なものもお金も、すべてをいっぺんに失ってしまった私は、世界でいちばんみじめな人間になった気持ちだった。これからどこに行けばいいのだろう？　私の友だちもみな、焼け出されていた。誰もが自分のことを考えるのに精いっぱいで、他人のことを考える余裕などなかった。

宣伝省の事務所に行かなければ、と私は思った。あそこにはすくなくとも、知り合いがいる。なんとかして事務所に行かなくては。でも、交通手段はもちろん動いていなかった。交通は完全にマヒ状態だった。そこで私は徒歩で事務所に向かった。

気がつけば事務所にたどり着いていた。人々は私の消息を何も知らずにいた。シュテグリッツが空襲でやられたのは、みんな知っていた。シュテグリッツ、ズートエンデ、ランクヴィッツが被害にあっていた。私がなかなか出勤しないので、みんなこう言っていたそうよ。「ポムゼルさんの家はシュテグリッツだよね。何ごともなければいいけれど」

そこに突然私が、エレベーターに乗ってあらわれた。一張羅を着て籠をさげている私を見て、みんな最初は笑い転げた。でも、何が起きたのかを理解したら、笑うのをやめた。

それから起きたことは感動的だったわ。みんなが私を気遣って、やさしくしてくれたの。ほんとうに親切にしてもらって、ありがたかった。それから、一生涯忘れられないような出来事が起きた。焼け出された哀れな姿の私のところに、ゲッベルス夫人の秘書が突然やってきた。その秘書は、宣伝省の事務所の中に席をもっていた。でも会ったことは一度もないし、ほとんど知らない人だった。彼女はおそらく私が来たあと夫人のところに行って、空襲の被害者を見たという話をしたのね。職員の一人が気の毒にも空襲で焼け出され、舞踏会に出るような服のまま出勤したのだと。「それで、その人は何も着替えがないの?」とゲッベルス夫人がたずね、秘書は「空襲は昨日の夜半ですから、何もないでしょう」と答えた。すると夫人は、自分の洋服ダンスのところに行って、「ねえ、その人を助けてあげられないかしら?」と言った。そして青いスーツを取り出すと、「これを着てもらったらどう?」と言った。秘書は「とても小柄な人なので、サイズがあわないかもしれません。そんなに簡単にどうぞというわけにはいきませんよ」と言ったけれど、ゲッベルス夫人は「きっとなんとかあうと思うわ。だめでも、少しだけ仕立て直しをすればいいのよ」と答えたそうよ。

ともかく秘書は私にそのスーツをもってきてくれた。縫子さんのところにもっていくと、翌々日には完璧に丈を直してもらえた。あんなに上等なスーツに袖を通したのは、生まれて初めてだった。青い上等なウールの布地に、白い絹の裏地がついていた。その先、ずいぶん何度もその服を着たわ。上着はそのままでぴったりで、丈を詰めなくてはならなかったのはスカートだけ。母さんも戦争のあいだ、この服を何度も着ていた。私は抑留を解かれて自由になってからも、このスーツを着て写真を撮った。上着はそのころもまだ私の体にぴったりだった。ずいぶん長持ちしたもんのよね。最初の持ち主よりも、ずっと長く――。

ともかく私たちは最初の焼け出されになった。そして一九四三年に事態はいよいよ深刻化した。夜の八時まで勤務しなくてはならないことがしばしばあった。でも夜の七時にサイレンが鳴ると、人々はもう通りを歩けなくなる。警報解除のサイレンが鳴るのはだいたい一〇時か一一時くらいで、そうしたらもう家に帰ることはできなかった。事務所にはとても快適なソファがあった。私たちはそれを二つくっつけてベッドの代わりにし、仮眠をとった。そうやって夜を過ごすことがしばしばあった。それ以外にやりようがなかったから。

空襲が来たときには、省内にあるゲッベルスの私的な住居を私たち秘書がたびたび守らなければならなかった。宣伝省の中には彼専用の小さいけれど美しい住居があった。ふだんそこは宣伝省のほかの建物からは行けないようになっていた。でも空爆が激しくなると通路が開かれ、サイレンが鳴ると同時に、そのとき勤務していた人間が急いで建物を守りに行かなければならなかった。宣伝省の建物は古かった。空襲のときはすべての窓をいったん開けて、遮光用のブラインドを下ろした。光をいっさい外に漏らさない特殊なブラインドだった。それから、消火用の水をたらいや浴槽にためなくてはならなかった。同じことを、ゲッベルスの小さな住居にもする必要があった。とても瀟洒な建物だった。綺麗な絨毯が敷かれていて、小さな台所と、小さいけれど美しい居間があり、エレガントな家具が置かれていた。大きな浴槽を備えた浴室もあった。私たちはその浴槽に水をため、窓をぴっちり閉めた。そして警報が解除されたら、すべてをもとに戻さなければならなかった。ときどき、部屋の背もたれ椅子に腰かけてみるという大胆なこともした。フランス製のすてきな柄の布が張られていて、とんでもなくお洒落な椅子だった。チェコ出身の女優、リダ・バーロヴァとゲッベルスが深い仲にあったころ、二人はこの部屋で情事を重ねたと言われていた。戦後、リダ・バーロヴァの映画を観たわ。バーロヴァはゲッベルスとの思い出を語っていた。きっと彼女は本気でゲッベルスを愛していたのね。

あのゲッベルスにだって、きっと、こんなふうに考えた瞬間があったのかもしれないと思うわ。畜生、政治なんかクソくらえだ！　この美しい女と暮らすほうがどれほど楽しいことか、と。

宣伝省内の雰囲気はほどなく、ドイツ全体の空気と同じように、悪いほうに傾いていった。みんなの考え方が大きく変わった。物資の供給も悪化し、万事が困難になった。スターリングラードでの陸軍の敗北が、ターニングポイントだった。[19] そのことは省内の人間も気づいていた。思えば宣伝省に来て最初の数か月間は、楽しかった。最初の戸惑いが過ぎたあとは、とても快適だった。家具も綺麗だし、人々は親切で、何もかも気に入っていた。そのすべてが壊れてしまった。職場の雰囲気もがらりと変わった。スターリングラードについて、実情を伝える報道はまったくなされておらず、当局はできるだけ何でもないことのように伝えようとしていたけれど、そうした試みは成功していなかった。

戦況はいよいよ悪化した。そのころからゲッベルスは、前よりも頻繁に宣伝省に来るようになり、足を引きずりながら事務所のあちこちを歩いていた。足の障がいを隠すことはできなかった。あの時代はまだ、今のようにいろいろな処置ができなかった。現代ならばあれこれ工夫して、目立たなくすることができる。ゲッベルスの足の障がいは、見落としようがなかった。彼は足を引きずっていた。体にぴったりあう上等のスーツを着ていても、足を引きずっているのは隠せず、まわりから気の毒にと思われていた。でもゲッベルスはそうしたすべてを、信じられないほどの傲岸さと自信で吹き飛ばしていた。ゲッベルスの写真でそれまでよく使われていたのは、ほかの人たちと一緒にトラックに乗り、ヒトラーの宣伝をしている初期のものだった。写真の中で、帽子をかぶっているゲッベルスはとても威圧的に見えた。でも、宣伝省にいるときのゲッベルスは、いつも紳士だった。平静を失うところなんて、見たことも聞いたこともなかった。誰かと議論をするうち険悪な雰囲気になることは、ときにはあったかもしれない。一度だけ「ゲッベルスが怒鳴っていた」とみんなが言っていたのを覚えているわ。ゲッベルスが誰かを怒鳴りつけていた。私たち秘書にとっては、信じがたい光景だった。その後は一回もそういうことはなく、ほんとうにそのときだけだった。ゲッベルスは私たちにとって、冷静沈着そのものの人だった。

愉快な思い出もあるわ。ゲッベルスが奥さんと一緒にヴェネツィアに行き、そこに数日間滞在していたとき、ゲッベルスの飼い犬をヴェネツィアに送ろうという話が持ち上がったの。随行員の誰かが、ゲッベルスが「犬が恋しい」とかなんとか言っているのを小耳にはさんで、私たちの事務所に「大臣がヴェネツィアで、飼い犬に会いたがっている」とわざわざ電話をかけてきたの。私たちは言った。「犬を飛行機に載せてヴェネツィアまで送れだなんて、頭がおかしいわ」「戦争中なのに、ほかに心配することはないのかしら」。腹立たしい話だと、私たちは思った。でもしかたなく誰かがテンペルホーフ空港に連絡して、ヴェネツィア行きの飛行機に犬を載せてもらえるよう頼んだ。そうしたら、誰か人間が一緒でなければだめだと言われた。犬は「持ち込み荷物」になるからということだった。新聞局のボスの誰かが、毎日飛行機でヴェネツィアに飛んでいた。外国についての最新情報を伝えるためだった。印刷したての新聞をその人が現地に届け、大臣はそれをもとに情勢を把握していた。担当官の一人であるシルマイスターさんという人だった。[20]私たちは彼に言った。「明日ヴェネツィアに飛ぶようでしたら、犬を一緒に載せて、大臣に渡してください。大臣が犬をご所望です」

「冗談じゃない」とシルマイスターは言った。「そんなことはぜったいにお断りだ」。彼は私たちより少し年上で、気短な人だったので、この要求に腹を立てたようだった。

問答無用で私たちは、空港にいる彼の手に犬を押しつけた。あわれなシルマイスター氏は犬とともにヴェネツィアに飛んだ。ところが現地に着くと、待ち受けていたのは大臣の怒りだった。カンカンに怒っていたそうよ。どこの阿呆がこんなことを思いついた？　神経質で繊細な犬を飛行機に載せるだなんて――と。大きくて美しいけれど、臆病な犬だったの。誰かがそばによると、いつも後ずさりをしていた。甘やかされていたのね。

これが犬騒動の顛末（てんまつ）よ。犬は本国に送り返された。開戦から三年目のことだった。この事件はあのころの私たちからすれば、ゲッベルス主演の壮大なお芝居のようだった。すばらしい見ものだったわ。私たちは死ぬほど笑いころげたものよ。

ゲッベルスの真実の顔を私はゆっくりと発見していった。今も覚えているのは、スポーツ宮殿での有名な集会のこと。「諸君は総力戦を望むか？」という、あれよ。[21]

その日、ゲッベルスが午後に演説をすることを、私たちは知っていた。当時、すべての催しは午後に行われるようになっていた。いつも晩の六時半には空襲警報が鳴りはじめたからよ。爆撃機が来ても来なくても警報は鳴った。爆撃機はほとんど毎晩飛んできたから、誤報はほとんどなかった。だから、夜の催しはもう行われなくなっていた。演劇の上演も映画の上映も、夜には行われなくなった。すべてが午後に時間を移されたの。それはともかくゲッベルスはスポーツ宮殿で演説を行うことになった。そして突然、秘書室から二名、集会に参加するようにと言われた。「私たちの中から二人、スポーツ宮殿に行けですって」「どうして？」「知らないわ。ともかく二人、来いとのことよ」「誰が行くの？」。私たちはたがいに顔を見あわせた。すすんで行きたいという人は誰もいなかった。クリューガーさんは最古参だから免除になって、結局、私ともう一人の若い女性に白羽の矢が立った。

親衛隊員が一人来て、高級そうなメルセデス・ベンツに私たち二人を座らせた。出だしはまあすてきだった。隊員の運転する車で、私たちはポツダム通りにあるスポーツ宮殿まで送られた。車が着くと、隊員は私たちを席に案内した。演壇から近い、特等席だった。会場はすでに満席だった。でも、席のおおかたを埋めていたのは、呼び集められた労働者たちだった。こうした催しのとき、工場の労働者に「誰か行きたい人は？」と参加が求められると、誰もが逃げ出そうとした。このころは、そういう風潮になっていた。自分から行きたがる人は、もう誰もいなかった。だいたいは、選ばれた人が参加した。スポーツ宮殿でのこの政治集会には、工場や製作所から大勢の人が引っ張られてきたそうよ。私たちの前方の、前から三列目にゲッツ・ゲオルゲの父親で俳優のハインリッヒ・ゲオルゲが座っていたのを、今も覚えているわ。

到着するとすぐに、集会が始まった。私たちの後ろには、ゲッベルス夫人と子どもが二人座っていた。私たちの隣に親衛隊員が座っていた。まさに、エリート用の席だった。それから楽団が軍隊行進曲を演奏したり歌ったりといったあれこれが行われて、そしてゲッベルスが演壇に立った。彼はスピーチがとてもうまかった。強い説得力があった。あの日のスピーチでは特に、感情が高まっているのがわかった。あのときの聴衆は、まるで何かの――言ってみれば精神科病院で起きるような――発作に襲われたみたいだった。ゲッベルスが人々に「君たちに不可能はない」と暗示をかけたかのように、突然、感情を爆発させ、大声で叫び、会場にいる人々がみなスズメバチに刺されでもしたかのように、突然、感情を爆発させ、大声で叫び、足を踏み鳴らし、ちぎれんばかりに手を振り回した。耐えがたいほどの騒音だった。

私の同僚は両手を固く結びあわせ、その場に立ち尽くしていた。私たちは二人とも、目の前の出来事に圧倒されて、息をすることもできずにいた。ゲッベルスに圧倒されたのではなく、人々に圧倒されたのでもなく、このようなことが可能なのだという事実に圧倒されていた。私たち二人は観衆の一部ではなく、傍観者だった。おそらく、その場で唯一の傍観者だった。

あのときは、ゲッベルス本人からして、自分の言っていることがもうわからなくなっていたのかもしれないわ。私は、言葉ではうまく説明できない。彼がどうやって、あれだけ大勢の人にあまでさせることができたのか――。座ったままの人なんて、一人もいなかった。みんな、飛び上がって叫んだり歓声を上げたりしていた。ゲッベルスがそれを成し遂げた。どうしてできたのか、本人もわかっていないかもしれない。そして、今も覚えているのだけど、私は同僚と一緒に立って、たがいに手を握り合っていた。目の前の出来事に、すっかり固まってしまっていたの。すると、親衛隊の将校が後ろから肩をたたいて言った。「せめて一緒に拍手くらいはしろよ」。そう言われて、もちろん私たちは拍手した。しないわけにはいかなかった。否も応もない。注意されたのだし。同調しないわけにはいかない。だから、みなと一緒に拍手をしたわ。まるで酔っていたみたいに。私と同僚はどちらも、何だかとても禍々しいことが起きているという印象を抱いたわ。

そうして会場が大騒ぎになったあと、集会はお開きになった。あの場でみんなと一緒に歓声を上げなかった人は、まわりからつるし上げにされたかもしれないと、私は思ったわ。どうだかはわからないけれどね。

これまでの人生で、あんなものを体験したことは二度とないわ。あれは、ただの興奮ではなかった。みんな、自分のしていることをわかっていないみたいだった。「諸君は総力戦を望むか?」「望むとも!」あれは、疑問の余地のない「ヤー」だった。私たちを会場に連れてきた親衛隊員が、家まで送り届けてくれた。私と同僚はどちらも、目の前で繰り広げられたすべてにただあっけにとられていた。演説のテーマがいったいなんだったのかは、皆目わからなかった。熱狂する大衆のようすだけが、印象に残ったわ。あの人たち自身、なぜ自分たちが熱狂しているのか、きっとわかっていなかった。それはまるで、何かの自然現象のようだった。人々はみな、いっさいそれに抵抗できなかった。そして、ゲッベルス自身もおそらく——。私の目にはゲッベルスは、自分があの場で引き起こしたことを、理解していないように見えた。まるで、自分の可能性に気づかないまま燃えている、小さな炎のようだった。そして、あの熱狂した大衆! 彼らは前の方に押し寄せて、ゲッベルスを殺しかねない勢いだった。

それまで私たち秘書は、集会というものに参加したことがなかった。だから、ゲッベルスのそうした側面を初めて知って、とても衝撃を受けた。いつもとはまったくちがう顔だった。でも私たちは、おそらくそれ以上深く考えようとしなかった。あの瞬間、私たちは激しく心をかき乱された。

でも、なんとかそれと折り合いをつけてしまった。みんなまだ若かったから、そういうことを何度も振り返って考えようとはしなかった。もっとあとになって、何度も考えたものだけれど、そのときにはもうすべてが遅すぎた。人間はしょせん、自分自身のことをわかっていないのよ。あれから長い年月が経ち、たくさんの出来事が起きた今なら、私もあのときとはまったくちがう見方ができる。もっと深く考えられる。そして、当時よりももっと不気味に感じる。たった一人の人間が、あんなに大勢の人々を興奮状態に陥れるなんて。人々はみんな叫んでいた。あちらでもこちらでも「ああ、我々は総力戦を望む」と叫んでいた。現代の人にそれを話したら、きっと首を横に振って、こう言うわ。「みんな、酔っていたんじゃないの？　いったいなぜ、そんなふうにみんなが叫ぶことになったの？」。あのとき、人々は叫ばずにはいられなかったのよ。たった一人の人間に、魔法をかけられてしまったかのように。

なぜそんなことが可能なのかについて、今では心理学や何かの科学が包括的に取り組んでいる。私は当時のことを後年ふと思い返したとき、こんなふうに思った。あんなことがどうして可能だったのだろう？　なぜ人々はあんなふうになったのだろう？　彼らは叫ばなければならないから叫んだのではない。「今から集会に行って、みんなで叫んでこい」と誰かに言われたからでもない。彼らがあの瞬間叫んでいたのは、目の前にいる人間が彼らに語りかけ、その何かに自分たちが同意したからよ。まるでキリストのような……私にはわからない。なぜ大衆が不可解なことをしでかすかの理由は、いろいろ説明されている。でも当事者にそれをたずねたら、彼ら自身、言葉を失うのではないかしら。

ゲッベルスについて私が言えるのは、彼は卓越した役者だったという、それだけよ。うまい役者だったわ。ふだんのゲッベルスは、育ちが良くてまじめな人だった。それが、大声でがなり立てる人に豹変するのよ。演技力であの人に勝てる役者なんて、きっといない。それはたしかよ。まるで別人のようになるの。スポーツ宮殿で私たちが目にしたのは、まさにそれだった。ショックだったわ。ほぼ毎日職場で見ていた人が――いつも身だしなみが良くて、上品で、気品すら漂うような人が――小さな体で怒鳴っているのを、私たちは目の当たりにした。ふだんの彼との落差は、信じがたいほどだった。

その瞬間私は、ゲッベルスをとても恐ろしいと思ったわ。恐怖を感じたの。でもそれをまた心に封じ込めてしまった。私はゲッベルスを一度も、崇拝したりしたことはない。集会のあとでは、彼が私たちの仕事場ににこやかに立っているときも、何かをたずねてきたときも、私の頭の奥にはスポーツ宮殿で叫んでいるあの姿が浮かんでいた。そして「彼は今ここでは、エレガントな身なりの穏やかな市民を演じているだけなのだ」と思ったわ。

それから少しあとのことだけど、ゲッベルスから食事に招待されたわ。空襲が来て、家に帰る交通手段がなくなったとき、執務室の秘書たちはときどき一晩を省内で過ごさなければならなかった。それを大臣が知らされて、秘書たちをねぎらわねばということになった。そんなわけでいつごろからか、秘書が食事に招かれるようになった。一度にみんなは無理だから二人ずつ、ゲッベルスの個人的な夕食に招かれた。

最初に招待された二人は翌日事務所で、興奮気味に語ったわ。「事務所に迎えが来たの。もちろん車よ。シュヴァーネンヴェルダーに着いたら、そこにゲッベルス夫人がいたわ。そして、食事はとてもすばらしかった!」。豪華な晩餐ではなかった。なんといっても戦時中なのだから。それにゲッベルスは、過度な贅沢は慎むべきだという手本を、いつも率先して示していた。それでもすべてがすばらしく、すてきだったという。「ものすごくすてきな晩だったわ。今度あなたの番が来たら、ぜひ楽しんできてね」と彼女たちは言った。

それから数週間してようやく私の番が来た。私と仲間は、食事をとても楽しみにしていた。当日はこんなふうだった。迎えのリムジンが来て、親衛隊員が私たちをヴァンゼー湖のほとりのシュヴァーネンヴェルダーまで送ってくれた。家に入ると、食堂に通された。クロスのかかった大きなテーブルがあって、すくなくとも二〇人くらいの人がもうまわりに立っていた。大管区長やその代理人がいた。事務所を訪れたことのある人やこれまで何かで会ったことのある人など、顔見知りが何人かいたわ。

だから、その大きなテーブルをゲッベルスとともに囲んだのは、私たちだけではまったくなかったの。そのうちにゲッベルスが来て、握手やあいさつを交わした。それからみんな、席についた。私の席はゲッベルスの右隣だった。とても晴れがましい気持ちがしたものよ。

それから食事が始まった。でも食事のあいだゲッベルスは私に、ほとんど何も話しかけなかった。どうでもいいような言葉をかけてくれただけ。食事はおいしかった。たしか、ガチョウの料理が出た気がするわ。それだけで、嬉しくてたまらなかった。ゲッベルスが食卓越しに何かをとくとくと喋っていた。ほかの人もときどき喋ったけれど、主に話しているのはゲッベルスだった。彼は小食で、食べるのがとても速かった。ほかの人たちも、とても早食いだった。そういえば、誰かが私に教えてくれた。「ゆっくり食事をしていてはだめよ。ゲッベルスがフォークやナイフを置いたら、もうほかのお客は食事をやめなければならない。それ以上食べることはできないの。だから、料理を出されたら、急いで食べることよ。食いはぐれのないようにね」。だから私も言われたとおりにした。

食事は終わった。でも、まだデザートがあった。人々は政治と爆撃のことを主に話していた。ゲッベルスは私にあたりさわりのない言葉をかけてはくれたけど、個人的な質問はいっさいしなかった。「ここに来てどれくらいになるのか?」とか、「結婚しているのか?」とか「家族はいるのか?」

とか「父親や夫が戦争に行っていたりしないか?」とか、個人的なことは何ひとつ聞いてこなかった。そして、ゲッベルス夫人はまったく姿をあらわさなかった。こうした席に彼女がいないと、大きな穴が開いたようだった。夫人がいれば、こういう晩はいつも明るくて楽しいものになったはずだから。彼女にはそれだけの魅力があった。でも、その日の晩には、そうした華やぎが欠けていた。残念ながら私は、運の悪い日にぶつかってしまったわけ。

デザートのあと、隣の部屋に通された。そこには映画のスクリーンのようなものがあって、ちょうどできたばかりだという何だか馬鹿げた映画が上映された。私たちもそれを見るのを許された。それから、モカコーヒーか何かをふるまわれて、そのうちに親衛隊員がまたあらわれて、私と同僚を町まで送り届けてくれた。二人とも、その晩のことにはひどくがっかりした。

抑留を解かれてからしばしば質問されたことがあるの。それは、私たち秘書がどんな書類を扱っていたのかという話よ。私たちが管理部門として扱わなければいけなかったのは、深刻でない事案ばかりだった。量もたいして多くはなかった。秘書室に座って、電話はたくさんした。どこの会社でもしているような、単純な仕事ばかりだった。でも普通の会社だって、自分たちが扱っているのが何にまつわることなのか、みながわかっているわけではないわ。

放送局の人間はたとえば、ロンドンのラジオ局の放送を傍受できていたのかもしれない。でもそうして知ったことを、私には教えてくれなかった。きっと、重要な事柄を知っていたはず。でも、それを教えてくれる友人が私にはいなかった。きっとみんな、私のことを少し警戒していたのね。私がゲッベルスのところで働いていたから、何も話してくれなかったのよ。

でも私たちは、知りたいと思っていなかった。これが恐ろしい戦争だということは、みんなわかっていた。そして、この戦争は不可欠なのだと私たちは教えられていた。国民のために、そして世界じゅうから敵視されているドイツの存続のために、不可欠な戦争なのだと教えられてきた。それが世の中の流れだった。私たちには外国の友だちもいなかった。友人や知り合いの輪はあのころ、それほど大きくなかった。私たちは自分たちだけの輪の中に押し込められていて、戦争が続くにつれ、その傾向はますます強まっていった。

秘書室に詰めている私たちの役目は単純だった。いつでも仕事にかかれるように、そこに控えていることだった。私たちはみな仲が良かったし、一緒に楽しく仕事をしていた。たがいに気もあった。良い同僚ではあったけれど、それ以上の存在ではなかった。私たちの書き物机は長方形の部屋の中にあって、そこには、省内で作られたさまざまな書類が届いた。報告や請願や変更に関する書類がみな、私たちのところに来た。でも多くの事柄は、もっとも危険そうな案件も含め、すでに裁可されていた。特に重要そうなものは大臣本人のところまで行って、それから私たちの机に下りてきた。

私たちはどのみち、そうした書類に何かを書くことなど許されていなかった。よく覚えているわ。私たちが使ってよいのは青のインクだけで、赤や緑は使えなかった。たしか緑は大臣用で、赤は次官のための色だった。どちらがどちらの色だったかは、はっきり覚えていないけれど、ともかく色を見ればその書類が誰に関係するものなのか判別できるようになっていた。

もう六〇年も前のことだから多くは思い出せないけれど、秘書室でいつも電話が鳴っていたことは覚えているわ。でも、ゲッベルス宛ではないものばかりだった。ゲッベルスは、側近やほかの大臣からの電話を直接受けていた。シーメンス社の最新の発明品で、いちいちダイヤルしなくても、番号をキーでたたくだけで電話ができるシステムだった。ゲッベルスはその電話でヘルマン・ゲーリングと直接話をしていた。でもその電話の回線から私たちは遮断されていた。私たちがどれだけキーを押しても、何も起こらなかった。彼以外なら、世界中のどんな重要人物にも電話をかけることが可能だった。

もちろん私たちの仕事の大部分は、前線や帝国内で起きているありのままの事実を粉飾することに関連していた。事実は国民の目にポジティブに映るように、指示にもとづいて修正されていた。それが国民啓蒙宣伝省の基本原則だった。別の政府によってそれまで常に騙されてきた国民の目を、そうして見ひらかせるというのがナチスのやり方だった。ただ、具体的な例は私ももうよく覚えていないわ。

そうしたことを除けば、職場での日々はいつも同じように過ぎていった。白バラ抵抗運動のショル兄妹の事件のようなほんとうに危険な案件は、私たち秘書の机にはけっして回ってこなかった。でも、私の上司でゲッベルスの個人担当官だったフローヴァインさんが、裁判の記録の書類を一式まるごと、封もしない状態で私に手渡したことがあった。それを、鋼鉄製の金庫にしまっておいてくれと言われた。「中を見たりしないでくれよ」とフローヴァインさんは言った。だから盗み見なんてしなかった。上司が私を信頼してくれているのだから、そんなことはできなかった。「盗み見なんて、君はしないと信じているよ」と言われたかもしれない。そしてあっというまに、彼は部屋を出ていった。書類を渡された私は、部屋に一人残された。でも中を見たりしなかった。見たくてたまらなかったけれど、見なかった。私がそんなことをしないと相手が信頼してくれている以上、それを裏切ることはできない。私は上司から信頼されている自分を、とても誇りに思っていた。好奇心を満たすことよりも、そちらのほうが、私にとっては大切だった。そういう自分を、とても高潔だと感じていた。この先も、それはけっして忘れないわ。

あれは終戦に近い時期のことだった。ピンクだの黄色だのの色のついた紙が配られるようになったの。そこには、たとえば戦死者に関する数字など、最新の情報が載っていた。そのほかに、ソ連兵によるドイツ人女性のレイプについての数字もあった。信じられないような話よ。そうした情報を宣伝省は、放送局や新聞に誇張気味に伝えた。どこかの村で二〇人の女性がレイプされたという記録は、三〇人に膨らませられた。国民に知らせる前に被害を水増ししていたの。敵の蛮行はどれも大げさに伝えられていた。そのことは、とてもはっきり覚えているわ。

ほんとうに重要な事柄や秘密の命令は、かならず鋼鉄製の金庫に保管されていた。その鍵をもっているのは担当官だけだった。たくさんの書類が入っていたけれど、金庫に運ぶまでのわずかなあいだに中身を覗き見るなんて、できることではなかったわ。私が書類を手にしているのはせいぜい二分だった。どんな種類の書類があったかは、おぼろげにしか覚えていないわ。民族法廷〔ナチ党政権下で国家反逆罪などを扱った裁判所〕からの書類はたくさんあった。そういう事案に関して、私は自分では一語も書いていないし、口述筆記もしなかった。ほかの秘書たちも同じよ。誰もわかっていなかった。それに私たちには義務があった。誓約を果たさなければならなかった[22]。宣伝省に入ったとき、一冊の本を手渡された。そこには宣伝省での行動のルールやしきたりのことが説明されていた。たとえば、赤や緑のエンピツを仕事に使うことは禁じられていた。とても厳しく。そういうことをぜんぶ、知っておかなければならなかった。何から何まで詳しく知っていなければならなかった。すべてが厳しく制約されていた。私たちにはそれだけしかわかっていなかった。

ある有名な作家が書いた手紙の中に、ヒトラーやゲッベルスをけなすような記述があったという話を私たちはどこかで聞き知った。その作家は逮捕され、射殺された。処刑まではあっというまだった。そういう話は、人々の耳に入っていた。

ゲッベルスは自分でスピーチを起草することもあって、そういうときはかならずリヒャルト・オッテ[23]が口述筆記をした。リヒャルトは速記者で、とても気さくな人だった。そして、いつもゲッベルスのそばにいた。ゲッベルスは彼に、口述筆記をすべて任せていた。日曜日にはいつも、ゲッベルスによる長文の記事が発表された。日曜日に発表されるというのは、私たち秘書にもほかの人々にも、とっても新鮮だった。そういう文章はオッテが記述した。彼は独立した事務室を一つと、もちろん専属の秘書を与えられていた。ゲッベルスはオッテに口述筆記をさせて、その文章を「フェルキッシャー・ベオバハター」紙に送った。「フェルキッシャー・ベオバハター」は当時最大の新聞で、ゲッベルスはそこに自分の文章を発表していた。私たち秘書はいっさいかかわっていなかった。前にも言ったように、私たちは速記者兼秘書として高いお給料をもらっていたけれど、手を休ませる時間は結構あった。でも、時間厳守で執務室に出勤しなくてはならなかった。ただ、私が空襲で焼け出されたときは、人々はとても寛大だった。たくさんのことを処理するために、いくつもの事務所をあちこち走り回らなくてはならなかった。でも私がそうすることは、大目に見てもらえていた。

あの事件が起きたとき、私は残念ながら職場にいなかった。その日は非番だった。ときどきではあるけれど休みをもらうことができて、その日は、同僚の一人が住んでいるポツダムの近くのノイ＝バーベルスベルクで過ごしていた。

お昼ごろ、突然ラジオでヒトラー暗殺についてのニュースが流れた。私はすぐに宣伝省の事務室に電話をかけた。「いったい何が起きたの？」私は言った。「もうたいへんよ。今日はあなた、事務所に来ていなくて幸運だったわよ！　何が起きたのか、私たちもさっぱりわからないの。窓から外を見るしかないのだけど、ヴィルヘルム通りは銃をもった兵士でいっぱいよ。パレードではないわ。射撃の準備を整えているし。誰かが総統の命を狙ったらしいわ。ここは包囲されてしまって、建物から出ることができないの。情報はまるでないし、どうしたらいいのかわからない。ゲッベルス大臣もいないし。外に出ることはできないし、どうしたら家に帰れるのか、てんでわからないのよ」同僚は絶望的なようすで話した。

それから私はラジオに耳を押し当てていた。ニュースがつぎつぎ流れてきて、事件の詳細が明らかになった。そして、ヒトラーの無事が速やかに公表された。宣伝省の人々は、建物が包囲されていると気づいてから、ずっと生きた心地がしなかったそうよ。でも私は、その場にいなかったことを不運に思った。そんな大事件の日にポツダムにいる自分を恨めしく思ったわ。

だから、私がこの件で知っているのは、世間の人が知っていることだけ。すべての顛末を私も今では聞き知っている。それからあの将校たちを裁いた民族法廷の審理についても。でもそれは、みんなが知っていることよ。私がこの件について知っているのは、ほんとうにとおりいっぺんのことだけ。

それ以外の出来事も、職場で日ごとに耳にしたわ。時おりゲッベルスのところに俳優たちが来ているのは、私も知っていた。でも、彼らのあいだで何が起きていたのかは誰も知らなかった。「ユダヤ人ジュース」という映画[24]にまつわる出来事だった。ユダヤ人問題を扱った映画は当時いくつかあった。二〇〇年近く前から騒がれてきた問題だから。「ユダヤ人ジュース」の主役は、フェルディナント・マリアンというとても上手な俳優が演じた。すばらしい演技だったし、映画自体もすばらしかった。でもマリアンは、ほんとうはその役を演じたくなかった。強制的にやらされた。おそらく、もしその役を演じなければ、強制収容所に行けということだったのでしょうね。彼は抵抗したけれど、逆らいきれなかった。映画は大成功に終わったけれど、彼はきっとそれを誇りには思わなかったはずよ。[25]

ゲッベルスは、大きな成功を約束されている映画には、かならず介入していた。すべての映画にではないわ。でも、期待のかかっている映画は、まずゲッベルスの目を通さなければならなかった。ゲッベルスは、配役の変更まで行わせた。これについては知っているわ。私が自分の目で見たわけではないけれど、みんな知っていた。何度もそういうことがあった。映画はゲッベルスにとってレクリエーションであり、おもちゃだったのかもしれない。自分に課せられた、たくさんの不本意な仕事の対極にあるものとして、きっと彼は映画を必要としていたのね。彼はそれを楽しんでいて、ぜったいに手放そうとしなかった。

ゲッベルスが口をはさんだ最後の長編映画のことは、今も覚えているわ。[26]もう製作が終わりに近づいたころ、ゲッベルスはこの作品にかなり意図的な演出をしたの。この映画にもとづいて国民が、絶対的な勝利への意志を新たにするようにね。とても戦略的だった。週刊ニュース映画では、もちろんいつもドイツは勝者として描かれていた。そういう映像は、あちこちを大きくカットされていた。ゲッベルスはすべてに、そして芸術にまで干渉してきた。とりわけ彼が肩入れしたのは、当時学校でも非常に熱心に教えられていたゲルマン芸術だった。古来の英雄伝説にも、彼はとても熱心に肩入れしていたわ。

あのころは、オーストリア映画もたくさん作られていた。まだ目に浮かぶようよ。私が会うことができた俳優のアッティラ・ヘルビガー。ゲッツ・ゲオルゲの父親のハインリッヒ・ゲオルゲ。彼はとてもすばらしい俳優だったわ。でもユダヤ人の俳優の多くはさっさとドイツから逃げて、アメリカに渡った。UFAにも以前は何人かユダヤ人の俳優がいた。良い人たちだったけれど、彼らもみんな早々にドイツを去った。

私はいつもお金をもっていたわけではなかった。とくに放送局で働きはじめる前は、映画が封切になっても見に行くお金がなかった。そのころ映画は、大衆の最大の娯楽だった。演劇はチケットが高いし、オペラなんて論外だったから。

でも戦争が続くとともに、みんな、食べ物のことが第一になって、文化は徐々に先細りになっていった。そのころもまだラジオは、重要な娯楽を与えてくれていた。そのころ放送していたのは〔国営放送傘下の〕ベルリン国営放送だけだった。とくに夜遅い時間、午後一一時ごろの放送を聴いた。ホテル・アドロンやエクセルシオール、カイザーホーフ、ブリストル・ウンター・デン・リンデンなどの高級ホテルから、中継放送が行われた。そのころは、とても良いホテルやバーがあった。ラジオではバーミュージックを放送していて、最新のヒット曲も紹介された。家族みんながベッドに入り、もう眠ってしまったころ、私は長椅子の上で過ごしていた。そのころのヒット曲はみんな知っていた。音楽が流れれば一緒に口ずさむこともできた。すてきだったわ！　そのまま眠ってしまったのを、母さんに見つかったこともときどきあった。そんなのは平気だった。ほかに文化は、何もなかったのですもの！

まるで心がマヒしているようだった。それまで生きてきた中で、恐怖を感じたことは幾度もあった。でもあのときは氷のように冷静で、無感覚だった。感情をすべて失っていた。恐怖を感じる余裕すらなくなっていたのね。その代わりに、こう感じていた。これですべてが終わりだ。もう、この先はない。終わった。すべてが終わったのだと——。

——ブルンヒルデ・ポムゼル

「破滅まで、忠誠を」

宣伝省最後の日々

破滅が確実になる直前、ブルンヒルデ・ポムゼルはある重大な選択を迫られた。その結果彼女は第三帝国最後の日々を、総統地下壕の隣にある宣伝省の防空壕の中で、政府に最後まで忠誠を誓った人々とともに過ごすことになった。総統地下壕で起きている出来事をポムゼルは、最後まで残ったナチスの信奉者を通じてとぎれとぎれに知らされた。その中にはハンス・フリッチェ[27]や、ゲッベルスの副官であるギュンター・シュヴェーガーマン[28]などがいた。シュヴェーガーマンは最後、マグダとヨーゼフのゲッベルス夫妻の遺体を焼く任務を負った。国民啓蒙宣伝省の高官であり、ラジオのコメンテーターとしても有名だったハンス・フリッチェは、ゲッベルスが降伏を拒否したあと、単身で降伏交渉に臨んだ。彼はポムゼルたちが縫った降伏の白旗を手に二人の高官とともに境界線を越え、ソ連軍の陣地に入った。短い交渉のあとフリッチェはドイツ政府の名において、ドイツの降伏をソ連が受け入れたと発表することになっていた。一九四五年五月一日の晩、ベルリン攻防戦において防衛軍司令官をつとめていたヴァイトリング大将もまた、部隊に戦闘停止を要請した。

*

宣伝省の防空壕のことは、今でも覚えているわ。ナウマン博士はヒトラーのいる総統地下壕のほうに行きっぱなしだった。ぼんやりだけど記憶しているのは、たしかどこかに、鉄の板のようなものがあったことよ。

あれは、もう終戦が近いころだった。そのころはもう日中から、町の上空を爆撃機が飛ぶようになっていた。空襲は午前中から始まっていた。大きな爆撃ではないけれど、地上から見えるほど低空を爆撃機が飛んでいた。敵軍の飛行機だった。ナウマン博士は席に座って、私に口述筆記をさせていた。私はあまりにも怖くて、もう一語も書き進められなくなった。博士は大声で笑って言った。「おいおい、危険になったらそう言ってやるよ!」

ようやくナウマン博士は、落ち着き払ったようすで立ち上がり、「それじゃ、一緒においで」と言った。博士は私を連れて広場を突っ切り、一枚の扉の前まで来た。たぶんそのとき、空にもう爆撃機はなかったと思う。爆撃機はみな、どこかへ行ってしまっていた。そして突然私の目の前に、地下に通じる階段があらわれたの。けれどナウマン博士は私を親衛隊員の手に押しつけ、一人で行ってしまった。隊員は私をふたたび宣伝省に連れ帰った。私はそれまで一度も、その階段を見たことがなかった。そのあとみんなのところに戻ってから、初めて総統地下壕の存在を知った。ヴィルヘルム広場の下は、総統地下壕になっていた。それについて、私はいっさい何も聞いたことがなかった。

戦争のあいだは、とても恐ろしい思いをした。今も覚えているわ。空襲があると女たちは——特にヒステリックな女の人は——「ああ、ここに爆弾が落ちたら、すべてがおしまいよ！」と言った。そういうとき、私は大声で言った。「何を言っているの？　生きるのよ！　私は生きるわよ！　爆弾で死んだりなんて、ぜったいするものですか！」。私の生きる意志は、信じがたいほど強かった。生きてどうなるかなんて、わからない。それでも私は生き永らえたかった。戦争で死ぬのなんて、ごめんだった。

戦争の末期、私たちは宣伝省の粗末な防空壕に座って、ヴェンク軍[29]による救援をまだ愚かにも信じていた。迫りつつあるソ連軍の背後にヴェンクの部隊が回り、不意打ちを食らわせるはずだとあのときの私たちはまだ信じていた。そして、当局の采配次第で戦争に勝利できるだろうと思い込んでいた。四月の、ヒトラーの誕生日[30]の翌日にみなで宣伝省の防空壕に降りたときから、その可能性にしがみついていた。地下では、ほとんど話はしなかった。けれど、みんなそれを信じていたし、ここにいれば自分たちは大丈夫だと思っていた。総統地下壕で何が起こっているのかは、人づてに伝わってきた。いつも誰かが来て、あちらで何が起きているのかを報告してくれた。ナウマン博士も一度だけ来た。私たちのところに食べ物がちゃんとあるかを確認しに来たの。アスパラガスをたくさん食べたのを覚えている。缶詰から出しただけの、なんの味もないアスパラガスを食べた。ほかにも始終誰かが来ていたけれど、名前は思い出せない。ゲッベルスの副官だったシュヴェーガーマンさんも来たわ。ギュンター・シュヴェーガーマンよ。とても親切で、良い人だった。彼も総統地下壕のことを少し報告してくれた。

シュヴェーガーマンが教えてくれた。「ゲッベルス大臣とご家族はみな、総統地下壕にいます」「子どもたちは?」「お子様も一緒です。ご家族みなで今は、総統地下壕にお住まいです」。それを聞いて私たちは納得した。ブランデンブルク門の近くにあるあの美しい邸宅はあまりに危険だった。ソ連軍はそのころ空襲に加えてスターリンオルガン〔ソ連が開発した多連装ロケット砲。発射時の音がオルガンに似ていたことから、ドイツではこの名で呼ばれた〕でも攻撃を始めていた。だからゲッベルスは家族を総統地下壕に呼び寄せたの。

宣伝省の防空壕に避難して最初の数日は、電話が一つだけ機能していた。ハンブルグと電話がつながったのを覚えているわ。ベルリンの外にまだ電話ができたの。でも、しばらくして電話はぜんぶ通じなくなった。だから、ただ座っているほかなかった。それから、防空壕の中に何かないかと探しまわった。ワインがたくさんあった。でも、食べ物も必要だった。缶詰をいくつか見つけたけれど、それもみんな食べてしまった。外に出て、食べ物を調達するのは論外だった。防空壕から頭を出すことさえできない状況なのだから。

そのうち、ソ連軍との市街戦でケガをした人がつぎつぎ運び込まれてきた。私たちは防空壕の中でさらに小さくなって、ひたすら待った。徐々に情報が入ってきて、ヴェンクの部隊に解放してもらえるという見込みが外れたらしいこともわかった。

私たちのいる防空壕の中には大きな部屋が二つあって、一部に簡易ベッドが取りつけられていた。人々はそのベッドで、四時間交代で順番に睡眠をとった。そんなふうにして一週間くらいが過ぎた。

断続的に、建物の中に救急隊員が来たり病人が運び込まれてきたりしているのがわかった。何かの物音がたえまなくどこかでしていた。私たちは扉を閉ざし、中に閉じこもって過ごした。それ以外にしようがなかった。

ああ、それでも私たちは、なんとか生きのびたの！　何かが起きていることに、私たちも気づいた。そして、とぎれとぎれではあったけれど、総統地下壕から誰かがこちらに来た。ナウマン博士は総統地下壕に行きっぱなしで、かわりに親衛隊員が、向こうで何が起きているかを知らせてくれた。そのうち、私たちのいる宣伝省の防空壕にシュヴェーガーマンが来て、「ヒトラーが自殺しました」と言った。私たちはみな、その場にただ立ち尽くしていた。誰も、何も言わなかった。みんな、それぞれの思いにひたっていた。シュヴェーガーマンはまた姿を消した。彼はただ、情報を伝えに来ただけだった。総統地下壕で何が起きているのか、私たちがまったくわかっていないのを、シュヴェーガーマンは知っていた。とにかくそれが第一報だった。それが意味することを、誰もがすぐに理解したわ。戦争は終わったのだと。負けたのだと――。みな、それをはっきり悟った。

細かいことをどのように知らされたのかは、もうぜんぶは覚えていない。そのあとが長かったように記憶しているわ。まるまる一昼夜がたって——すくなくとも一昼夜がたってから、ふたたびシュヴェーガーマンが来て言った。「ゲッベルスが自殺しました。奥様も一緒に」「子どもたちは？」「子どもたちもです」。もう何も言えなかったわ。

防空壕での日々は、お世辞にも快適ではなかった。私たちは、お酒を切らさないように気をつけていた。どうしても必要だったから。全員ではないけれどかなりの人がお酒を飲んでいた。不安を和らげるためよ。もう仕事もなかったしね。その場の空気は——もちろん恐怖はあったけれど、「もうどうすることもできない」という気持ちもかなりあった。投げやりな気持ちもあった。もう、来るものが来たのだから。でも、いったい何が来てしまったのか、わからなかった。もうすべてが終わってしまった。自分が敵から撃たれるだろうかとか、暴行されるだろうかなどと、考えすらしなかった。すべてがどうでもいいように思えた。まるで心がマヒしているようだった。それまで生きてきた中で、恐怖を感じたことは幾度もあった。でもあのときは氷のように冷静で、無感覚だった。感情をすべて失っていた。恐怖を感じる余裕すらなくなっていたのね。その代わりに、こう感じていた。これですべてが終わりだ。もう、この先はない。終わった。すべてが終わったのだと——。

それより少し前のある出来事を覚えているわ。ゲッベルス邸のテラスにタイプライターを置いて仕事をしていた最後のころのこと。ゲッベルスの個人担当官の一人であるコラッツ博士[31]が来たの。とても親切な人だった。彼はこう言った。「ポムゼルさん。もっとひどい事態になる前に僕は、ポツダムにいる妻子に別れを告げて来ようと思う。そのためにオートバイを用意した」。省には自動車管理部があって、そこにはオートバイもそろっていた。でも、当時はもう使用を許されておらず、オートバイに乗ることはできなかった。ガソリンだって、まったく手に入らなかった。でも彼はなんとかしてオートバイを借りてきた。ポツダムまで走れるだけのガソリンも調達したとのことだった。博士は私に「たしか、ご両親が今はポツダムにいると話していましたよね」と言った。うちの住まいは、もう住むことができなくなっていた。度重なる爆撃で窓も扉もぜんぶ破壊され、すべてが壊れてしまっていた。「よければ一緒に連れていきますよ。明日の朝早く出発して、また戻るつもりです。急げばすぐに着くでしょう」と彼は言った。「どうも」と私は言った。「それではご一緒させてください。私も両親の顔を見ておきたいので」

そんなわけで私は翌朝、オートバイの後部座席に乗った。コラッツ博士は私を乗せてポツダムまで行くと、「夜の七時にまた迎えに来ます」と言って別れた。

こうして私はその日の午後を――正確にはお昼と午後を――両親と過ごした。そして午後七時が来た。けれど、コラッツ博士はあらわれなかった。八時になっても九時になってもあらわれなかった。どうやって彼と連絡をとればよいのか、皆目わからなかった。両親ももちろん、ずっと寝ずにいた。でもある時点で母さんが「ひとまず眠りましょう」と言った。翌朝七時に私たちは起きた。でもやっぱり博士の姿はなかった。私はひどいパニックに陥った。当時、突然誰かが勤めに出てこなくなることはたしかにあった。もともと仕事にまじめでない人が来なくなることもあれば、身の危険を察知して突然姿を消した人もいた。でも私にはなすべき仕事があった。そして私は職場のチームの一員だった。だから戻らなくてはならなかった。ぜったいに、帰らなくてはならなかった。

「ほんとうに帰らなくてはいけない？」と母さんは言ったけれど、私は「そうよ、ぜったいに！」と答えた。義務を果たすべきだと強く思っていたし、とても重い役目を負っていたから、私は大急ぎで駅に向かった。でも、もう交通機関はまともに動いていなかったのだから、急いでもしかたがなかった。ところが駅に着いたら、ベルリンのフリードリッヒ通り行きの列車が来た。なぜそれが運行していたのかはわからない。とにかくその列車は来て、停まって、私を乗せて走り出した。列車にはほかにも人が乗っていた。おそらく、それまでの数日間の爆撃ですべては破壊されていた。列車がフリードリッヒ通りの駅に着くと、私はそのまま駅から宣伝省に向かい、そして防空壕に飛び込んだ。そして一〇日から一一日くらい、そこで過ごした――。

コラッツ博士のその後については、あとで誰かから聞いたわ。あのとき博士は、奥さんに会いに行った。二人には一人娘がいた。一〇歳か一一歳くらいだった。障がいのある子だったけれど、夫妻はとても可愛がっていた。たった一人の子どもだったしね。コラッツ博士は奥さんと子どもを車に乗せて、ヴァンゼー湖に向かった。そして二人を銃で撃ってから、自殺した。三人はそこで亡くなった。彼は最初から、ベルリンに戻るつもりなどなかった。でも、そのことを私に話すわけにはいかなかった。私をベルリンに送っていけないと、告げるわけにはいかなかった。博士はあの日、そういうつもりでポツダムに行ったのよ。きっと、生きる希望をすっかり失くしてしまったのね。

博士が私の命を救おうとしていたのかですって？　もちろんよ。彼はきっと、こう思っていたにちがいないわ。状況を理解できるやつなら、このチャンスを利用して、今は田舎にとどまるはずだと。

あとから考えれば、あのときの私は大馬鹿だったわ。「この戦争には、もう勝てない」と人々が悟ったのが、ちょうどあの時期だった。それなのに、なんとしても戻ろうとした私はなんて愚かだったのかしら。事態がどう動いていくかに、私は思いが至らなかった。おそらく、あのころの私は何も感じられなくなっていた。まるで死んでしまったように。命の火を吹き消された抜け殻のように。でも、過ぎてしまった出来事を今こうして語るのは、とても難しいわ。自分たちがずっと、どんな心の状態だったかを語るのは——。

自分がすべてをなんとか乗り越えてきたことは、もちろん良かったと思うわ。まったくちがう道もあったけれど、たぶん、あのころの私にはそれについてじっくり考える機会がなかった。考えられたとしても、すべてはもう遅かった。今の私は当時についてこんなふうに思う。良くないことも、ものすごくひどいことも、たくさんのことが自分の身には起きたけれど、それでもなんとかうまくやってこられたのではないか、とね。それについては嬉しく思うし、自分自身に満足しているわ。満足していいだけの理由があると思う。

すてきなときもたくさんあった。心から幸せを感じたこともあった。つまらないことばかりだったわけではけっしてない。でも、ときには少し退屈なこともあった。人生というのは、高(ハイ)と低(ロー)だけでできているわけではない。その二つのあいだに長い休みの時間がある。私の人生もそうだった。どんな人もきっと同じはずよ。

でも、破滅が近づいていたあの時期、私たちはみな精神的に死んでいたも同然だった。夢の兵器もない。どこかからあらわれて人々を救うはずだったヴェンクの部隊もいない。人々はもう、そういうことを考えるのを完全にやめていた。人々はただ茫然(ぼうぜん)として、いったい事態がどう終わるのかを考えているだけだった。いっぽうでこの私のように、ヴェンクの部隊がソ連軍を奇襲してくれると信じ、それに成功すれば戦争の流れは変わると思い込んでいる愚か者も少しはいた。ヴェンクの部隊がソ連の兵隊たちを殺せば、すべてはうまくいくと私は思っていた。でも、宣伝省の中核でももう、私たちのような人間は多くはなくなっていた。私だって、ヴェンクの部隊のことを純粋に信じていたわけではない。ただ、ほかの可能性が考えられなかっただけ。それしか可能性はないと思った。ヴェンクの部隊は存在して、ここに来て、すべてを一掃して、それですべてがうまくおさまるのだと、それしか考えられなかった。

ヴェンク部隊のことは、最後の最後まで私たちの頭を離れなかった。でもみな、どこかの時点で、それが目くらましだったことに気づいた。中には、もっと早くそれに気づいた人もいた。私は愚かだったから、ほんとうに最後までそれを信じてしまった。ただ単に、そうではないかもしれないと想像することができなかった。戦争に負けるなどありえないと、私たちは思っていた。なぜありえないと思ったのかしら？　ともかく、それはありえなかった。敵を背後から襲うというのは正しい戦略に思えた。ソ連軍がもうドイツ国内に侵攻しているのに、私たちはそれを知らずにいた。私はあのころ、ほんとうに馬鹿だった。でもこれからだって、たいへんな時代が来て、考えなければならないことや乗り越えなければならないことがたくさんあって、すべてを誤って進めてしまったら、内心葛藤していたとしても、人は自分の過ちをけっして認めたがらないのではないかと思う。

私は思うの。人生の中で多くの過ちを犯したけれど、そのときは深く考えていなかった。私は何かに属していて、責任感はいつもとても強かった。仕事はきっちりと正確にやっていたから、人からは信頼されていた。何か場を与えられれば、きちんと仕事をこなした。それが昔から、私の生き方だった。その仕事が良いものだろうと悪いものだろうと。放送局で働こうが宣伝省で働こうが、私にとっては同じだった。それはどうでもいいことだった。

あのころ、人々はいつもこんなふうに考えていた。ああ、ともかく自分はまだ生きている。家はすべて壊れてしまったけれど、ともかくまだ命はある。窓はまた壊れてしまったし、ドアは閉まらないけれど、まだ自分は生きている。あのころ何千人もの人々が、日々をかろうじて生きのびながら、そんなふうに思っていた。それは、何でもないことだった。まるで呼吸をするように自然に、私たちはそう考えていた。

ともかく私たちは宣伝省の防空壕に、ネズミのようにうずくまっていた。ソ連軍はもうベルリンにいた。そのうち突然、顔見知りの放送局の人が二人、放送局のあるマズーレン通りから防空壕に姿をあらわした。一人は昔サッカー選手だったハンネ・ソベック[32]だった。あのころのサッカー選手は、昨今のように重んじられてはいなかった。でも、当時の偉大な選手の一人だったソベックは、放送局のスポーツ部門でポストを与えられていたの。彼ともう一人、やはり放送局で顔見知りだった人が徒歩で防空壕までやってきた。マズーレン通りには、もうソ連軍が押し寄せていたから。こうして私たちはなおもずっと、防空壕に座り続けていた。外部と電話はもう不通になっていた。外とのつながりはもういっさいなく、私たちは罠にかかったネズミのように防空壕に座っているほかなかった。

階級のとても高い人間が一人だけまだ、私たちと一緒に防空壕の中にいたわ。それがハンス・フリッチェよ。宣伝省の係官たちも何人か一緒だった。ハンス・フリッチェはベルリンの大管区長の代行者だった。ゲッベルスはいくつもの役所を管轄するのに加えて、ベルリンの大管区長も兼任していた。そしてフリッチェはその資質を買われて、ゲッベルスの代理をつとめていたの。その彼が、私たちと一緒に座っていた。防空壕には二つ部屋があった。フリッチェはおおかた、係官たちと一緒に何かしていた。そのハンス・フリッチェが私たちに指示を与えた。粉やお米やパスタが入っていた布袋を空っぽにして、ほどいたり切ったりしたのを縫い合わせて、ものすごく大きな白い旗を作れというの。防空壕には裁縫道具なんてなかったけれど、なんとか工夫して、私たちは旗を作りあげたわ。

ベルリンがだんだん静かになってきていることにも、私たちは気がついた。まだ銃声は聞こえていたけれど、それはもう大砲の音ではなく、もっと小型の銃の音だった。ともかく私たちは四苦八苦しながら布を継ぎ合わせ、特大の旗をこしらえた。そうしたらフリッチェは二人の係官を従えて、今から外に出てくると言った。まだ外では銃撃が続いていたけれど、なんとかしてベントラー通りまで行って、ソ連兵と話をしてみるとのことだった。そうしてフリッチェは数名の人間を伴に連れて、私たちを防空壕の中に残し、外に出ていった。「ここにいるんだよ。われわれがなんとかするから。この白旗を掲げながら外に出て、ベントラー通りまで行ってみるよ」と彼は言った。ベントラー通りには、ソ連軍の最高司令部が置かれていたの。

それから数時間が経ったころ、ソ連兵が地下になだれこんできた。置き去りにされた私たちは、導いてくれる人がもう誰もいない哀れな状態だった。フリッチェを慕って、一目置いていたのに、彼は私たちを見捨てたの。私たちは、殺される家畜のようにその場にしゃがみ込んでいた。そうして私たちは、ソ連兵が来るのを待っていた。気がついたら彼らはもう、私たちのすぐそばに立っていた。たぶん五人か六人くらいで構成された隊だった。だいたいの兵士はモンゴル系の顔をしていた。まったく見慣れない顔つきだった。そしてもちろん銃を下げていた。彼ら自身も、建物に押し入ったはいいものの、あまりにたくさんの通路がどこまでも続いていたものだから、怯えていた。宣伝省の建物は、敵に襲われることを想定して作られていた。だからソ連兵たちは通路を忍び足で歩き、そして最後、私たちのいる地下室の扉を押し開けた。

私たちはみんなで一〇人くらいだった。ソ連兵は私たちを一か所に集め、外へと導いた――というより外へと押し出した。私たちは穴倉から外に出た。銃声が一発聞こえて、誰かがあれはマイアーだと言った。私たちが地上に引き出された出口はマウアー通りにつながっていた。つまり、宣伝省の裏側だった。日の光を見るのは一〇日ぶりだった。みんな青ざめた顔で、ひどいありさまだった。ソ連兵は私たちを銃でぐいぐい押して、どこかに向かわせた。私たちは、これでもう終わりだと観念した。そのとき突然、ある一団がマウアー通りの曲がり角からこちらにやってきた。白旗を掲げていた。ビリビリに破れてはいたけれど、旗だということはかろうじてわかった。

フリッチェがその一団の中にいたかどうかは覚えていない。でも、彼と一緒に出ていった一人はたしかにそこにいた。だから、フリッチェも、もしかしたらあそこにいたのかもしれないわ。いずれにせよ、先頭に立って歩いていたのはソ連軍の将校だった。そして私たちはもう一度、防空壕の中に押し戻された。
質問などできなかった。私たちは、前へ後ろへと動かされる将棋の駒にすぎなかった。私たちはまた、防空壕の中に座らされた。フリッチェは今度は一緒ではなかった。数時間、私たちはずっとそこに座っていた。それからもう一度、ソ連兵が来た。でもさっきとは、まったくちがう兵士だった。スマートで、上等なスーツに身を包んだ彼らは、ベルリンを占拠したソ連軍司令官チュイコフ[33]の司令部から送られてきていた。フリッチェがチュイコフのもとに行き、ベルリンの降伏が確定するまで、チュイコフは私たちに手を出さなかった。チュイコフに送り込まれてきた兵士たちは、エリートに属していた。彼らは私たちをもう一度防空壕から外に出した。そして街中からテンペルホーフまで徒歩で向かわせた。

ベルリンは、突然おとずれた死のような静寂に包まれていた。聞こえてくるのは馬の蹄（ひづめ）の音と車のクラクションの音だけ。ソ連兵の乗ったトラックの音も聞こえたし、トラックそのものも見た。でも、銃撃の音はもうしなかった。まだ町中が、片付けられていない死体だらけだった。

私たちが認識できたのは、それくらいよ。そういえば、もう町には制服を着たロシア人の女性が立って、交通整理をしていたわ。

どこかの角で私たちは止められた。ちょうどそこに、ドイツ人の年配の夫婦がいた。二人はすぐそばに立ち、私たちが兵士に取り囲まれているのを見ると、「逮捕されたの？　あなたたち」

とたずねてきた。「私たちにもまだわからないんです」と答えたわ。そこへソ連兵が「行け、行け」と言いながらまたやってきて、私たちを前へと押した。その夫婦も私たちと一緒にされた。ソ連の兵士たちは先を急いでいたので、夫婦はそのまま私たちのグループの中に押し込められてしまった。

テンペルホーフの近くでソ連兵は私たちを、小さなアパートの中に閉じ込めた。二部屋しかない小さなアパートだった。私たちはきっかり一〇人で、部屋にみんなで座った。

そこで一晩を過ごした。食べ物も飲み物も、何もなかった。例の夫婦はずっと私たちと一緒にいた。そして、自分たちが誰と一緒にされているかを知って、悲嘆に暮れ、泣いていた。その場にはドイツ語が少しはわかるロシア人が何人かいたので、私たちは、その夫婦と私たちが赤の他人でなんの関係もないことをロシア人にわからせようと、あらゆる努力をした。彼らがあの角にいたのは道を渡ろうとしていただけで、ここに一緒に連れてこられたのは手違いなのだと、私たちは必死に説明した。夫婦はその後、解放された。ロシア人は私たちの言うことを信じてくれたの。

でも彼らは、私のことは解放してくれなかった。最初私たちは、一人の白ロシア人の女性と一緒に閉じ込められた。その女性の両親はロシアで革命が起きたあと一九一八年にロシアから逃げてきたのだという。ベルリンにはそうした白ロシア人がたくさん住んでいた。ソ連兵にとっては、ナチスよりもむしろやっかいな存在だった。なぜなら、ベルリンにいるロシア人というのは要するに裏切り者だから。女性の夫はジャーナリストで、やはりどこかでソ連兵にとらえられていた。女性は何度も尋問に呼び出され、とても追い詰められていた。

ソ連兵にとらえられたとき私は、これでもう戦争は終わったのだと思ったわ。これからまた普通の生活が戻ってくるのだろうと――。私を尋問したソ連兵はとても友好的な態度で、ドイツ語の上手な通訳もそばにいた。どちらも親切な人だったので、聴取が終わったら私を家に帰してくれるだろうと思っていた。きっと大丈夫だと楽観していた。

一つの部屋にみんなで腰かけ、聴取を待っているとき、私たちはいくつかのものごとの口裏を合わせておいた。「道を歩いていて砲撃を避けようと、宣伝省の建物に入っただけ」と言おうという人もいた。でも「事実でないことは言わないほうがいいわ。つじつまが合わなくなるもの」と言う人もいた。

私自身は、ほんとうのことを言おうと思っていた。宣伝省で働いていたと答えようと思っていたわ。あの恐ろしいゲッベルスのいる宣伝省で、速記タイピストをしていただけ。でも宣伝省の建物はとても広いから、彼の姿を見かけることはまずなかった。私のような小娘が、ゲッベルスに会えるわけはない。でもたしかにあそこで働いてはいたと、答えようと思っていた。その前は放送局で働いていて、勤務を命じられたから宣伝省に移ったのだと――だってこれはほんとうのことだもの――でも、彼を見かけたことは一度もないと答えるつもりだった。あのころ、私はただ書類相手に仕事をしていたのだと。

だって私はこう思ったの。もう一度呼び出されて、もう一度聴取を受けることになった場合——そういうことがあったと、何かで読んでいたの——そして、前とはちがうことを口にしてしまったら、嘘をついたと言って捕まえられるかもしれない。でも、ほんとうのことを口にしていれば、ぼろを出さずにすむ。そうすれば、きっとひどいことにはならない。ソ連兵も私を罰することはできないはず。とにかく、自分で命を絶つとか、誰かに撃たれて死ぬとか、そんなことを私はいっさい考えなかった。きっと家に帰してもらえるだろうと、信じ続けていたわ。

私は何もしていない。それははっきりしていて、彼らにもそれはわかるはず。彼らは私に、「ここにとどまってもらいます」とは言わなかった。「どうもありがとう（ダンケ・シェーン）」と言って、でも私をさらに拘留した。結局私が解放されたのは、それから五年も経ってからだった。

悪は存在するわ。悪魔は存在する。神は存在しない。だけど悪魔は存在する。正義なんて存在しない。正義なんてものはないわ。

——ブルンヒルデ・ポムゼル

「私たちは何も知らなかった」

抑留と、新たな出発

ブルンヒルデ・ポムゼルは逮捕後、かつてのブーヘンヴァルト強制収容所内に一九四五年八月に建設されたソ連の第二特別収容所に移送された。収容所の建設は、内務を司る人民委員ラヴレンチー・ベリヤによって指示され、外界からほぼ完全に隔絶したつくりになっていた。主に収容されたのはナチ党員やシンパ、そして戦争犯罪者などだった。抑留された人々は親族と連絡を取ることができず、外界のいっさいの情報を遮断されていた。病気や栄養不良によって抑留中に死亡する人も多かった。

長い時間を隔てた今、自身の個人的な罪は否定しながらも、ブルンヒルデ・ポムゼルはヨーゼフ・ゲッベルスと当時の政治体制を断罪している。

＊

もしもコラッツ博士の言うとおりにしていれば、ブーヘンヴァルトの収容所に送られなかっただろうし、ソ連軍によって別の収容所に移されたりもしなかった。今さらだけど、あのとき私はベルリンを去るべきだった。家は破壊されて、もう住めなくなっていたのだし。でも、あれは運命だった。あんな激動の時代に、運命の手綱を自分で操れる人なんていやしないわ。あとになって、自分はこういう理由でこうしたのだと言うだけよ。私たちはともかく、ああいう運命に見舞われてしまった。でも、ソ連軍に捕まったのは、やっぱり不運だった。壊れた自宅になんとかしてとどまっていれば、あのとき宣伝省にはいなかっただろうし、やってきたソ連兵に地下から引きずり出されることもなかった。家にいさえすれば、たぶん何事もなくすんでいた。

ナチスに対抗して当時何かできることがあったのではないかと、現代の人が考えるのは当然かもしれない。でも、それは不可能だった。命がけでなければ、そんなことはできなかった。最悪の結果を覚悟していなければならなかった。そういう例は十分すぎるほどあった。あれらはすべて、巨大な犯罪だった。時をおいて振り返れば、それはよくわかる。でもあの当時は……。私たちは宣伝省にがっちり抱え込まれて、そして、あの中に陥ってしまった。それはもちろん、愚かだったせいよ。でも、孤絶していたことも原因ではある。あのころ、外国とのつながりをもっていた人は、ほとんどいなかった。

抵抗を試みた人もわずかに存在した。でも、それがどれだけ役に立った？　そういう人はもう誰も生き残っていない。多くの人々は政府にまったくちがうことを期待していた。人々はすすめられるまま党に入り、国政にかかわることを望んだ。ほんとうに強固な意志と目的をもって入党した人は、親衛隊に所属することになった。それからもちろん突撃隊にも。でも、そうした人たちもうみんな死んでしまった。突撃隊のほうは一般市民に近く、親衛隊は少し仰ぎ見るような存在だった。

私はとにかく末端とはいえ、あの政治のるつぼの中に陥ってしまった。考えたってしかたがない。どうすれば防げたかなんて、私にはわからない。間違った人に付き従ってしまう愚かな人間は、いつの時代にも存在するわ。それをした人間は、あとで高いつけを支払わされる。もちろん、またああいうことが繰り返されるだなんて私には想像ができない。でも、人々が過去から何かを学んだのかどうかは、私にもわからないわ。

第一次世界大戦に負けたあと、ドイツは指導者を欠いていた。そういう人間が、誰一人いなかった。だからこそヒトラーは、あんなにもやすやすと勝利できた。あふれる失業者たちが、ヒトラーの大きな後ろ楯（うしだて）になっていた。

今の政治の形は昔とまったくちがう。そして生活のあり方もちがう。

今の時代にまたああいうことが起きるとは、私は思わない。それはおそらくありえないと思っている。あのころだって、ナチズムの動きを阻止することはぜったいに不可能というわけではなかった。でも当時、それに対抗するのはまったく逆の勢力だけだった。ナチズムと共産主義という、両極端な二つの勢力しか存在していなかった。今の政治は、そんなふうに極端なものではけっしてないわ。

私は抑留を解かれたあとで初めて、戦争のときに何が起きていたのかを知った。普通のドイツ人は徐々にそれを知らされた。戦争が終わって、ニュルンベルク裁判があって、人々はあの時代にいったい何が起きていたのかをゆっくり知らされていった。ゆっくりだろうとなかろうと、ひどい事実であることに変わりはないわ。でも、毎日少しずつ知らされれば、人はそれに慣れていく。私は収容所の中で行われていたことを――あれらの写真や集団墓地などを――知ったとき、愕然(がくぜん)とした。でも、何も知らなかったのなら、やっぱりそれは私たちの罪ではない。そして私個人の罪でも断じてないはず。ぜったいに。私はブーヘンヴァルトやザクセンハウゼンに抑留されて、さらに、当時ロシアが占領していた東ベルリンの工場にも送られた。ロシアの監獄には一度も入らなかった。そういう場所にいるあいだ、私たちは外部から完全に隔離されていて、外で起きているものごとを何ひとつ知らずにいた。

ゲッベルス夫妻に関しては、私は最後の最後まで、彼らがどういう人間なのか、正しく理解していなかった。逃げることは可能だったのに――。何より理解できないのは、なぜ彼らが自分の命を絶ち、子どもたちまで殺さなければならなかったのかということよ。ソ連軍はたしかにそこまで迫っていた。でも、たとえばハンナ・ライチュ[34]はゲッベルスらに、飛行機で逃げるようにすすめていた。ハンナ・ライチュは、自分の小型飛行機が着陸できるなら、子どもたちと家族を乗せて逃げるのは可能だと言っていたそうよ。でもいちばん理解できないのは、夫人のマグダの行動よ。

どこから聞いたのかはもう忘れてしまったのだけど、いちばん上の子は薬を飲むのを嫌がって、必死に抵抗したというわ。子どもたちは前もって睡眠薬を飲まされていた。でもあの子は自分の身に何が起こるかに気づいて、あるいは予感して、必死に抵抗をした。なんてひどい話かしら。

ゲッベルスが自殺したのは、ある意味しかたがないかもしれない。ほかに選択肢はなかった。でも、それ以外のすべては臆病者のふるまいよ。子どもを道連れにするなんて、ひどすぎる。子どもたちはそれぞれの人生を生きられるはずだったのに――。自分が産んだ子どもを母親が殺すだなんて。それもあんなに計画的に死なせるなんて。子殺しにも何らかの理由があることは時にはある。でも、子どもを殺すのは、戦争にも匹敵する大きな犯罪よ。すべてを采配しておいて、その場から消えて、責任を仲間に押しつけて平気なのは、私から見ればとんでもない臆病者だわ。薬を飲んで死んだ人もいる。ゲーリングは服毒自殺をした。残った人たちは釈明や申し開きをしなければならなかった。でもいちばんの責任はもちろん、いちばん高いところにいるヒトラーにあった。

強制収容所が存在することは、前から知っていたけれど、まさか人を毒ガスで殺して焼いていたなんて、思いもしなかった。私自身もブーヘンヴァルトの特別収容所でシャワーを浴びるとき、同じような場所に立った。思い浮かぶわ……あそこで衣服を脱いで、フックにかけなければいけない。私のフックは四七番と決まっていた。脱いだ服はそのあいだに洗濯に回された。シャワーを終えて別の部屋に行くと、同じ番号のフックにまた服がかかっていた。私は一五分くらいのあいだ、タイルを張った大きな部屋でシャワーの下に立っていた。天井には一定の間隔をあけて、大きなシャワーがいくつかついていた。水が出てくると、その下に立った。コックをひねると、水は勢いよく出た。私たちは小さな石鹸を与えられて、それで体を洗った。お湯はかなり長い時間出て、それが水になると、シャワー室から次の部屋に移った。その部屋も暖かかった。いつも暖かかった。その部屋で衣服を着て、また外に出ていった。だけど、私たちが楽しみにしていたシャワー室で以前に何が行われていたかを知って、心底恐ろしい気持ちがした。バラックでは冷たい水しか出ないから、ようやくお湯を浴びられると思うといつも嬉しかった。でも戦争のときはあの同じ道具が、ガスを送り込むために、そしてユダヤ人を殺すために使われていた。どんなふうにしていたのか、正確にはわからない。ともかく、ユダヤ人は殺されていた。

でも、自分がソ連兵に連行されたことについては、まったく不当な扱いだと思うわ。だって私はゲッベルスのもとでタイプを打っていただけなのだから。私の中に罪の意識はないわ。私が何かをしたというのなら、たしかに私にも罪がある。でも、私はただ運が悪かっただけ。ソ連兵が宣伝省に押し入ったあの日に運悪く、自宅にいなかっただけ。

もちろん、愚かだったという点では私にも罪はある。でも、望んで愚かになる人などいない。第一次世界大戦に負けたあと人々はみな、この国はまたよみがえると期待した。〔ナチ政権の〕最初のころは、たしかにそうなった。戦争に負けて、講和条約に盛り込まれるべきだったいくつかの権利も奪われて、意気消沈していた国民がふたたび元気を取り戻せた。

ああした施設や刑務所と直接つながりのある人は、残虐行為を知っていた。でも、身に危険が及ぶのを恐れて、何も語ろうとしなかった。そういう人たちはかならずしも党員ではなかった。彼らの多くは単純で、純朴で、少しばかり愚かだった。すくなくとも政治的には愚かだった。そういうことについて深く考えていなかった。

私は彼らとはちがうけれど、でも、もっと多くを知っているべきだった。私は大勢の人たちと同じように、多かれ少なかれ不注意によってあの恐ろしい党に入ってしまった。

でも、私の抑留は不幸中の幸いというべきものだった。ソ連軍が国境を越えたと聞いたときは、とてつもない恐怖を感じたわ。彼らがドイツの女性たちに何をするか、想像するだけで恐ろしかった。

でも、そういうことは起こらなかった。そして、自分たちがこれからどうなるのか、人々は誰もわかっていなかった。戦争が終わったあと、おおかたの人はただ立ち尽くし、これからどうやって生きていけばよいのかと頭を抱えていた。会社はなくなり、給料はもうもらえない。そしてお金は紙くず同然になっていた。思い出すわ。私は一九四五年の夏、かつてのブーヘンヴァルト強制収容所でバラックの前に座っていた。働く必要はなく、私たちはぼんやり座って故郷はどうなってしまっただろうかとか、これからものごとはどうなるのだろうかとか話したりしていた。私はみんなにこう言った。「私たちはすくなくともロシア人から、朝昼晩にひきわり麦のスープをあてがわれている。でも故郷の人々はちゃんとものを食べられているのかしら」。でも、ドイツで何が起きているのか、私たちのところには何も情報が入ってこなかった。

辛いことも楽しいこともあった。ブーヘンヴァルトに抑留中ですら、一生忘れられないようなすてきな瞬間があった。あそこでは、小さくて素朴な劇の舞台に私が立った。抑留されている誰かが劇を書いて、所長をつとめていた親切なロシア人の大佐が後押しをしてくれた。残念ながらその大佐はじきに収容所を去った。でも代わりに所長になった人もとても親ドイツ的で、抑留されている人間のためにあれこれ便宜を図ってくれた。

ブーヘンヴァルトにはナチスが造った劇場があった。舞台もオーケストラピットもある立派な劇場だった。その劇場で、当時優遇されていた抑留者や収容所で働く人々の気晴らしのために、催しが行われた。所長さんの采配は見事だった。見張りのロシア人兵士のためにはピエロの演芸や仮装やサーカスの芸などが披露され、バケツ一杯の石鹸水を頭にかけたりの余興もあった。

想像もつかないでしょうけれど、ブーヘンヴァルトの特別収容所には俳優のハインリッヒ・ゲオルゲのような人もいた。ノレンドルフ劇場の支配人も私たちと一緒に抑留されていた。オーケストラの団員だった人たちもいて、ソ連兵たちは彼らに楽器をあてがった。やり方は単純よ。兵士が収容所から外に出て、民家からヴァイオリンやフルートやらを強奪して、収容所に持ち帰る。それですばらしい楽団の出来上がりというわけ。そうした催しは第一にソ連兵のためのものだったけれど、少しずつドイツ的な要素も増えていった。

そしてある日、収容所長が、例の劇場支配人のもとでドイツの作品の稽古をすることを許可した。でも上演まであと八日というときに、出演者の一人だった女性の抑留者がソ連兵と一緒にいるところを捕まった。兵士は故国に送り返され、劇は主役を欠くことになった。大急ぎで代役探しが始まった。「女学士（マイスターシューラリン）」という劇だった。台詞をそらんじているかと質問されて、私は「もちろんできますわ」と答えた。

抑留されているあいだ、人々はもちろんいろんなことを考えた。一年が過ぎてもまだ家には帰れなかった。家に戻ったら何をしようかと考えたわ。また以前のつてを頼って仕事ができるだろうかと考えたりした。収容所ではじきに縫製（ほうせい）の仕事を手伝わされるようになった。それほど長いあいだ無為に過ごせたわけではなかった。

あそこにいるあいだ、しばしば幸運にも出会った。そして一九五〇年一月にようやく家に帰れたとき、それまでに起こったことを聞いて、私は文字通り愕然としたわ。ほどなく新しい放送局ができて、私を秘書として雇ってくれた。帰郷したとき私がまず考えたのは、RIAS（西ベルリンのアメリカ軍占領地区放送局）ベルリンで働けないかということだった。でも、もとナチスの採用はお断りだと言われた。あなたは宣伝省で働いていたのだから、ナチスということですよね、と言われた。そういう意味では私はナチスの人間だった。そしてRIASはいっさいの例外を認めなかった。でも私は、南西ドイツ放送局に拾ってもらえた。そこには、以前から知っていた人が何人かいた。宣伝中隊〔ドイツの軍民および敵対国に対するプロパガンダを任務とした〕に入って、戦争についての報道をしていた人たちが、今度は南西ドイツ放送局で働いていた。あの当時、もと宣伝省の誰がまた仕事を手に入れていたのか、私は正確には知らない。クルト・フローヴァインさんはうまくやったらしい。でも、彼とは二度と会うことがなかった。それからナウマンさんにも二度と会わなかった。ナウマンさんはあのとき最後まで司令部で総統のそばにいて、マルティン・ボアマン[35]やシュヴェーガーマンと一緒にベルリンを脱出していた。

　南西ドイツ放送のあるバーデン＝バーデンに移ってから、ナウマン博士が一度、電話をかけてきた。「ポムゼルさん。あなたが戦禍を切り抜けることができて、そして南西ドイツ放送にまた良い仕事を見つけることができて、ほんとうによかった。私とまた親交を結んでくれればとても嬉しいです。何人かの良き友とは、すでに再会を果たしました」

　ナウマンさんは、当時南西ドイツ放送で編集長をつとめていたヴェルナー・ティッツェにも会っていた。二人はどちらもゲールリッツの生まれで、同級生だった。そして偶然に、ボンで再会を果たしたらしかった。そして、国営放送局の人や宣伝省の人のことを——面識のある人もない人も含めて——あれこれ話しているうちに私の話が出たようだった。

私は幸いにも、かつての上司で番組ディレクターのローター・ハートマンに相談できた。ハートマンさんとはのちに、一緒にミュンヘンに行くことになったわ。ハートマンさんに意見を求めたら、ナウマンさんに連絡を取るのはやめておけと言われた。私はその通りにした。それからほんの数日後、「シュピーゲル」誌を読んでいたら、FDP（自由民主党）に潜入しようという陰謀にナウマンさんが加担していたという記事があった。彼はまだ、ナチのままだった。その後、音信は途絶えた。あの人たちは私より一歳かそこら年上だったけれど、もうみんな死んでしまった。

そういう人たちのことは、たびたび新聞に書かれた。戦後もずっとドイツの裁判所で働いていた人が、ナチスだとわかったこともあった。多くの人々は、責任をうまく逃れるすべをよく心得ていた。私はそうではなかった。責任を逃れるべき理由など、私にはそもそもなかったのだから。

抑留を解かれるまで、あの恐ろしい出来事についてはほんとうに知らずにいた。大規模なユダヤ人迫害のことも、強制収容所のことも。抑留されているあいだ、私は親族とも昔の同僚とも、誰とも話せなかった。ソ連軍の手中にある私には、どうしようもないことだった。その後に起きたすべてのこと——ニュルンベルク裁判や、新しい通貨や、東ドイツの誕生など——を私が知ったのも、一九五〇年一月に家に帰ってからだった。私は二四マルクをテーブルの上に置いて、母さんに言った。「母さん、これが、私が五年間で稼いだお金よ」。収容所を去る最後の日に支払われたお金だった。母さんはこう返事した。「あのね、このお金はすぐにゴミ箱に入れていいわ。東のお金だから」

おかしなことを今もまだ覚えているわ。家に帰って最初の夕食のとき、私は「母さん、いつからうちでは白パンを普通に食べるようになったの?」とたずねた。母さんは「白パン? これは白パンではないでしょう?」と答えた。それは普通のパンだった。でも、私にとっては「白いパン」だった。想像できるかしら? 抑留中に私たちが食べていたのは黒パンで、それも、ひどい黒パンだった。私にとって故郷は、まったく新しい世界に変化していた。

聴取を受けたとき、どこかで青酸カリのカプセルを手にしなかったかと聞かれたわ。私は誰からもそんなものを提供されなかった。渡されたら受け取っていたかもしれないけれど、渡されなかった。でもきっと、もらったら拒みはしなかったと思う。自殺しようと思っていたわけではないわ。でも、もし青酸カリをもっていたら、ザクセンハウゼン〔特別収容所〕で飲んでしまっていたかもしれないとは思う。あそこにいたとき、私はほんとうにぎりぎりの状態だった。解放される三か月くらい前のことよ。刃物の所持は禁じられていたけれど、私はナイフを一つもっていた。なまくらなナイフではあったけれど、とにかくもっていた。今もよく覚えているわ。始終そのナイフをもてあそびながら、どうやったら動脈が切れるだろうかと考えていた。ろくに切れないあんなナイフでは、そんなことは無理に決まっていたのだけれど。そしてひとしきり夢想にふけったあと、ナイフをしまって、自分で自分に「だめだめ、そんな馬鹿なことをしてはいけないわ」と語りかけた。基本的に私は、それほどたやすくくじける人間ではなかった。ヒトラーの秘書だった人たちが、ヒトラーから青酸カリのカプセルを渡されたとき、誇らしく思ったと書いているのは知っているわ。でも、私たち宣伝省の女は誰一人、総統地下壕に足を踏み入れさえしなかった。

でも私は、それからもたびたび幸運に恵まれた。いつもなんとか、切り抜けることができた。その道筋は一様ではなかった。何度も絶望的な状況に陥って、そのたびそこから抜け出して、それが今の私につながっている。私はもちろんもう、あのときのような純朴な、世界の楽しいところだけを見ているような若い娘ではないわ。今の私は世界をさまざまな角度から、多面的に知るようになった。

エヴァ・レーヴェンタールの話はまだあるの。エヴァのことはずっと頭から離れずにいた。いったいどうなってしまったのだろうと。あれから数十年後、ベルリンに建てられたホロコースト記念碑を見に行ったときに、初めて彼女のその後を知った。私は記念碑をぐるりと見てから地下の管理事務所に行き、名前とだいたいの年齢だけで行方不明者の情報がわかるかどうかをたずねた。「エヴァ・レーヴェンタールという人を探しています」。係の人は私を機械の前に連れていった。スクリーンの上を次々に名前が流れていった。そして私たちは見つけた。年は私より一歳年上か一歳年下だから間違いなかった。「死亡」と出ていて、亡くなった年も載っていたわ。一九四五年の初めとなっていた。戦争が終わる直前だった。それ以上のことはわからなかった。

エヴァはいつも私たちと同じテーブルにいた。私たちの一員だった。とても頭が良くて、たくさん本を読んでいた。それを私はときどき、腹立たしく感じたわ。国民学校しか出ていないのに、と思ったりもした。彼女はたしかに死んでいた。私はそのとき、彼女の死を実感できなかった。私の住んでいた町はよそとはちがって、目立ったユダヤ人迫害は行われていなかった。うちの界隈のおおかたのユダヤ人は、その前にドイツを去っていた。彼らはお金や外国とのつながりをもっているユダヤ人だった。そういう人々はだいたい自分たちだけで住んでいたし、自分たちだけの輪の中で生きていた。私の雇用主で、私のことを小さなパーティーに招いてくれたゴルトベルク博士やその知り合いも、基本的にみな、シューハウス・ライザーという会社の関係者の集まりだった。彼らはみな、とても子だくさんだった。金銭感覚も、私たちとはまるでちがっていた。教育にしても、おおかたのユダヤ人は子弟を私立の学校に通わせていた。

エヴァは私たちにとって特別な存在だった。彼女が少しばかり庇護を必要としていることやお金に困っていることを、私たちは知っていた。彼女は仕事に応募したことすらなかった。仕事に応募したら、どんな宗教を信仰しているか書かなければならない。そういうものだった。ユダヤ人の中にも格差は存在していて、ユダヤ人でも貧乏な人はたくさんいた。ローザ・レーマン・オッペンハイマーもそうだった。小さな石鹸屋の娘で、子どものころはよくお店に遊びに行った。お店はいつも、石油の匂いがしていた。ローザの体からも、いつも強い石油の匂いがした。それでも彼女が大きなボンボングラスの中に手を——そう清潔でないこともあった手を——つっこんで、むき出しの飴玉を手のひらいっぱい摑みとり、私の手に押しつけたときは、もちろんローザは世界でいちばんすてきな人間に見えた。ローザ・レーマン・オッペンハイマー。彼女も連行されたことを、私はあとで——ずっとあとで知った。彼女も、貧乏なユダヤ人の一人だった。そういう人たちも、たしかに存在していたの。

ヒトラーが権力を手にしたあとでは、すべてがもう遅かった。

——ブルンヒルデ・ポムゼル

「私たちに罪はない」

一〇三歳の総括

何にでも言えることだけど、美しいものごとにも汚点がある。恐ろしいものごとにも明るい部分がある。白か黒かではわりきれない。どちらの側にもかならず、少しばかり灰色の部分があるものよ。

私は昔から大衆運動が好きではなかった。大勢で何かをするのは、みんなで体操をするときとか、遠足に行くときとか、トランプでブリッジをするときだけ。そういうときは、大勢でいても楽しいと思うわ。でも本来の私は一人が好き。一度も結婚しなかったし、子どもも生まなかった。結婚というものに反対しているわけじゃない。できれば子どもはもちたいと思っていた。でもあの当時、結婚せずに子どもを生むことはできなかった。それはとても恥ずかしいことで、そんな恥さらしをしたいとは思わなかった。

一人でいるのが好きだし、つねにそうして生きてきた。思うにそうした願望は、自分の部屋をもてなかった子どものころから私の中にあった。部屋はいつも弟たちと一緒で、とても狭苦しかった。だから、いつも一人になりたかった。いっぽうで、好きな仲間と一緒にいたいという気持ちもあった。これは小さなエゴイズムかもしれない。でもすくなくとも、他人に迷惑をかけるようなエゴイズムではないわ。なんのかのといっても人間はみな、集団に属している。そして私はけっして、いわゆる個人主義者ではない。大勢の人と一緒でも、そのために心を煩わされず、好きなことや熱中していることを邪魔されなければ、それでかまわないと思っている。もし仮に私が宣伝省にいなくても、歴史の歯車はおそらく同じように回っていたわ。あれは、私一人が左右できるようなことではまったくなかったのだから。

すべての個人はどこかに所属している。当然のことよね。そして所属しているものから、かならず影響される。それは教育であるかもしれない。あるいは、それぞれが属している階層や何かかもしれない。

ヒトラーが権力を握る以前のドイツは、けっして開放的な国ではなかった。あのころは、今とはまったくちがっていた。あの息苦しい生活は、今の人にはけっして理解できないと思うわ。それは子どものしつけから始まった。無作法をすれば、たたかれた。愛だの理解だのはお呼びでなかった。平手で頬を打たれたりお尻をたたかれたり。三回たたかれて、ようやく罰は終わりになった。打たれたほうも、いつまでもそれを恨むことはなかった。

あのころ、アメリカやほかの外国に友人がいる人は、ごくわずかだった。私の同級生の一人は美容師になる勉強をして、幸運にもアメリカで見習いとして働くことになった。その子は、当時ドイツとアメリカを結んでいたブレーメン号という立派な船で大西洋を渡った。そんなすてきな仕事を手に入れた彼女を、みなが羨んだ。私たちはみな、外国人の知り合いすらいなかった。ラジオ放送だって、最初はなかった。そして、言うまでもないけれど、今あるようなわけのわからない技術も存在していなかった。何一つなかった。私たちは孤島にいるようなものだった。私たちだけではなく、ほかの国も同じだった。人々はネットワークで結ばれていなかった。商売上の結びつきはあっただろうけれど、それはその世界だけのことだった。ある意味、私たちは未開だった。今はもう、現代社会から抜け出そうとしても、そんなことはできなくなっているけれど。

若い人や思春期の人たちに私が願うのは、ただ、ものごとについて理性的に考えてほしいということよ。もちろん、人間はいつも何かから影響を受けている。おおかたの人は特定の年齢のころ、ものごとに熱狂しやすくなる。自分のすべてを何かに捧げがちになる。でもそれはずっとは続かない。人生の浮ついた時期が終わって、何かの責任を引き受けなければいけなくなったら、そしておそらく家庭をもったら、だんだん昔のままではいられなくなる。そして、満たされない思いを抱いた人々の群れは、昔と同じ、ある行動を起こすようになる。町でデモ行進をするようになる。

その昔、私は政治に無関心だった。年を重ねた今は、政治の動きについて前よりもずっと興味をもっている。でも昔は政治よりもほかの、個人的なものごとのほうが私には重要だった。

ドイツは国家としてのエゴイズムとエゴイスティックな行為に対して、報いを受けた。国家としての過失と無関心に対して、罰を受けた。ああいうことが今また起こる可能性は、おそらくとても低いと私は思う。

あんな時代を生き抜くのはたいへんなことよ。上へ下へと、まるで波間にいるようだった。でも、最後に考えたのは、私自身の命や、私自身の運命のことだった。最後はみんな、自分のことしか考えていなかった。それについてはときどき、良心が痛むわ。自業自得だと思うこともある。でも自分に対して「何度もよく苦難を乗り越えてきたね」と思うこともある。私はたしかに普通の人よりも、恐ろしいものごとや厭(いと)わしいものごとを少し多く聞き知る立場にあった。でもそうしたことを、ずっとなんとか耐え忍んできた。

もし私が今若者だったら、昔とは別なふうに行動すると思うわ。現代の子どもは昔よりもずっと早く大人になる。若い人たちがラジオやテレビをはじめ、いろんな場所で議論に参加している。

現代は昔よりもおそらく、自分の人生の手綱を自分で握ることができる。誰かに自分の運命を決められるだなんて、冗談ではないわ。でも、誰か個人の——ああ！——決断によって、あんな惨(むご)い出来事が起きただなんて、想像するだに恐ろしいわ。自分の身に起きたことが、自分のせいだと思っているわけではない。ただ不運だっただけ。何も後ろ暗いことはない。なのに私は心が傷つきやすいせいで、事態を深刻にしてしまうことが時おりあった。鼻持ちならないと批判されることもあった。小柄で目立たなかったので、そもそも私に目もくれない人もいた。でも、知り合いになれば、みんな私を好いてくれた。きっとそうだったと思う。私にはいろいろなコンプレックスもあったけれど、いっぽうで、ある種の自信ももっている。それは認めるわ。私は仲間から好かれる人間だったと思う。

これまで生きてきた中で、良いこともたくさん経験した。結婚して、子どもを生んでいたらと考えないこともないわ……でも、結婚するとしたら、どんな人とだったかしら。もし結婚していたら、自分のことを考えるのにきっとあれほど時間を費やせなかった。多くの人が病気や子どもや不幸な結婚などであきらめざるをえなかったたくさんのことを、私は実現できた。そのせいで少し臆病にもなって、大きな危険は冒さないようになった。用心深く、少しずる賢く生きるようになった。それを誇りに思っているわけではない。でも振り返ると、こうしてやってこられたことをいつも嬉しく思う。私が自分で何かを必死に切り抜けなければならないわけではなかったけれど、それでも何とかやってこられた。そしてそれに満足しているのなら、それでいいのではないかと思う。

自身の罪についての永遠の問いに対しては、私は早い時期に答えを出した。私には、何も罪はない。かけらも罪はない。だって、なんの罪があるというの？　いいえ、私は自分に罪があるとは思わないわ。あの政権の実現に加担したという意味で、すべてのドイツ国民に咎があるというのなら、話は別よ。そういう意味では、私も含めみなに罪があった。

宣伝省に入ったのは、私個人の意志ではまったくなかった。あれは命令であり、義務付けられた勤務だった。そして、当時それが何を意味していたのかは、今の人にはけっして想像できないわ。とにかく、私は命令されて宣伝省に入った。自分から志願したのではけっしてなかった。あれは異動であり、従わないわけにはいかなかった。もし私が行きたくないと言ったら、きっとこう言われた。「行きたくないとは、どういうことですか？　そんな選択肢はありませんよ」と。

それに、私が当時所属していた放送局の部署には、一九四二年にはもう明らかに仕事がなくなっていた。もう部署には局長も来ておらず、口述筆記の仕事もなかったので、それをいいことに同僚の女性たちは、庭で育てて収穫した野菜を事務所に運び込み、事務所で豆を切ったり刻んだりして保存用の瓶に詰め、それを自転車に載せて家にもって帰っていた。だから、部署を離れること自体はつらくはなかった。男性の同僚はもう、みんないなくなっていた。全員が、戦地に送られていた。運の良かった人たちはパリに送られた。彼らはみんな、私のことを忘れずにいてくれた。私たちはみんな、戦争が終わったらまたみんなで会おうと夢見ていた。

ともかく私はあのころ、なんとかしてお金を稼がなければならなかった。そのこと自体は、どこから見ても立派でまっとうなことだった。最終的に宣伝省に落ち着いたことは、少し考えが足りなかったのかもしれない。私には、時々そういうところがあった。でも私に罪は何もない。仮にあったとしても、私はもうそれを十分何度も償ったはず。

あれほど愚かなことが未来に繰り返されるとは、私は思わない。人類がふたたびあそこまで落ちることはきっとない。そんなことは想像できないわ。私の目には、現代の大衆はただの大衆に見える。でもいっぽうで、ものごとを考えたり批判したりすることに、人々がとても怠惰になってきているとも感じる。食べるのに困っていなければ、すべてはきっとうまくいく。心配事を政府かだれかが解決してくれれば。でも、もしそうならなかったら？　どうなるかは誰にもわからない。

ときどきテレビなどを通して、若い人たちがそうした問題に取り組む姿を観察していると、ほんとうに驚かされるわ。私たちは、あんなふうではなかった。まるでちがっていた。今の人たちはみな、昔の私たちよりずっと大人に見えるわ。感心するわ。私たちも、今の若い人のような教育を受けたかった。私たちは、従順であることを強いられた。子どもを従順にするには教育を厳しくし、ときには罰を与えるほうがいい。そのほうが簡単なのよ。そのほうが、すべてうまく機能するし、秩序も保てるわ。そうする価値があるかどうかは、また別の話だけれどね。

テレビで、まだ小中学生のような若い人たちが議論をしているのを見ると、私はよくこう思ってしまうの。ああ、なぜこの人たちにはもう、自分の前にある人生に取り組むだけの自覚や能力が備わっているのだろうかと。

それに比べて昔の私たちは愚かだった。ごく普通の人々には、すべてを熟考する時間などなかった。働かなければならなかったから。そして――私の仲間たちも含め――そういう問題にさして心を動かされない人々もいた。今、これだけ年齢を重ねた私はそういう問題をとても気にかけているけれど、若いころはそういうことを思い悩まなかったし、かかずらわなかった。今の私は、以前よりもずっとそういう問題に関心をもっている。ただ、はっきり言っておきたいのは、若い人たちは人生に放り込まれたとき、おそらく何がしかの方向性を必要とするということ。誰かが影響を与えることはかならずしも必要ではない。昨今の人は、そういう方向性をきっとたやすく見つけられるのでしょうね。

最近、テレビで若い人たちが、もうすぐ行われる選挙について、他人を説得しようとしているのを見たわ。男の子も女の子も一六歳くらいだった。びっくりしたわ。大人たちの反応はおおかたがとても否定的だった。興味がないとか、そういう話はかんべんしてほしいとか——。大人たちは、若者たちの意見を聞き流していた。でも若者たちはたいそう熱心に、自分よりずっと年上の人たちに、問題提起をしようとしていた。昔はそういうことはなかった。あのころの私たちは私たちだけで放っておかれていた。ボーイスカウトクラブやドイツ女子同盟にでも入らないかぎりはね。でも私は個人的にそういうものとかかわりたくなかった。制服も、集団で行進をするのもお断りだった。

今の私は、若い人たちと同じように考えることができると思う。共感できることがたくさんあると思う。子どもをただの知ったかぶりだと見下げたり、ものごとに判断を下すには未熟だと考えたりするような大人の一人ではないつもり。私は思うの。子どもたちはとても多くのものごとを理解している。子どもの心をよく理解できるちゃんとした大人の手で育てられれば、場合によっては一〇歳にもならないうちからそれができる。

私自身の育てられ方を考えると、父さんがそうした話題を子どもたちと話し合っている光景はとても思い浮かばないわ。父さんがどの党に投票したか、私たちはけっして教えてもらえなかった。あのころ、何度も選挙があった。私たちはそのたびに父さんにたずねた。「ねえ、どこに投票したの?」。父さんの答えはいつも同じだった。「子どもには関係ない」

知ることは許されなかった。もしそうでなかったら私はちがうふうに成長して、もっと責任感のある人間になれたかもしれない。どんな人のもとでどんな仕事をするのかをもっと注意深く考えていたかもしれない。あのころの私はとても浮ついていて、少し浅はかなところがあった。でも、それに救われた面もある。私のこの性格にね。

今振り返ると、当時はいろんなことが過剰だった。その昔は宣伝省なんて存在しなかった。そして今も宣伝省は存在しないし、宣伝省がなくて困ってもいない。あれは、気の狂ったナチスの自己演出そのものだった。最悪なかたちのエゴイズムだった。父なる祖国への愛から生まれたものではなかった。そんなものから生まれたのではなく、単なるエゴイズムだった。理想主義のかけらもない、どこまでもおぞましいエゴイズムにすぎなかった。でも当時の私は、そんなことをまるで理解していなかった。

でもだからといって、罪があるということにはならない。私は何もしていないのだから、罪があるとは思わない。あいつはナチスだとよく陰口を言われた人はたくさんいたけれど、そういう人たちの総体はまるで、全員が一体化した海のようなものではないかしら。つねに前へ後ろへと揺れ動いている海のような――。

私はわずかな人間からしか影響を受けなかった。ドイツ国民全体に罪があるなんていう一般論は、ナンセンスだと思う。私たちはみな、エゴイストの集団に操られていた。彼らは飴と鞭を使い分けていた。歴史を振り返っても、支配者はいつもそういう手を使ってきた。あんなものごとを一緒に成し遂げるために、誰かがわざわざこんな性分の私を引き入れるだなんて、想像できるわけがない。でも、前もってすべてがわかる人なんていやしないわ。

私はこれまで生きてきた中で、自分で気づいている以上に多くの犯罪者とかかわったのかもしれない。でも、前もってそんなことがわかりはしない。たしかにあのころゲッベルスのもとで働いていたけれど、彼は私にとって、ヒトラーの次に偉い、とても高いところにいるボスの一人でしかなかった。そして私への命令は、省から来たものだった。戦地に送られた兵士たちはみな、ロシア人やイギリス人やフランス人を撃ったけれど、だからといって彼らを殺人者とは言わない。彼らは義務を果たしただけ。私もそれと同じよ。私が誰か個人に不当なことをして大きな苦痛を与えたというのなら、非難されてもしかたないかもしれない。でも、そんなことをした記憶は私にはいっさいない。

あのころの私たちには、あれ以上のことは何もできなかった。一九三三年になってからでは、すべてがもう遅すぎた。もちろん、エヴァ・レーヴェンタールに毎日会いに行ったり助けてあげたりはできたかもしれない。でも、彼女はそこまで近い存在ではなかった。だから私たちは、ちゃんと力になってあげることができなかった。それにエヴァは自分で稼いだわずかなお金を、食べ物を買うならともかく、煙草代に使っていた。それを見た私たちは、彼女を助けられないと考えてしまった。早合点だった。

エヴァの例はおそらく氷山の一角だった。同じようにユダヤ人を友人として支えている人は、きっとたくさんいたのかもしれない。そのせいで、身を危険にさらした人もいた。そういうことを、あとで私は知った。今の人たちはよくこう言うわ。もしも自分があの時代にいたら、迫害されていたユダヤ人を助けるためにもっと何かをしたはずだと。彼らの言うことはわかるわ。誠実さから出た言葉なのだと思う。でも、彼らもきっと同じことをしていた。ナチスが権力を握ったあとでは、国中がまるでガラスのドームに閉じ込められたようだった。私たち自身がみな、巨大な強制収容所の中にいたのよ。ヒトラーが権力を手にしたあとでは、すべてがもう遅かった。そして人々はみな、それぞれ乗り越えなければならないものごとを抱えており、ユダヤ人の迫害だけを考えているわけにはいかなかった。ほかにもたくさんの問題があった。戦地に送られた親族の運命も、心配しなければならなかった。だからといってすべてが許されるわけではないけれど。

ナチス自体を別にすれば、そしてまったく誤った予測をもとにそれぞれの任務を遂行した指導者たちを別にすれば、あれらすべてを可能にした原因は国民の無関心にあった。そうなったのは、誰か個人のせいではないと思う。あのころと似た無関心は、今の世の中にも存在する。テレビをつければ、シリアで恐ろしい出来事が起きているのはわかる。たくさんの人々が海で溺れているのが報道される。でも、そのあとテレビではバラエティ・ショーが放映される。シリアのニュースを見たからといって、人々は生活を変えない。生きるとはそんなものだと私は思う。すべてが渾然一体になっているのが、生きるということなのだと。

あの時代の一部の人々を現代人が非難できるとしたら、せいぜいこんなことかしら――。彼らは理想を追いすぎた。そして、ドイツが良いほうに向かっていると、あまりにも愚直に信じてしまった。ドイツ人はそれまで、とてもつつましく生きてきた国民だったから。そうして多くの人々は、権力を手にした一部の人間がきっとすべてを良いほうに向けてくれると信じてしまった。それは、祖国への純粋な愛と信念ゆえだった。

もし私がすべてを事前に予測したり知ることができていたら、放送局にも宣伝省にもおそらく入らなかった。ゲッベルスは私にとって、少しばかり大声で叫ぶことのできる一政治家にすぎなかった。彼が叫んでいる内容について、私は熟考しなかった。わけのわからないあの演説に、まともに耳を傾けなかった。みんなが同じようなことを演説していた。今もやっぱり私は国会の演説には耳を傾けない。あそこで話されているのは、無駄なおしゃべりばかりだもの。

今の若い人に私から与えられる助言はほとんどないわ。私が誰かに影響を及ぼしたり、働きかけたりする必要はないと思う。なんの義務もないから、私は自分のために、自分の望むことを考えているだけ。自分ひとりで生きて、こうした問題になんの関心ももたない人間は、助言なんかできっこない。コミュニティの中で生きていたら、少しはちがう。コミュニティは家族のようなものだから。あるいはもっと若くて、話のできる仲間がたくさんいれば。でも、そういうすべてから今の私は締め出されている。会話の相手はもうほとんどいないし、もし来客があっても、きっとそういうことは話さないわ。今日においてもね。でも、どんな状況でもしてはいけないのは、無批判に何かに従うことよ。もちろん状況によっては、従わなければいけない場合もある。でも単なる怠惰から「はい」と言ってしまうべきではないわ。

私は子どもをもたなかった。でももし子どもを生んでいたら、とても早い時期から子どもに同じことを求めていたかもしれない。私たち自身は、従順な人間になるように厳しく育てられてきたから。

人間はもちろん、どんなふうに育てられたかに大きな影響を受けるものよ。外向的に育てられたか、政治に関心をもつように育てられたか、人間らしく育てられてきたか、そういうすべてに影響される。でも私はもう、自分という人間を今はありのまま受け入れているわ。自分の信じるものの中に心の平穏を見つけられる人を、羨ましく思うこともある。私にはそういうものはないから。でも、自分はただそういうふうに生まれつかなかっただけで、それはただの偶然なのだと、いつも自分に言い聞かせているわ。

今の人たちにはとてもたくさんの可能性が開かれている。だからかえって混乱してしまうのかもしれない。示された道が、ほんとうに発展につながるのか見極めたりするのは簡単ではないかもしれない。

でも一つだけ助言できる。実生活には関係のないことだけれど。それは、正義なんて存在しないということよ。司法にだって、正義は存在しない。第一に、あらゆるものごとについての意見は変化する。それも、つねに変化するものだわ。たとえば昔、同性愛は、嗤われたり蔑まれたりすることだった。でも今は、そういう人も子どもをちゃんともてるようになった。そういうことに私はもう驚かないわ。

こうして生きてきた中で、五〇年前には想像すらできなかったことがたくさん起きた。生命にまつわるようなものごとにまで。人間は生きているかぎり学べると、私はいつも思っている。でも、携帯電話の扱いだけは、とても難しく感じるわ。このところ、頭がずいぶん弱くなってしまったから。

ときどき、自分の乗り越えてきたものごとを思うと、よくこんなに長生きできたものだと思ったりもするわ。こんなに体が弱って、みじめなありさまで、門の扉を開けるにも一苦労。目がよく見えないし、見えないからうまく歩くこともできない。挙げていったらきりがないわ。ときどき思うの。夜眠ったまま、もう目覚めないのではないかと。病気で死ぬことを、どうしても想像できないの。私は、眠るように死ぬ気がする。でもそんなこと、ほんとうはどちらでもいいのだけど。

二〇一三年に収録が行われたあと、ブルンヒルデ・ポムゼルは二〇一六年一一月、個人的な葛藤をもう一度だけ吐露した。そこからは、生きのびるためにおそらく封印しなければならなかったきわめて個人的な側面が明らかになった。それは、何かを見ることを拒み、ただ職務をまっとうすることを望んだ彼女の心の動きにおそらく重要な影響を与えたはずだ。

一九三六年にベルリン・オリンピックが開催される前、ポムゼルはベルリンの居酒屋で、ドイツ人のグラフィックアーティスト兼イラストレーターのゴットフリート・キルシュバッハと知り合った。ゴットフリートは一八八八年にミュンヘンで生まれた。父親のフランク・キルシュバッハはドイツ人の画家だった。ゴットフリートは宣伝代理店プロパガンダ・シュトットゥガルトで働き、ドイツ社会民主党(SPD)やドイツ独立社会民主党(USPD)の選挙用ポスターも作成した。母親がユダヤ人だったため、ナチスが定めたニュルンベルク人種法では半ユダヤ人にあたった。ブルンヒルデ・ポムゼルの話によればキルシュバッハは、自身は何も弾圧を受けていなかったが、ユダヤ人についての当局の計画を十分理解していたという。彼はまた、ポムゼルが国営放送局でどんな立場にあるのかも承知していたが、二人はそうしたことをほとんど話題にしなかった。人種にまつわる厳しい法律のもとで二人がどんな日々を過ごしたのか、ポムゼルは詳細には語らなかった。彼女が話したのは一九三六年にオリンピックが終わったあと、キルシュバッハがナチスの迫害を逃れるためにたいへんな苦労をしてアムステルダムに脱出したことについてだ。ポムゼルは彼についていくつもりで荷物をまとめていたが、キルシュバッハはそれを断った。まずは自分がアムステルダムで、家族を養えるだけの環境を整えなければならないというのだ。妊娠していたポムゼルはベルリンに残り、医師のすすめで中絶手術を受けなければならなかった。肺病を患った体で子どもを生むのは危険だという診断だった。ポムゼルはこのときのことを、身を切られるように辛かったと話した。ポムゼルとキルシュバッハはその後、アムステルダムで何度か会ったが、状況の緊迫とともにアムステルダムを定期的に訪れるのは難しくなった。当局の不審を招く危険があったからだ。戦争が勃発してからは音信も途絶え、二人は二度と会うことがなかった。ゴットフリート・キルシュバッハは一九四二年にアムステルダムで死亡した。ブルンヒルデ・ポムゼルは生涯独身を通し、子どももたなかった。彼女は二〇一七年、国際ホロコースト記念日にあたる一月二七日の晩、ミュンヘンで亡くなった。一〇六歳だった。

ゲッベルスの秘書の語りは現代の私たちに何を教えるか

トーレ・D・ハンゼン

ブルンヒルデ・ポムゼルは、ナチ体制を知るどの生き証人よりも率直に自身のご都合主義を認めている。そして、そのメリットと若いころのエゴイズムを前面に押し出して、ナチズムの政治とその中での自身の役割に関心が向かわなかった理由を説明しようとしている。貧しさの経験、社会的没落への強い不安、豊かさと出世への憧れは、幼少期から思春期を経て大人になるまで、彼女を貫いていた。ポムゼルは、上司ヨーゼフ・ゲッベルスの行いに真正面から向き合い、そこから逃れる道を探るよりも、職業上の成功を優先し、見ないようにするほうを選んだ。

ヨーゼフ・ゲッベルスは、国民社会主義を設計した立役者の一人だ。一九三〇年代に人心掌握のための新たな手段となった映画とラジオは、ドイツ民族に向けたプロパガンダと教化のため、とりわけユダヤ人や共産主義者やその他の周縁集団を誹謗（ひぼう）中傷するために使われた。彼の演説は、今日に至るまで大衆操作の典型例と見なされている。彼の反ユダヤ主義的宣伝は、その後のホロコースト（ユダヤ人大虐殺）をイデオロギー面で準備した。

信じがたいと言って反論する人もいるだろう。政治のせいで恋人と親しい女友だちを失った若い女性が、どうしてそのことをあの人物の犯行と関連づけて考えなかったのか、と。彼女は、職務上の義務感から、事実と向き合うことなくその人物の秘書を勤めあげたあげく、ソ連軍の特別収容所に入れられ、エヴァ・レーヴェンタールがガス殺されたと思われる、同じようなシャワーの下に身を置いた。どうしてそんなことができたのだろうか、と。

だがドキュメンタリー映画「ゲッベルスと私」の試写を見た観客とジャーナリストたちは、ゲッベルスの年老いた元秘書を、一方的に有罪だと決めつけることに慎重だった。私たちの時代にも人々の間に、ふたたび無知と受動性と無関心が蔓延し、しかもその一方で社会の一部は過激化しているという意識があるからだ。パウル・ガルバルスキは、オンラインマガジン「ヴァイス」ではっきり述べている。「私はいつも他者から自分を守ろうとしてきた。ありきたりの人間である私の内部にも、あらゆる種類の裏切りと暴力に道を譲ってしまうような怠惰な不条理が眠っている。私たちの中にひそかに巣くっているポムゼル的なものに気をつけなければならない」[36]

ポムゼルは、どうやって今のような自分になったのかを、子ども時代の思い出を通して語っている。彼女は一九一一年にベルリンで内装業者の娘として生まれた。第一次世界大戦後、世界恐慌に見舞われた一九三〇年代の一家の生活は、けっして楽ではなかった。自分の家はそれでもまだましなほうだったにもかかわらず、彼女は豊かさと職業的成功を夢見て育った。厳格な父親のしつけが彼女の人格を形成した。五人の子どものうちの誰かが行儀の悪いことをすると、ひどい折檻（せっかん）が待っていた。

服従は、家庭生活の一部だった。愛情や理解なんかでは生ぬるくてだめ。服従、少しの嘘やごまかし、誰かに罪を押しつけること、それらはみんな家庭の生活の一部だった。だから子どもの中に、本来存在しなかった性質が芽生えてきてしまうのね。

ナチ党員たちも一九三〇年代のドイツの状況を、特定集団のせいにするようになった。ユダヤ人である。ポムゼルは、あのときユダヤ人の力になれたはずでは、と今になって自分に言う人たちに対して、はっきりした答えをもっている。

今の人たちはよくこう言うわ。もしも自分があの時代にいたら、迫害されていたユダヤ人を助けるためにもっと何かをしたはずだと。彼らの言うことはわかるわ。誠実さから出た言葉なのだと思う。でも、彼らもきっと同じことをしていた。ナチスが権力を握ったあとでは、国中がまるでガラスのドームに閉じ込められたようだった。私たち自身がみな、巨大な強制収容所の中にいたのよ。ヒトラーが権力を手にしたあとでは、すべてがもう遅かった。そして人々はみな、それぞれ乗り越えなければならないものごとを抱えており、ユダヤ人の迫害だけを考えているわけにはいかなかった。ほかにもたくさんの問題があった。戦地に送られた親族の運命も、心配しなければならなかった。だからといってすべてが許されるわけではないけれど。

一九二〇年代のヒトラーの台頭をどう説明するのか、なぜ阻止できなかったのかという問いに対しては、一つだけ人々が一致している点がある。要するに、話はそう単純ではなく、唯一の原因で説明がつくものではないということだ。イデオロギーやプロパガンダ、ヒトラーの心理的影響力、街頭における突撃隊（ＳＡ）の集団暴力、政治や社会の状況、ドイツ人にとって屈辱的なヴェルサイユ条約、共産主義の脅威、大量失業——どれをとっても、それだけではナチの権力掌握を十分に説明することはできない。だがこうした要素のすべてが相まって、悲劇的な効果をもたらした。

第二次世界大戦の直後にドイツ、イタリア、あるいはオーストリアで新憲法の起草に携わった人々は、どうしてナチズムが生まれたのかという問いを解明する中で、新しい民主主義体制が過激派の運動によって崩壊し、歴史がまた繰り返すのではないかという懸念をつねに抱いていた。

ナチの権力機構の内部にいた、おそらく最後の生き証人であるポムゼルは、二一世紀を生きる私たちに、なぜ今、右翼のポピュリストと権威主義ひいては独裁政治がふたたび息を吹き返したのか、なぜそれが国際的なレベルでかなり前からさまざまな形をとってはっきりとあらわれるようになったのか、どのような原因が背景にあるのかを考える機会を与えてくれる。

歴史は繰り返すと断ずるのは早すぎるだろうが、多岐にわたる兆候を見落とすのはゆゆしきことだ。こうした兆候は、ヨーロッパがことによると壊滅するかもしれない——軍事衝突が避けられないような事態が進行しているのかもしれない、という悪い予感を覚えさせる。あまりにも無邪気で陳腐にすら聞こえるポムゼルの思い出話と、ナチズムの内部でキャリアを積んでいったその動機を通して、彼女その人を知るほどに、どうしても現在の状況と比較せざるをえなくなる。西欧民主主義諸国の人口のかなりの部分が、事実によってではなく、感情によって突き動かされるような状態に陥っている。不公平感は、すべての住民集団を過激化させるおそれがあり、これらの集団を単純で邪悪な目的のために動員しようと、仮想上の敵まで必要としている。ポムゼルの話は、開かれた社会を維持するために、私たちを内面的にも外面的にも奮い立たせるきっかけとなるかもしれない。

ポムゼルの話を聞いていると、部分的にではあるが、彼女が正直に話していないのではないかと思われる箇所がある。彼女が自分の職務の特定部分の記憶を、無意識のうちに排除しようとしていたのはたしかだ。だが宣伝省で見聞きした出来事は、数十年を経ても彼女の内部で作用を及ぼし続けている。

あんな時代を生き抜くのはたいへんなことよ。上へ下へと、まるで波間にいるようだった。

でも、最後に考えたのは、私自身の命や、私自身の運命のことだった。最後はみんな、自分のことしか考えていなかった。それについてはときどき、良心が痛むわ。自業自得だと思うこともある。でも自分に対して「何度もよく苦難を乗り越えてきたね」と思うこともある。私はたしかに普通の人よりも、恐ろしいものごとや厭わしいものごとを少し多く聞き知る立場にあった。でもそうしたことを、ずっとなんとか耐え忍んできた。

自分がまざまざと経験したはずの「恐ろしいものごと」の詳細について、彼女は回想の中でほとんど触れていない。ポムゼルがほんとうに「何も知らなかった」のであれば、それは知ることができなかったからではなく、彼女が知ろうとしなかったからだろう。

人々は多くを知りたいとは、まるで思っていなかった。むしろ、不用意に多くを背負い込みたくないと思っていた。物資の供給は日に日に逼迫していて、人々は自分の生活を守るだけで手いっぱいだった。

私はあのころ、ほんとうに馬鹿だった。でもこれからだって、たいへんな時代が来て、考えなければならないことや乗り越えなければならないことがたくさんあって、すべてを誤って進めてしまったら、内心葛藤していたとしても、人は自分の過ちをけっして認めたがらないのではないかと思う。

彼女が知りえたはずのことは、すでに十分明らかになっている。ナチズムに関する新しい歴史的知見を得ることは、ポムゼルのインタビューでは期待できなかった。彼女は細部まで話したがらなかったか、あるいは思い出せなかったからである。現代の私たちに向けられた彼女の発言の重要なメッセージは、むしろその行間に隠れている。記憶の欠落があるにせよ、死からさほど遠くないところにいる彼女の姿は、その人生を反映しているからだ。彼女は彼女なりのやり方で、その稀有で過酷な人生について告白してくれた。

もちろん、愚かだったという点では私にも罪はある。でも、望んで愚かになる人などいない。第一次世界大戦に負けたあと人々はみな、この国はまたよみがえると期待した。〔ナチ政権の〕最初のころは、たしかにそうなった。戦争に負けて、講和条約に盛り込まれるべきだったいくつかの権利も奪われて、意気消沈していた国民がふたたび元気を取り戻せた。

ポムゼルは、ユダヤ人迫害がどれほどの規模だったか知らなかったと主張しているが、彼女が他でもない宣伝省にいたことは、当然ながら非難の材料になるだろう。宣伝省では事実を粉飾し、ニュースをあるときは隠蔽(いんぺい)し、あるときは捏造していたのだから、彼女が望みさえすれば、ぜったいに何かを知り得たはずなのだ。すでに一九四二年には、ユダヤ人は移住したのではなく、強制収容所に移送されたのだという噂が国中に広まっていた。一九九〇年代にかけて二〇世紀の生き証人たちを対象にして実施された無記名のアンケートでは、ドイツ国民の四〇パーセントが、終戦前にホロコーストのことを知っていたという結果が出ている。だがポムゼルは、自分にゆだねられた、悪名高い民族法廷での「白バラ」裁判やその他の訴訟手続きに関する文書を、こっそり見ることもできたのに、そうはせずに鋼鉄製金庫におさめた。しかも上司の命令に従い、信頼を勝ち得たことを誇りに思っているのである。若い秘書だった彼女にとっては、功績を認めてもらいたいという強い願望と、上司には無条件に服従しなければならないという義務感が勝っていた。

少しだけエリートになった気分だった。そんなわけで、宣伝省はとても良い職場だった。すべてが快適で、居心地がよかった。身なりの良い人ばかりで、みんな親切だった。あのときの私はほんとうに浅はかだったのね。とても——愚かだったわ。

ここで彼女が自己批判しているのは、当時の自分が浅はかだったということだけだ。だが、国民社会主義の犯罪に個人的に加担した罪があるとは認めていない。彼女にとって、自分が罪に問われるとしたら、それは次のような場合だけだ。

あの政権の実現に加担したという意味で、すべてのドイツ国民に咎があるというのなら、話は別よ。そういう意味では、私も含めみなに罪があった。

当然のことながらこの考え方は、いつの時代にも、すべての人間は、最終的には自分自身の決断と、社会における自分の立場について責任を負わなければならないことを見落としている。しかしポムゼルの考えは、結果として正しい。なぜなら、広範な住民各層がナチ党に賛同せず、同時にこの「運動」の真の目標に無関心でなかったら、一九三〇年代の歴史はおそらく違っていただろうからだ。

政治的無関心というものは、それ自体が罪なのだろうか？　現代に生きる私たちが、ポムゼルの伝記から学ぼうとするとき、こんな問いが浮かぶ。彼女が確信的ナチだったかどうかは、この際、重要ではない。彼女は明らかに熱心な党員ではなかった。「積極的に参加した」のか、あるいは「積極的に見ないふりをした」のか、この罪のとらえ方には幅があるのだが、彼女はおのれの愚かさとナイーブさを盾にして自己弁護することで、問題をうやむやにしてしまっている。倫理的には、見ないふりをすることだけでも罪である。なぜなら「生」とはつねに「共生」を意味するからだ。このことは、普遍的な人間の権利が基本権の主要な柱になっている民主主義国家では重要になってくる。ところが昨今では、多くの人が民主主義のシステムに背を向け、社会と人間が連帯しなくなるとどうなるのかを考えようとしない。それとも考えたくないのだろうか？少なくともポムゼルの人生を見ると、自分の職業的成功にしか興味がないような印象を受ける。

あれは運命だった。あんな激動の時代に、運命の手綱を自分で操れる人なんていやしないわ。あとになって、自分はこういう理由でこうしたのだと言うだけよ。私たちはともかく、ああいう運命に見舞われてしまった。

ヒトラーの秘書トラウデル・ユンゲも、かつてホロコーストについて何も知らなかったと主張した。総統護衛隊の電話交換手ローフス・ミシュも、ヒトラーの近くにいても「最終解決」についてはまったく聞かなかったと繰り返し述べている。彼らに共通しているのは、自伝で恥じ入るか、責任を感じるか、本心を隠さなければならなかったことである。上司の犯罪を知っていることは、かくも重大で、現在もそれに変わりはない。

今日に至るまで、ゲッベルスに仕えた職員の間で、「最終解決」が実際にどれくらい話題になっていたかに関する直接的な情報はほとんど存在しない。ゲッベルスの個人担当官だけは、ヨーロッパ・ユダヤ人の絶滅計画についてよく知っていたが、秘書たちはそうではなかったというのが事実だとしても、まったく何も知らないというポムゼルの主張をそのまま信じるわけにはいかない。現存する宣伝相の口述原稿には、タイピストのイニシャルがついていないので、誰が記録したのかはわからない。だがトップレベルの速記タイピストが、その内容についてまったく何も知らなかったというのは、想像しがたい。[37]

ポムゼルが自分の過去と一定の距離を保っているように見えることは、非難の対象となりうるだろう。これはおそらく、彼女がそこに居合わせて覚えた無意識の罪悪感とどう折り合っていけばいいのか、考えたからだろう。彼女はそうした事情を整理するために七〇年もの時間がかかった。全国民をそそのかし、操り、奈落に追いやった男のもとで仕事をしていたのは事実だ。彼女は自分個人の罪をナチズムの犯罪のせいにし、自分は何も知らなかったと、繰り返しきっぱりと主張している。たぶんそうすることで、自分が描いた「真実」に多少なりとも近づき、心中を打ち明けることが幾分楽になるという面があるのだろう。そしてそれは彼女の場合、ナチ指導者たちに仕えていた他の職員と比べると、かなりもっともらしく見せることに成功している。いずれにしても彼らは戦後、自分の経歴を洗浄したり、否定したり、言いつくろったりするために腐心してきたのだった。

私はこれまで生きてきた中で、自分で気づいている以上に多くの犯罪者とかかわったのかもしれない。でも、前もってそんなことがわかりはしない。たしかにあのころゲッベルスのもとで働いていたけれど、彼は私にとって、ヒトラーの次に偉い、とても高いところにいるボスの一人でしかなかった。そして私への命令は、省から来たものだった。戦地に送られた兵士たちはみな、ロシア人やイギリス人やフランス人を撃ったけれど、だからといって彼らを殺人者とは言わない。彼らは義務を果たしただけ。私もそれと同じよ。私が誰か個人に不当なことをして大きな苦痛を与えたというのなら、非難されてもしかたないかもしれない。でも、そんなことをした記憶は私にはいっさいない。

ポムゼルの語りは、独裁の成立を黙認し、その後も独裁体制の下で、肉体的にも精神的にも生きる（生き残る）とはどういうことなのかを私たちに示している。しかしまた彼女は、西欧的民主主義をないがしろにする昨今のポピュリストをただ傍観することが何を意味するのかも、示唆している。現在一〇六歳のポムゼルが私たちの関心を引くのは、包みかくさず語られた彼女の「臆病さ」と非政治的な態度の中に、かなり前から勢いを盛り返してきたある傾向が垣間見られるからである。それは難民の運命や、民主主義のエリートに対する激しい憎悪や、民主主義とヨーロッパ統合に宣戦布告した右翼ポピュリストたちの新たな台頭を眼前にして示される、底知れぬ無関心と政治意識の低さと無力感である。

ポムゼルがナチ党に入党し、放送局に就職したのは、彼女の無分別なエゴイズムのなせる業で、のちにラジオアナウンサーになったヴルフ・ブライが魅力的な仕事を紹介してくれ、彼女自身にもよりよい職につきたいという一念があったからだ。こうして彼女はこの職場に滑り込んだ。

ブライさんとの幸運な出会いのおかげで、私は放送局からお給料をもらう身になった。お給料はとても良かった。はっきりとは覚えていないのだけれど、一か月で二〇〇マルクを超えていたと思うわ。とんでもない金額よ。それまでの数年のお給料と比べたら、ものすごく多かった。最初は管理局で働いて、それから、昔役職者だった人たちのいる事務所に移った。これはあまり名誉なことではなかった。そこに来ているのはある意味、左遷されたような人たちだったから。放送局で以前主要な部署にいた秘書たちがそこに来ていた。彼女たちの以前の上司はユダヤ人だった。監査役会のメンバーはだいたいがユダヤ人だったから。でも、ユダヤ人は当時みな、会社を首になったり収容所に送られたりして、放送局からいなくなっていた。

ポムゼルの人生は、私たちにとっては一種の羅針盤だ。それは、開かれた社会に向けて取り組もうとする人々の心構えが見られず、民主主義のエリートたちにも、時代の誤った発展に適切に対処する能力がなければ、民主主義はすぐに危機に陥ってしまうことを物語っている。一九三〇年代と現代との類似点を探していくと、いやでも疑問が湧いてくる。ヨーロッパとアメリカ合衆国では何が起こっているのだろうか？　新しい煽動家たちにまだ感化されていない住民の大半は、ちょうど二二歳から三四歳までのころのポムゼルと彼女の周囲の人間がそうだったように、受動的で無知で無関心な態度で目下の情勢を眺めているのではないだろうか？　現代の若者もやはり非政治的なのではあるまいか？　現代の社会を担う中道派の市民、各世代が政治不信（フェアドロッセンハイト）に陥っていること自体が、民主主義にとっての本質的な危機ではないだろうか？　民主主義のエリートは、徐々に膨張する政治不信の原因とその長期的帰結を無視し、みずからの無力をさらしているのではないだろうか？　私たちは受動的な態度と無気力によって、またあの暗黒の一九三〇年代に戻ろうとしているのではないか？　ポムゼルの人生から、現代の私たちを行動へと突き動かすヒントを引き出すことはできるのだろうか？

新しい全体主義国家の誕生を見たくないのであれば、私たちは一九三〇年代のポムゼルの経験と彼女の矛盾に満ちた生涯が、今起きていることといかに類似しているかを真剣に受け止めなければならない。

私たちは今、トルコで独裁が成立する過程を目の当たりにしている。レジェップ・タイイップ・エルドアン大統領の指示を受けて、野党と議会とメディアを大統領の独占支配のもとに置き、エルドアンの権力を確実なものにしているのは、平凡な官僚とポムゼルのような人々だ。警察官、役人、その他の権力の手先が、エルドアン新体制で生きのびるだけのためにどれほどのご都合主義に囚われたか、私たちには知るすべがない。だが彼らは、民主主義、法治国家、トルコの人権の根幹を揺るがせた。アムネスティ・インターナショナルの推定によれば、トルコの東南部ではこの一年で、当局の冷酷な措置によっておびただしい数のクルド人が故郷から追われた。こうしたやり方は集団的懲罰も同然だ。[38] 公務員、教師、学者、政治家を含む数万人もが、二〇一六年のクーデター未遂事件後、追放されるか投獄された。死刑制度の復活も検討されている。トルコ議会は無力化し、大統領の権限が強化された。こうしたすべての兆候は、ナチ独裁が確立した当時を思い起こさせる。こうした状況下で、ポムゼルは、すでにユダヤ人職員が排除されたあとの国営放送局で職業人生の第一歩を踏み出していた。

現在トルコで起きていることは、世界の他の地域でも起こっている。しかもトルコは、民主主義の価値を共有するEUへの加盟を希望している国なのだ。シリア紛争から逃れ、トルコを経由してヨーロッパに脱出しようとする難民たちに対するヨーロッパの人々の不安は、ヨーロッパ民主主義のこれからの運命と直結している。難民政策に関する欧州諸国の国家的エゴイズムにより、EUはトルコと取引することを余儀なくされた。エルドアン政権はその立場を利用して、人間軽視がまかり通るトルコの内政に対する外国の干渉を阻んでいる。つまり、シリアの戦闘地域からの難民が政治的な人質になっているのである。トルコの指導者層は、難民のために国境を再度開くよう迫り、ヨーロッパ、特にドイツではパニックが広がっている。ドイツをはじめ欧州のほとんどすべての国がこれ以上の難民受け入れを拒否しているからだ。右翼ポピュリストがいっそう勢いを増すことへの不安もある。こうした不安が原因となって、私たちは難民の収容や彼らの処遇といった問題を棚上げし、国際法や人道上の要請に背を向けてしまっている。

「醜いドイツ人」は、ペギーダ（西洋のイスラム化に反対する愛国的欧州人）やAfD（ドイツのための選択肢）といった政党の中の過激化した分子という形をとって、ふたたび顕在化している。移民としてやってきた人々は、ドイツ社会の一部の過激化とAfDの台頭を憂慮し、ドイツではたして安全に暮らせるだろうかと案じている。テロ組織イスラム国（IS）が、ヨーロッパ諸国でテロ行為を行うことで、世論が一気に変化してしまうのではないだろうか、右翼ポピュリストは自分たちの地歩を固めるために、どんな小さな事件も利用するのではないだろうか、という懸念が移民を不安にさせる。

民主主義とは、個人の権利を保障し、一致団結してこれを保護するという恒久的な試みだったし、現在もそうだ。新興右翼のポピュリストたちが、もしも権力を握れば、個人からこの権利をふたたび奪うだろう。昔から言われている反ファシズムの警告「未然に阻止せよ」は、すでにドイツでは時機を失してしまった。二〇一五年にAfD党首だったフラウケ・ペトリーが、難民に対する銃器の使用を検討したが、それに対するメディアの憤慨はあっけなく終息し、次の非人間的な挑発を待っているような空気すら生まれている。つまり、近代最悪の紛争によって生まれた難民たちや、アフリカ諸国から逃げることを余儀なくされた難民に武器を向けることは、いわば許可されたも同然なのである。スローガンがインターネットによってあっという間に拡散するようになり、より多くの人が段階的に「難民は敵である」というイメージを植えつけられ、粗暴化のプロセスが進んでいく。

オーストリアでは極右政党のオーストリア自由党(FPÖ)のノルベルト・ホーファーが大統領選に立候補し、当選した暁には議会を解散し、新たに選挙を行うと何回も威嚇した。その目的は、FPÖの党首ハインツ＝クリスティアン・シュトラーヒェを連邦首相として権力の座につかせることだった。ホーファーの対抗馬だったアレクサンダー・ファン・デア・ベレンが過半数を得て、右翼ポピュリストの勝利を阻止したとはいえ、選挙結果(ファン・デア・ベレン五三・八パーセント、ノルベルト・ホーファー四六・二パーセント)を見ると、両候補の票差はわずかで、安堵どころかむしろ心配な状況だ。オーストリアの人口の半分近くが、「オーストリア・ファースト」をキャッチフレーズにして、よそ者に対して敵意をむき出しにする発言によって票を確保しようとした右翼ポピュリストに投票したのである。彼が掲げたテーマは二つだけで、それは古い既成勢力との闘いと、難民を排除する世論の形成だった。

難民は、欧州のほとんどの地域において、個人の尊厳を奪われて収容所に押し込められ社会から孤立するか、あるいはハンガリーのように国境で警察や兵士によって催涙ガスや警棒で排除されている。私たちはこの悲惨な状態を直視しているだろうか? シリア紛争で今日までに亡くなった四〇万以上の人々ばかりでなく、戦争と貧困から逃れようとして命を失う人の数は毎日増加している。さらにアフリカ諸国からの難民がいる。地中海で死亡または行方不明になった難民の数は、二〇〇〇年から二〇一四年の間だけでも約二万三千人に上る。[39] 月刊紙「ル・モンド・ディプロマティーク」は、その数を二万三二五八人だとはっきり書いている。[40] しかし死亡の原因は海での事故だけではない。数百人もの人々が飢餓または渇き、寒さ、低体温症、貨物トラック内での窒息、あるいは地雷原を横断して亡くなっている。二〇一四年から二〇一六年の間に、UNHCR（国連難民高等弁務官事務所）の概算によれば、一万人がヨーロッパに避難する途中で溺死しており、問題の終わりはまだ見えていない。[41]

ポムゼルは、自分の人生経験を踏まえて、彼女なりに次のようにコメントしている。

あのころと似た無関心は、今の世の中にも存在する。テレビをつければ、シリアで恐ろしい出来事が起きているのはわかる。たくさんの人々が海で溺れているのが報道される。でも、そのあとテレビではバラエティ・ショーが放映される。シリアのニュースを見たからといって、人々は生活を変えない。生きるとはそんなものだと私は思う。すべてが渾然一体になっているのが、生きるということなのだと。

ポムゼルの主な証言と出来事を見ていくと、なぜ個々人の行動が、その後の西欧民主主義国家の運命に決定的な意味をもつようになったのかがより明らかになるだろう。

欧州諸国ではまだ大半の人々が「自由、平等、友愛」というヨーロッパ民主主義の基盤をなすフランス革命の理念を信奉している。しかしその存続は保証されているわけではない。民主主義の価値をはっきりと前面に押し出すことが重要である時代に、人々が依然として沈黙して、受動的にふるまい、バラエティ・ショーばかり見ていれば、過激な少数派は、自分たちの世界像に合わない人々に対するスローガンで非難と憎悪をあおり、こうした人々の日常的な政治活動を押さえ込もうとするだろう。彼らは時代の雰囲気を毒していき、嘘と憎悪の拡散によってさらに同志を増やし、最終的には権力まで掌握するかもしれない。私たちはみずからの無関心と受動性によって倫理を崩壊させてしまう危険があるのだ。衝撃的な出来事が日常的に起きるようになると、私たちは自分の安全を心配するあまり、昨今のシリアや地中海における難民の運命を他人事のようにとらえ、負の烙印(らくいん)を押し、ついには彼らの人間性が奪われるような結果を招いてしまう。安直な解決策を探すことは、第二次世界大戦終結から七〇年以上にわたり、欧州で人道主義の基盤の上に構築されてきたものすべてが失われることを意味する。

トルコが独裁に戻る危険、ブレグジット(EU第二の経済大国イギリスの脱退)、イタリアの政治危機、ハンガリーとポーランドにおける民主主義の原則と法の支配の破綻、ドイツの選挙におけるAfDの躍進、今のところはかろうじて阻止されているオーストリアFPÖの勝利、フランス右翼ポピュリストのマリーヌ・ル・ペンとオランダのヘルト・ウィルダースが勝利することへの危惧——全体として見ると、欧州の平和秩序は、第二次世界大戦後最大の危機に直面している。なぜなら右翼ポピュリストが宣言している目標は、ヨーロッパ統合の終焉であり、彼らは民族的に均質な国民国家への回帰を望んでいるからである。

二〇一六年三月のドイツのザクセン゠アンハルト州(反移民を掲げるAfDが州議会選挙で得票率二四・

二%で第二党に躍進した」がそうだったように、ＡｆＤのような政党が二〇パーセント以上の票をやすやすと獲得したら、この数字は右翼革命が起きる可能性を示唆していると言っていい。たとえその一部は、あまり深く考えずに単に既成勢力への抗議の意味で投じられた票であったとしても、である。いや、まさにそこに危険が潜んでいる。右派政党ＡｆＤの急速な台頭は、ワイマール共和国でナチ党が勢力を伸ばしてきた当時の勢いを思い起こさせる。最初は一八パーセントで、次に三七パーセント――そして一九三三年の選挙の勝利で民主主義は終わった。ＡｆＤの伸びがある時点から鈍るだろう、オーストリアＦＰÖが近いうちにオーストリア大統領を出すことはないだろう、と当然のように考えるほど私たちはナイーブではない。私たちは現今のヨーロッパは、おしなべて民主主義が不安定になっていると実感している。それは、これまでは民主主義原則の保証人の役割を果たしていたアメリカ合衆国にも当てはまる。

共和党の大統領候補ドナルド・トランプは、イスラム教徒、ラテン系移民、その他のマイノリティとワシントンの旧弊な既成勢力が、アメリカンドリームの挫折と白人中間層の凋落を引き起こした張本人だと主張して、アメリカ合衆国の大統領に選出された。特に極右「オルト・ライト」と、その顔であるリチャード・スペンサーは、トランプの勝利で勢いづき、ヒトラーが権力を掌握した「一九三三年のように祝おう」と人々を鼓舞した。[42]

トランプは、移民や難民に対する怒りばかりでなく、既存の民主主義勢力に対する激しい怒りも味方にして勝利した。「アメリカをもう一度偉大にしよう！」というスローガンを掲げたトランプは、イスラム教徒、メキシコ人、ラテン系移民を排除するスローガンを掲げ、不満を抱くアメリカの幅広い層の票を獲得した。そのスローガンは、欧州の右翼ポピュリストたちが掲げるものとなんら変わりはない。同じことがアメリカでも支持されないはずはない、とトランプは考えたはずだ。予備選挙で彼は白人労働者層と白人ホワイトカラーの失望とフラストレーションを利用し、女性蔑視で人種差別的なスローガンで票を確保しようとした。特定の住民集団を中傷することが、突然、社会的に許容されるようになった。というのも、これは社会的な階級闘争ではなくて文化闘争で、当該の白人たちはリベラルな時代の成果に反撃しようとしたのだ。外国人の統合と女性やホモセクシュアルの権利——こうしたことはすべて一から交渉を始めなければならなくなった。それは事実上の連帯の消滅である。

タブーを破りたいという願望がトランプを大統領の座に押し上げた。彼はワシントンのリベラルなエリートと、移民の国アメリカのほぼすべてのマイノリティを徹底して軽視している。彼が民主主義を骨抜きにし、著しく弱体化させようとしている可能性すら否定できない。

当初、カリスマ性を備えた不動産王トランプのスピーチは、斜に構えたパフォーマンスだと些末視され、メディアは彼を変人扱いした。彼はそれを利用する術をよく知っていた。ポムゼルのゲッベルスと彼のスピーチの記憶、興奮した大衆の反応の記憶は、私たちにあることを確信させる。つまり、単純で過激な方法を用いたデマゴーグによる民衆の煽動は、当時も今日も効き目があるのだ。ポムゼルが、自分が仕えている人物がどんな人間なのか、かなりあとになってからようやく気づいたのは、自分でも認めているように彼女が世間知らずだったことと無関係ではない。そうした世間知らずの強みで、彼女は国営放送局から宣伝省へとキャリアを積んでいった。

ゲッベルスの真実の顔を私はゆっくりと発見していった。今も覚えているのは、スポーツ宮殿での有名な集会のこと。「諸君は総力戦を望むか?」という、あれよ。

あのときの聴衆は、まるで何かの——言ってみれば精神科病院で起きるような——発作に襲われたみたいだった。ゲッベルスが人々に「君たちに不可能はない」と暗示をかけたかのような——。それから、会場にいる人々がみなスズメバチに刺されでもしたかのように、突然、感情を爆発させ、大声で叫び、足を踏み鳴らし、ちぎれんばかりに手を振り回した。耐えがたいほどの騒音だった。

私の同僚は両手を固く結びあわせ、その場に立ち尽くしていた。私たちは二人とも、目の前の出来事に圧倒されて、息をすることもできずにいた。ゲッベルスに圧倒されたのではなく、人々に圧倒されたのでもなく、このようなことが可能なのだという事実に圧倒されていた。私たち二人は観衆の一部ではなく、傍観者だった。おそらく、その場で唯一の傍観者だった。

たった一人の人間が、あんなに大勢の人々を興奮状態に陥れるなんて。人々はみんな叫んでいた。あちらでもこちらでも「ああ、我々は総力戦を望む」と叫んでいた。現代の人にそれを話したら、きっと首を横に振って、こう言うわ。「みんな、酔っていたんじゃないの？　いったいなぜ、そんなふうにみんなが叫ぶことになったの？」

その瞬間私は、ゲッベルスをとても恐ろしいと思ったわ。恐怖を感じたの。でもそれをまた心に封じ込めてしまった。

トランプが選挙戦に登場してスピーチをしたときも、熱気にあふれてアグレッシブな雰囲気だったと、集会の参加者は述べている。しかし世界のメディアが伝えたような彼の過激な言説が、かつては自由民主主義のモデルとして戦後のヨーロッパに影響を及ぼしたアメリカという国で、強い義憤をもって退けられることは驚くほどなかった。政治の道化師という烙印を押されたトランプが、大統領執務室におさまることができるとは誰も想像したくなかったのかもしれない。トランプ本人も、勝利に驚いたにちがいない。欧州でも同じような驚きに見舞われる可能性を、私たちは排除できない。

トランプは、かなり穏健な内容の勝利演説で、自分は大統領に選ばれるまでの間に一つの「運動」を率いてきたと述べた。こう言うことで、彼はおそらく無意識に、自分は民主主義の既成の制度を基本的に認めていないとほのめかしている。民衆の中から生まれた運動なのだとする論法は、民主主義を標榜する当局の監視を逃れるために、独裁的指導者がしばしば用いるものだ。「わが世の春を謳歌している彼（トランプ）を、彼のホワイトハウス入りも阻止できなかった勢力が力ずくで組み伏せられると本気で信じているとしたら、それはとんでもない思い違いだ」とリヒャルト・ヘルツィンガーも「ヴェルト」紙のオンライン版で警告している。[43] アメリカ合衆国憲法に記された「チェック・アンド・バランス」、すなわち憲法が定める国家機関の相互チェックがあるおかげで、トランプは選挙前に言っていたよりも穏健にふるまっているが、彼がもたらしたアメリカの政治的風土の汚染は、数十年とは言わないまでも、数年間にわたって続くだろう。アメリカンドリームの敗者たちはスケープゴートを探していたが、トランプは彼らにそれを差し出したのだ。不遇をかこつ人々がそうした状況に陥ったのは、トランプによれば、イスラム教徒、ラテン系アメリカ人、中国人、つまり移民すべてのせいだ。彼らが仕事を奪い取ったと言うのである。グローバリゼーションのすべてが公然と非難の対象になっている。トランプによる既成の民主主義勢力への挑発は、ヨーロッパの右翼ポピュリストに著しい影響力を発揮している。このような人物がアメリカ大統領に就任したのは初めてのことだ。ヨーロッパの右翼ポピュリストたちは、トランプに倣い、ナショナリズムへの回帰をはかる歴史的なチャンスが到来したと感づいている。

トランプがイメージしている民主主義とはどんなものかについて、政治学者のアルブレヒト・

フォン・ルッケは明確に述べている。トランプの敵と味方を単純に線引きするイデオロギー、内政重視、国際社会に背を向ける態度は、ゆゆしき問題だ。欧州のポピュリストたちがなぜ大喜びするのかも説明がつく。「トランプは新しい形の民主主義の先鋒となりうるかもしれない。その民主主義は多元的でも多様でもなく、均質的な民族で構成されている。ヴィクトル・オルバンは、〈真の民主主義〉なるものの勝利を語り、選挙を彼の意図に合わせてきっちりと設計した。これは、法治国家ではなく、野党も存在しない別の形の民主主義である」[44]。フォン・ルッケは、この種の民主主義国家において、ふたたび国民の意思が一人のカリスマ性を持つ指導者によって実現されることを危惧している。かつてのナチのモットー、「一つの民族、一つの国、一人の指導者（フューラー）」の精神である。

現在の欧州にはこうした傾向が勢いづく肥沃な土壌がある。右翼ポピュリストの西欧世界におけるキャンペーンが成功しているのは、ポピュリストが闘える環境があり、社会からつまはじきされた人々を味方につけることができるからである。中道派の市民は泰平の眠りをむさぼっていて、再分断され、連帯が破壊された社会の危険性を指摘できないばかりか、西欧的民主主義が急速に自滅しつつあるのに気づくこともできないでいる。

ポムゼルが描写しているような、ベルリンの高級住宅街ズートエンデ地区の政治的無関心は、それ以外の面ではきわめて親切なドイツ人の間に、今でも見られる。彼らはペギーダ運動のデモにもさほど抗議しなかった。運動が最高潮に達した時期には、ドレスデンの政治集会でトルコ生まれのドイツの作家アキフ・ピリンチが住民を煽動してイスラム教徒に対する憎悪をかき立て、彼らの尊厳を公衆の面前で傷つけたというのに。

溺死した難民の数にも人々が心を動かさず、国境を封鎖して傍観しているだけなのは、不安と無知のせいだろう。右翼の剝き出しの憎悪も、これといった抵抗に遭うこともなく広がりをみせている。こうしたプロセスは、人類の暗黒の時代の再来を告げるのろしのようだ。

ポムゼルは、ユダヤ人の隣人ローザ・レーマン・オッペンハイマーの店の石鹸がなくなって不便したときに初めて、自分のまわりで何が起きたのか気づいたのかもしれない。ユダヤ人の友エヴァ・レーヴェンタールが一九四三年に失踪したとき、彼女は、ユダヤ人が単に東方に移住させられたのではないこと、強制収容所は、もっともらしく喧伝されていたように、政権に批判的な人々を「再教育」するためだけに使われたのではないことを知り得ただろう。それでも彼女はそれを知ろうとしなかった。

ポムゼルが私たちにとって興味深いのは、彼女がいろいろなことを気づかせてくれるからだ。それは私たち自身の姿や、私たちの不安や、傲慢さであり、血を流してようやく勝ちとってきた自由をないがしろにし、グローバリゼーションの時代の「脱連帯」と非人間化のメカニズムを正視しない態度である。

ヒトラーが権力を握るまで、ポムゼル家では誰もユダヤ人に偏見をもっていなかった。ポムゼルは二二歳のときにつきあっていた仲間を、甘やかされた若者たちの非政治的な「グループ」と表現している。想像してみよう。白いワイシャツにサスペンダーで吊ったズボン、ジャケット、がっしりした革靴、ポマードできちんと髪をなでつけた青年たちと流行のドレスを着た娘たち。誰もが平均的なベルリン市民よりちょっとおしゃれだ。オートバイの話になると興奮する彼らが居酒屋で一緒に飲むビールは、不景気と不穏な政治の変化が案じられる時代にあって、ちょっとした埋め合わせと逃げ場を提供してくれる。電話がある家はごく少数で、新聞を読むのはもっと上の世代であり、ラジオとテレビはそれほど普及しておらず、世界史で言う「現代」ははじまったばかり。この「グループ」は政治にはまったく無関心だった。彼らにとって、政治は真剣に取り組むような分野ではなかった。当時の成人年齢は二一歳だった。彼女の親友のエヴァ・レーヴェンタール以外、グループにユダヤ人はいなかった。

一九三三年より前は、誰もとりたててユダヤ人について考えていなかった。あれは、ナチスがあとで発明したようなものだった。ナチズムを通じて私たちは初めて、あの人たちは私たちとちがうのだと認識した。何もかも、彼らによってのちに計画されたユダヤ人殲滅計画の一部だった。私たちは、ユダヤ人に敵意などもっていなかった。父さんはむしろ、顧客にユダヤ人がいることを喜んでいた。彼らはいちばんお金持ちで、いつも気前が良かったから。私は、ユダヤ人の子どもたちとも遊んだ。ヒルデという女の子は、とてもやさしい子だった。

うちの近所に住んでいた同い年のユダヤ人の男の子のことも覚えている。ときどき一緒に遊んだわ。それから小さな石鹸屋の娘だったローザ・レーマン・オッペンハイマーという子も覚えている。その子たちの何かが異質だなんて、私たちは考えもしなかった。すくなくとも幼いうちは、まったく考えたことがなかった。国民社会主義が台頭してきたころも、この先どうなるのか、私たちは皆目わかっていなかった。人気の指導者(フューラー)に、私たちはなんの疑問もはさまずに手を振った。一九三三年以前には、ユダヤ人のことが頭にあった人はほんとうにごくわずかだった。人々にとって最大の関心事は、仕事とお金を得ることだった。第一次世界大戦でドイツはすべてを失ったうえ、ヴェルサイユ条約でペテンにかけられた。私たちはのちに、そう聞かされた。

ヒトラーについて行けばどんなことになるのか、人々はかけらも理解していなかったのよ。

もしもポムゼルが望んだとしても、アドルフ・ヒトラーの権力掌握が何を意味するのか、その時点ではわからなかっただろう。マスメディアとインターネットによる情報過多の時代である現代では、西欧社会のどこにいようと、何も知らないでいることはもはや不可能だ。右翼ポピュリストのほぼすべての演説、誇大妄想、タブー破りは、インターネットあるいは「社会的」メディアによって全世界に「ウィルス」のようにばらまかれ、コンピューターの中に永久に蓄えられるか、SNSで爆発的に増殖する。インターネットの巨人フェイスブックは、これまでは差別的な書き込みとプロパガンダ拡散の責任を認めようとはしなかった。しかしフェイスブックなどのプラットフォームが、過激化とモバイル化を促進する中心的メディアであることは、すでに明らかである。フェイスブックのアルゴリズムは、ユーザーの関心度が基準なので、過激なユーザーが渇望するものは、それが真実であるかどうかにかかわらずすべて提供する。アルゴリズムにより設定されたコンテンツは偏見を強め、ユーザーの既存の世界観を固定化する。最近では、ソーシャルメディアはその負の潜在力をあらわにしている。インターネットコミュニティの先駆者たちは、今世紀の初頭に、ネットワークを、透明性と民主主義と自由運動のためのメディアとして持ち上げたものだった。しかし今やネットワークはヘイト拡散装置と化した。社会の一部の人々を突き動かしている不満は、容易に束になり、昔より簡単に拡散するようになったからだ。

右翼ポピュリストは、ジャーナリストがいなくても、自分たちがインターネットを使って一般大衆に直接訴えかけられることを理解していた。そして、かつてナチスが使った古い手口、つまり既成の大手言論機関を「嘘つきメディア」だといって誹謗中傷する術を心得ていたのだ。「嘘つきメディア」という用語は、ゲッベルスが、自分を非難するメディアを告発するために使い、ナチ党の代表的イデオローグ、アルフレート・ローゼンベルクも、これを民族の純粋な意志に敵対するものだとしてこき下ろした。これに対して現代の右翼ポピュリストは、現実を脱合理化しようとまでしている。「二〇一六年の言葉」に選ばれた「ポスト事実（ポストトゥルース）」は、嘘と中傷の拡散によって広く賛同を得ようとする、古くて新しい右翼ポピュリストの戦術を表している。

トランプの選挙戦は、既存メディアに対する中傷攻撃とソーシャルメディアを介した事実を装ったデマの拡散がなかったら、うまくいかなかっただろう。今やネットワークは、ユーザーがなんの縛りもなく同じ考えの人々と交流し、過激化しうる、隠れ家のような空間を提供している。[45]右翼ポピュリストは、旧来のメディアに対する不信感を平然と自分たちの煽動に利用する術を知っている。経済危機をめぐる陰謀論、グローバリゼーションに対する不安、増加する一方の国内の難民は、動揺する人々を惑わせるための手段として使われている。

従来型メディアに対する国民の不信は、一八歳から三五歳までの若い層で特に顕著で、そのために彼らは情報の大部分をもっぱらソーシャルメディアから得ている。九万人のオーストリア人を対象にした調査では、この年齢層の八五パーセントが従来型メディアを信頼していないという衝撃的な結果が出ている。[46]同様に印象的なのが、いわゆる「トラスト・バロメーター」の研究である。世界中に拠点を構えるPR会社エデルマンは、二八か国の三万人以上を対象に、二〇一五年から二〇一六年の間にエリート層への信頼感についてアンケートを行った。ヨーロッパの半数以上の国で、一般人の政治、経済、とりわけメディアに対する信頼は、五〇パーセントを下回っていた。[47]

欧州では、インターネットを介したフェイクニュースや嘘の拡散は、選挙に大きな影響を与えるのではという当然の懸念が広がっている。大統領選挙後の米国でも同様の論争があったのもうなずける。なぜなら、トランプの支持者(その中には人種差別主義者のサイトとして非難されているオンラインマガジン「ブライトバート・ニュース・ネットワーク」も含まれている)は、インターネットを使って、イスラム教徒やその他のマイノリティへの反感を煽るフェイクニュースを意図的に広めたからである。またブライトバートは、ヒラリー・クリントン大統領候補を攻撃するために、大量の噂をあたかも事実であるかのように広めた。

クリントンは、Eメールスキャンダルのために攻撃され、ウォールストリート拝金主義者たちの傀儡と言われたばかりでなく、二〇一二年九月一一日のリビアのベンガジにおけるアメリカ領事館襲撃事件の責任——ずっと以前に告発は退けられていたのだが——を問われ、また夫のビル・クリントン元大統領の新しいセックススキャンダルを公表すると揺さぶりをかけられた。いずれも証拠が示されたわけではなかった。

ドイツでも「コンパクト・マガジン」のようなメディアは、乱暴な陰謀論をトランプ顔負けのやり方で効果的に拡散している。移民がドイツ民族の「民族転換」〔もともとはナチ時代の用語だが、現在極右勢力などが当時と逆の「移民がドイツ民族を駆逐する」趣旨で使っている〕を企んでいるとする演説が行われ、民主的な合法政党が「売国奴」として中傷され、難民がレイプ犯だとする根拠のないニュースが広まると、あとからそれが虚偽だったとわかっても、ソーシャルメディア上で野火のように広がった情報は、事実をゆがめたまま猛威をふるうおそれがある。右翼ポピュリストには、侵すことのできない聖域など存在しない。アメリカ合衆国の場合と同様に、煽動とフェイクニュースは、ヨーロッパの今後の選挙でも大きな影響力を発揮するだろう。かつてゲッベルスはもっぱらラジオと映画で情報を広めたが、今日では情報はインターネットによってすさまじい勢いで拡散し、はるかに大きな成果を上げるからだ。

ポムゼルは、のちにユダヤ人の大量殺戮（さつりく）へとつながった大衆煽動のはじまりを彼女なりに記憶している。

> でもどうやって？　なんのために？　私たちは何も知らずにいた。一九三八年一一月にあの恐ろしい出来事が起こるまで。ナチスが迫害を始めたあの夜までは。
>
> 　あの事件が起きて、私たちは大きな衝撃を受けた。同じ人間であるユダヤ人を襲撃し、ユダヤ人の店の窓をたたき割り、品物を略奪するだなんて――。それが、町じゅうで起きた。ほんとうに、それが始まってしまった。人々はここで、目を覚まさせられたわ。制服を着た人間に近所の人が連れ去られたという話を、友人や親戚が次々にするようになった。人々は集められ、車に乗せられた。でも行く先はわからない。誰もそれ以上のことは知らなかった。それまで政治に特に関心のなかった人々には、とても大きな衝撃だった。私たちも、そうした人間の側に属していた。

驚きはしても傍観しているだけの今の私たちの態度は、マイノリティを敵視する人々の過激化に対抗するのに十分といえるだろうか？　ポムゼルが述べているような驚愕を覚えたとしても、人々はもはやなすすべを知らなかった。独裁政権はすでに完全にすべてをコントロールし、過激化がひそかに進んでいたからである。ナチ党員も最初はユダヤ人に対する誹謗中傷やプロパガンダから始め、権力掌握後に反ユダヤ的な法律ができ、ついには公然たる迫害に至った。「水晶の夜」でそれは見過ごせないものとなったが、ドイツ人の目立った抵抗はなかった。憎しみのメッセージ、マイノリティやエリートに対する誹謗中傷の影響は、現代の欧州やアメリカにおいても長く尾を引き、なかなか消えない。

二〇一六年、アメリカ大統領トランプはみずからの選挙戦において、イスラム教徒やその他のマイノリティを敵視するかたくなな姿勢を示し、社会の雰囲気を害した。このことは、伝統的に移民の国であり、多文化的な生活様式に理解のある理想の国として通っていたアメリカに決定的な影響を与えた。彼のポピュリスト特有のレトリックは、最悪だったあの時代の記憶を呼び覚ました。ナチ独裁が確立した時期に見られた「煽られた憎しみ」と同じような仕組みが、ここでも芽を出している。アメリカでは、二〇〇一年九月一一日の世界貿易センターへのテロ行為でイスラム教徒を狙った攻撃が一時的に増加したが、当局の調査によれば数年後には鎮静化していた。しかしトランプが選挙に勝つ前から、マイノリティ、特にイスラム教徒を狙った犯罪件数が増加するのではないかという懸念があった。実際、アメリカにおけるヘイトクライムの数は、二〇一六年一一月八日の大統領選挙後、飛躍的に増えた。南部貧困法律センターによると、トランプがアメリカ合衆国第四五代大統領に選ばれた直後に、九〇〇件以上の迷惑行為およびヘイトクライムが報告されている。[48]

ブレグジットの結果が出て、国民投票の翌日に外国人に対する犯罪数が現実に数倍に増加したときには、イギリス人もショックを受け、右翼ポピュリストに対する不安と及び腰と無知が交錯している様子だった。ロンドン警察が国民投票のわずか数日後に公表した数字は、国民投票前に東欧の移民を敵視する世論操縦が行われたことが、犯罪発生件数に直接関係していることを裏づけている。ロンドンだけでも、二〇一六年六月二三日の投票日から七月末までの間に、人種差別に基づく犯罪が二〇〇〇件以上も発生している。[49]

イギリスでポーランド国民が人種差別の被害に遭っている中、本国のポーランドでは二〇一五年一一月一一日の独立記念日に、極右組織がワルシャワに難民を受け入れることに反対して行進し、「ポーランドはポーランド人のために!」とシュプレヒコールした。この行進には、典型的な国粋主義者だけでなく、政治的には中道派と目されているような人々も加わったのが特徴的だった。[50]

ドイツ連邦共和国では、すでに一九九〇年代に外国人嫌悪のおぞましい動きが生じ、亡命希望者の収容施設が攻撃を受けて死者が出るという事態になった。一九九一年にはホイヤースヴェルダ、一九九二年にはロストック゠リヒテンハーゲンで収容施設襲撃があった。トルコ人家族を狙った放火事件では、一九九三年にメルンでトルコ人家族が襲撃を受けて死者が出た。一九九六年のゾーリンゲンの事件では合わせて八名が亡くなっている。

難民危機以来、ドイツ国内の雰囲気は先鋭化している。アマデウ・アントニオ財団と難民支援団体プロ・アジールの報告によれば、二〇一五年だけでもドイツでは難民収容施設を狙った攻撃は一〇七二件あり、そのうちの一三六件は放火事件だった。合わせて二六七名が負傷している。憂慮すべきは、こうした事件がＡｆＤの台頭と足並みを揃えるようにして増加していることだ。ＡｆＤは外国人を嫌悪するスローガンを掲げ、過激なペギーダ運動と連携する動きもみせ、右翼の暴力事件件数の増加に一役買った。二〇一六年は、前年と比較して事件の件数が四四パーセント以上増えている。これは収容施設に石、爆竹、発火物を投げ入れたり、ピストルや火薬類で攻撃したりして、負傷者や場合によっては死者を出しかねないような事件の統計である。一九九〇年代と比較して異なるのは、こうした襲撃に対して反対運動や抗議運動がほとんど起きていないことだ。

ポムゼルは、独裁政治の間に起こった出来事の数々を、ぞっとしながらもただ傍観することしかできなかった。今日の私たちはどうだろう？　一九九〇年代にメルンとゾーリンゲンで襲撃事件が起こったあとは、コンサートを催し、キャンドルを灯す光景が国中で何週間も見られ、過激な運動に対する抗議が続いた。フランクフルトだけでも、一九九二年一二月には一五万人もの人々が「現在の彼らは、明日のあなただ！」を合い言葉に開催されたコンサートに参加した。ミュンヘンでは、一九九二年一二月六日に四〇万人以上が町に出て、外国人嫌悪と極右主義に反対して「キャンドルの鎖」を作った。[51]

現在はどうだろう？　ドイツ連邦刑事局は、二〇一六年には難民収容施設の運営者や外国人や政治家に対する右翼の悪質な暴力行為が増加するのではと懸念しているが、こうなったのは、穏健派の市民の怠惰にも責任があると言えないだろうか？　極右勢力の運動自体もふだんなら非常にさまざまな意見があるのに、「難民」という新たな敵に対してはかなりのコンセンサスが形成されているのではないだろうか？　しかもそのコンセンサスは、いまだに大多数の人々が縛られていると感じる、民主主義の基本秩序と法治国家の原則に対する合意よりも強固なのではあるまいか？

民主主義の自由の原則を掲げる社会は、ミッテルザクセン郡クラウスニッツにある新しい亡命希望者施設の反対者が、難民の収容を阻止することを許していいのだろうか？　百人ほどのデモ参加者が難民の乗ったバスが施設に入るのを妨害し、「我々こそが人民なのだ！」とシュプレヒコールして、乗客がバスに閉じ込められている様子を、世界中の人々がインターネットで見ていた。不安に駆られ、トラウマを抱えた戦争難民たちは、警察によってやっとのことで安全な場所に移された。私たちは、ゲッベルスの秘書が恐ろしい出来事を口をつぐんだまま驚愕して見ていたように、手をこまぬき、さっさと日常の生活に戻ることができるだろうか?

ヒトラーと第三帝国について考えるとき、おそらくホロコーストは、いつの時代になっても最悪の文明の断絶と見なされ続けるだろう。だが国民社会主義の歴史は、はるか前にはじまり、突撃隊はとうに活動を開始し、民主主義者が活躍する時代は終わっていたのだ。最初にクーデターが試みられたのは一九二三年〔ミュンヘン一揆〕で、国民社会主義の姿とイデオロギーは、徐々に表立ってきた。たとえほつれのない自分の世界に閉じこもっているポムゼルが、自国の政治動向に興味を示さなかったとしても、事態はゆっくりと進行していた。現代と比較を試みるのは、国民社会主義を相対化するためではない。一対一で比較して類似性を証明することが重要なのではなく、現代における新たな過激化の危険の兆候を認識することが大切なのだ。そして今日認められる危険の兆候は、全体として見るとすでに十分すぎるほどで、きわめて深刻である。

右翼ポピュリストは、特定の集団を劣等な競合相手と決めつけておとしめることで、国民のもっとも卑しい本能を呼び覚ましている。自己価値感をもてないでいる人々は、自分の心の平安を保ちたいがために、ふたたび他者を憎むようになってしまうだろう。軽蔑と憎悪は、人々の集団的な自己価値感を高める結果を生む。

すでにポピュリストが、巧みなレトリックを用いてあからさまにレイシズムを喧伝したり、政敵を追放すると脅したりしていることは、彼らの煽動的な演説の記録をほんの数例見ればわかる。

二〇一五年一二月、アメリカの共和党大統領候補トランプは、支持者の嵐のような拍手喝采を受けて、イスラム教徒の入国禁止を要求し、その少しあとには「レイシャル・プロファイリング」も求めた。これは、皮膚の色、宗教、国籍、人種的な由来に基づいて警察がある人を不審者と見なしたり逮捕したりできるとする捜査方法である。[52]

二〇一六年一〇月、チューリンゲン州議会のＡｆＤ議員団長ビヨン・ヘッケは、公の場でのスピーチで、「エリート」の追放を要求した。「私たちのまわりには、完全にくたびれ果てた古いエリートがいる。古い政党ばかりでなく、古いメディア、古いエリートもいるのだ。この国には排除しなければならないものがいくつかある。くたびれ果てた古いエリートは、去るべきだ。私たちはこの古いエリートを処分しなければならないだろう[53]」

彼のアピールは、ナチスが権力を掌握するほぼ半年前の一九三二年七月、ゲッベルスがラジオで行った演説を思い起こさせる。「我々は、我々に敵対する政党や体制と話し合うつもりはまったくなく、それらを遠ざけるしかない[54]」。それから一年もたたないうちに、ナチスは権力を握り、政敵を排除していった。

二〇一七年一月、ヘッケはベルリンのホロコースト記念碑を引き合いに出して、居合わせた人々の大歓声をさらに煽った。「私たちドイツ人、私たち民族は、首都の中心部に不名誉な記念碑を作った世界で唯一の民族です[55]」。こうして彼は、殺された六百万ものユダヤ人への哀悼の思いを踏みにじったのみならず、歴史上もっとも重く、他に例を見ない規模の人類に対する犯罪を相対化したのだった。

二〇一五年九月、マリーヌ・ル・ペンはドイツのアンゲラ・メルケル首相の難民政策を、フランス大統領をめざすみずからの政治的野心の地固めに利用した。ブリュッセルでのスピーチで、彼女は、EU諸国の主権は「ここから道路を数本隔てただけのすぐ近くで陰謀を企てている敵によって脅かされている」と述べたのだ。敵とは「欧州委員会のユーロ独裁政治」のことである。彼女に言わせると、その本性を隠そうとしているものの、欧州委員会は、「民衆を押し潰す仕掛けと化し、緊縮財政の種をまき、……今ではこの惑星のあらゆる不法移民の受付係になってしまっている」[56]。

私たちはポムゼルの人生の語りを聞いて、その同調者としての歩みを非難しがちだが、現代に生きる私たちの行動は、第三帝国の同調者たちの行動とそれほど違わないのでは、という疑問が湧く。もしもこのようなアジ演説が行き着く先はどこなのか知っているのに、何も感じないとしたら、私たちはすでにひどい無知と無関心に陥っているということではないだろうか？ アドルフ・ヒトラーやベニート・ムッソリーニが権力を掌握したときに、ひどい経済的困窮から救われるのではないかと淡い期待を抱いたり、彼らに暗黙の同意を与えたりした世代とは異なり、私たちは歴史に学んだことで、こうした独裁制がどんな結果をもたらすかを知っている。にもかかわらず、私たちの大多数は消極的なままなのである。それに対してポムゼルは、今日の若者はけっして浅はかでも世間知らずでもないと言っている。

私たちはほんとうに政治に無関心だった。今の女の子たちが自分の意見や考えをきちんと口に出せるのを見ると、私は自分と引き比べて思ってしまう。ああ、なんという違いなのかしら。信じられないほど大きな開きがある。ときどき自分が、一〇〇歳ではなくて三〇〇歳なのではないかと思うほどよ。生き方全般に、これほど大きな違いがあるなんて。

だが二〇一六年にドイツとオーストリアの青少年を対象とした調査では、政治に関心があると答えた回答者は、全体の五分の一にも達しなかった。[57] 今日の若者は、非政治的に育った最初の世代ではない。同様のことがその一つ前の「Y世代」、すなわち一九八〇年代から世紀転換期にかけて生まれた世代にも当てはまる。ダイムラーの元社長エドツァルト・ロイターは、この世代は、現在の危機的状況に対してまったく備えをしてこなかったとしている。彼らが政治に無関心で積極的に参加していないのだとすれば、ポピュリストの台頭に対する責任はむしろ彼らにあるというのだ。ポピュリストたちは、威嚇のシナリオを作りさえすれば、その内実を探られることなく、苦もなく世論を操れることになる。これは一九二〇年代の終わりから一九三〇年代初めにかけての世論操縦と似ている。六八年世代は多くの誤りを犯したが、それでも彼らがつねに議論し、政治に積極的に参加し、意見を述べたことはたしかだろう。ロイターは同時に、民主主義のエリートたちにも責任の一端があるとしている。ロイターによれば、政治の責任を負っている人々は、政治的討論があらゆる民主主義に不可欠の要素だということを理解していなかった。次の選挙対策のためだけの討論がなされ、真の問題は論じられていない。「若者が、誰も真実を言っていないと考えたとしても、なんの不思議もない」[58]

コンスタンツ大学の調査[59]によれば、ドイツの学生の政治に対する関心は低くなる一方だ。調査結果をくわしく見ていくと、政治に対する無気力と消極性は長期的な傾向だということがわかる。回答者の大半が特に重視しているのは、自分の将来とキャリアだ。彼らは大学で学ぶことによって高度な専門知識を身につけるばかりでなく、安定していて興味のもてる仕事と、良い給料が得られることを期待している。この認識は、シェル社の第一七回青少年調査[60]の結果とも重なる。この調査でも、若者の多くが自分の個人的な幸福と物質的に安定した将来の心配はしているが、政治と公共の福祉には無関心だ。

アメリカ合衆国でも同様の調査結果が出ている。二〇〇八年九月には、一八歳から二九歳までの六五パーセントが選挙に興味を示していたが、二〇一二年九月にはその比率が四八パーセントに低下した。二〇〇八年には七二パーセントが選挙に行くと答えたものの、二〇一二年には六三パーセントになっている。[61]

若い世代の政治に対する無関心が致命的な結果をもたらす可能性があることは、欧州連合離脱の是非を問うイギリス国民投票の結果からも明らかだ。二〇一六年六月二三日に投票に行かなかったイギリスの若い有権者は、このような結果になるとは夢にも思わなかったと驚きをもって認めている。彼らはどっちみちＥＵ残留の支持者が勝つだろうと思い込んでいたのである。中でも選挙に行かなかった若者が、選挙の翌日になってＥＵ残留にともなう恩恵を失うことに苦情を申し立てたが、これは政治的無関心が招いた当然の結果だったのである。なぜなら投票権を行使していれば、彼らは選挙結果を自分たちが思う方向に導くことができただろうからだ。

若い世代には自分にしか興味のない者もいる。ソーシャルメディアという憎悪と嘘が拡散される場では、現代の社会動向に対する無知と無関心のもう一つの形を私たちに気づかせるような現象が露呈している。それは、若者の日常活動の中心にある自己顕示欲である。そのために完璧な舞台をフェイスブック、インスタグラム、ツイッターといったプラットフォームが提供している。これらは、注目されたい願望や自己陶酔的な自己演出への渇望を満たしてくれる。以前は大衆向きの雑誌や新聞のカラーページでスターや売り出し中の若者がしていたことを、今では何百万人もの若者がインターネット上で、自分でできるのだ。

しかしエドツァルト・ロイターのように若い世代に批判的な人々は、若者が非常に不確実な現実に直面していることも忘れてはならないだろう。彼らは厳しさを増す一方の雇用状況に悩まされており、中には、副業で低賃金をカバーせざるをえない者もいるし、9・11以降は第二次世界大戦後のどの世代も経験しなかったような、テロと暴力の危険にさらされている。

しかし二つの点で、彼らは一九三〇年代の若者より有利である。彼らは比較にならないほどすぐれた教育を受けているのだ。それに歴史により培われた、人間として譲り渡せない普遍的な人権意識とともに育っている。[62]

けれども若者の多くがその教育にもかかわらず、実際にそれを発揮するチャンスを与えられていないという見立ても正しい。これは欧州では特にギリシャ、スペイン、ポルトガルなどに当てはまる。これらの国々では、二〇〇八年の経済危機とユーロ危機の影響で若者の失業率が過去最高を記録し続けている。旧東ドイツの一部もこれに該当する。ヨーロッパとアメリカ合衆国の多くの若者が、将来に希望をもてないでいるのは明白だ。「彼らは、両親の生活水準と生活の質を達成できない、あるいは維持できないのではないかと危惧している、第二次世界大戦後最初の世代である」[63]と社会学者のジグムント・バウマンは分析している。そこから生まれるのは怒りと憎悪であり、その一方で、政治に対する無関心、政治に参加しても自分たちの状況を改善することはできないという諦念も生じている。

現代の若者は、インターネットの存在や学歴などの点で、三〇年代と比べて大きな違いがある。それでも大半が非政治的で、無気力で、無関心であるという点でポムゼルの時代と似ているし、彼女の「グループ」がそうだったように、自分のことばかりにかまけている点もよく似ている。

西欧民主主義国家の若者たちは、9・11以来、権威主義的ではないものの、不確かで不安定な状況の中で育った。二〇世紀の歴史を知っている彼らは、当然のことながら民主主義の存続に関心がある。しかし政治に関心があるとしても、それをオンライン請願で表明するのでは十分とは言えない。インターネットで表明された怒りの波が、社会に決定的な影響を与えることはない。なぜならこの種の抵抗が、デマゴーグの煽りの拡散に対抗できる歴史的、社会的影響力をもつことはまずないからだ。たとえば環境保護プロジェクト賛成、あるいは集約的畜産反対といった意見の表明は任意であり、署名した人がなんらかの義務を課されることはない。オンライン請願のような活動は、「ちょっとだけ参加してみよう」というこの世代の感覚に合っているものの、快楽主義的な消費行動の一種にすぎないと言えよう。「政治活動は、洗練された消費者運動と大差ないかのような印象が強すぎる。政治活動は、特に豊かな人たちが、自分のアイデンティティーを比較的手軽に主張するため、どんないいことをしているかを誇示するために好んで用いられている」[64]とイギリスの政治学者ジェリー・ストーカーは、著書『政治をあきらめない理由――民主主義で世の中を変えるいくつかの方法』で述べている。

このような糾弾には、懐疑的な向きもあるだろうが、実際問題として、こうした形の政治活動が民主的秩序の維持にネガティブな影響を与えることは否定できない。

すべての世代分析は、先行する世代の願望と価値判断に基づいてなされるという点に問題がある。ポムゼルも、現代の若者の置かれた状況を彼女自身の時代と比較して、今日の若者が享受している技術的進歩と知識の豊富さを、政治への関心の高さや政治活動への熱心さだと取り違えてしまっている。

それに比べて昔の私たちは愚かだった。ごく普通の人々には、すべてを熟考する時間などなかった。働かなければならなかったから。そして――私の仲間たちも含め――そういう問題にさして心を動かされない人々もいた。今、これだけ年齢を重ねた私はそういう問題をとても気にかけているけれど、若いころはそういうことを思い悩まなかったし、かかずらわなかった。今の私は、以前よりもずっとそういう問題に関心をもっている。ただ、はっきり言っておきたいのは、若い人たちは人生に放り込まれたとき、おそらく何がしかの方向性を必要とするということ。誰かが影響を与えることはかならずしも必要ではない。昨今の人は、そういう方向性をきっとたやすく見つけられるのでしょうね。

欧州では、東西対立によって核の脅威が深刻化し、若い世代が積極的に平和運動を繰り広げた時代は、もうはるか昔になってしまった。労働市場が厳しさを増し、街頭には極右主義者が跋扈し、難民が襲撃され、シリアなどで熾烈な紛争が起こっているにもかかわらず、若者の大部分は無気力だったり、最初からあきらめていたり、無関心であるように見える。こうした態度は、もう珍しくもなんともない。ポムゼルも自分の世界に逃避し、当時の政治状況について深く考えようとしなかった。そして現在もなお、彼女は政治家の演説がもつ意味を軽視している。

もし私がすべてを事前に予測したり知ることができていたら、放送局にも宣伝省にもおそらく入らなかった。ゲッベルスは私にとって、少しばかり大声で叫ぶことのできる一政治家にすぎなかった。彼が叫んでいる内容について、私は熟考しなかった。わけのわからないあの演説に、まともに耳を傾けなかった。みんなが同じようなことを演説していた。今もやっぱり私は国会の演説には耳を傾けない。あそこで話されているのは、無駄なおしゃべりばかりだもの。

ポムゼルのそれまでの経験を考えると、ドイツ連邦議会の演説に対する彼女の主張に私たちは眉をひそめたくなる。だが彼女は国民の大多数を代弁しているだけだ。彼女の感じ方は、年長の世代が現代を見るときの諦めのようなものを表しているだけではない。政治から「目をそらす」傾向は、すでに一九八〇年代から「政治不信」という言葉に言い換えられている。ドイツではこの「政治不信」が一九九二年に「今年の言葉」になり、別の形の無知と無関心、すなわち政治エリート自身のそうした態度も明らかになった。有権者の政治不信が政治家の行動の変化を招いたわけではないのだ。今や大規模火災のようになっているこの状況を、西欧社会のエリートたちはほぼ三〇年にわたって無視してきた。それは過激化と、無知・政治的無関心という両極の混合物だ。極右勢力も突然社会の真ん中に躍り出たのではなく、すでに長い間、隠れた形で根を張っていたのである。ただ問題は、国民の中でほんとうに極右思想をもつ者はどのくらいの割合なのかだ。というのも、右派が成功したのは、不満を抱いている人々や不安な人々の間で漠然とした抗議の気分が高まってきていること、政治的な意思決定が非合理的になっていることによっても説明がつくからだ。彼らの関心は、何よりサインを出すこと、エリートに警告を発することにあり、ポピュリストの過激な要求に納得して支持しているのではないのである。危険なのは、彼らがポピュリストの背景に何があるかを調べもしないことだ。怒りと屈辱は、事実がものを言う限界を踏み越えてしまった。[65]

民主主義のエリートたちが有権者に対する無知と無関心のせいで失敗したのかどうかを明らかにする前に、一九三〇年代との社会経済的な類似点を明らかにしてみよう。

一九二九年の株価大暴落を受けて、三〇年代の物資の供給状況や国民の失業率は今日とは比べものにならないほど悪化の一途をたどった。二〇〇八年の暴落（リーマンショック）は、世界恐慌のときほど壊滅的な影響は及ぼさなかったが、それでも一九三〇年以降で最悪の経済危機であり不景気であったことは間違いない。二〇〇八年の金融危機の影響が、大量失業社会の到来と多くの人々の社会的没落という形であらわれるのではないかという危惧は、国民の結束を阻むという点では大問題だ。これまでは金融危機・ユーロ危機の波及効果は、実体経済ではなんとか食い止めることができているが、人々はいつ何があってもおかしくないと気づいている。国民のほとんどが、一九三〇年代と同じように社会的に没落することを恐れるあまり、社会的少数派を犠牲にして生きのびようとしている。この事実は、社会がいかに分断されているかを如実に示している。そしてこのことは、グローバリゼーションの進展とそれを支える経済システムに密接につながっている。

新興の右翼ポピュリストに投票する有権者の中には、世界のグローバル化によって過大な負担を強いられていると感じている人々がいる。たとえこれまでのところは経済的な不利益をこうむっていないとしてもだ。それでも彼らは開かれた国境と、自分たちの利益など考慮してくれない「古いエリート」を嫌悪している。多くの西欧メディアの分析を総合すると、人々は、自分は疎外され無力であると感じている。今では誰もがインターネット経由で過剰な情報を入手できることが、かえって非常に複雑な世界を正しく捉えることを困難にし、単純な答えを渇望する傾向を助長してしまう。新しい仮想敵は移民だ。移民も安全と生活の保障を求めているのに、抗議の一票を投じた有権者は、自分たちの分け前が減ることに不安を覚えている。

このようなしばしば見過ごされがちな不安や主観的な感性は、たとえば次のように説明できるだろう。ドイツに住む三児の母で、一生涯働き続けてきた人が、最終的には生活保護に頼らなければならなくなるだろうと感じるときに問題になるのは、当人の感じる屈辱感だろう。また、ある労働者は、二〇年も三〇年も社会保険料を支払ってきたというのに、失業して一年もすれば難民の収入レベルに甘んじなければならなくなったら、言葉に表せないほど不公平だと感じるだろう。難民に国家の援助を受ける正当な理由があることは、自分の生存に不安を覚えている人々には、なんの意味もない。彼らは、自分は不当に扱われている、自分自身の生存が脅かされていると感じるばかりだろう。

「感情が受け止める真実」が事実に勝る原因、つまり二〇一六年に「ポスト事実」と呼ばれた社会的プロセスの背景には、傷ついた感情、期待、不公平な世界を理解できないことなどがあると考えられる。だが結局ここで問題になっているのは、「事実としての貧困」ではなく、個々人が感じた貧困なのではないだろうか。これはいずれにしても社会学的に多次元的で非常に複雑な現象だ。というのも、この感情は社会経済的な条件に依存するだけでなく、個人的な環境、経験の範囲、社会的地位、そして世界観によっても変わるからだ。

不公平だと感じると、人は反射的にスケープゴートを探したくなり、手軽ですぐに結果が出る答えを渇望するものらしい。それは生存本能のようなものなので、コントロールがむずかしい。そしてこの人間の反応は、米国でも欧州諸国でも文化のいかんにかかわらず生じている。おそらく世界のどこでもそうだろう。ポムゼル自身も、第一次世界大戦の戦勝国に対してドイツ人が抱いた屈辱感が、ヒトラーの台頭を容易にしたとしている。

これでもまだ、現在の世界は一九三〇年代とは比較できないと言えるだろうか？　当時も現在も変化は一朝一夕に起きたのではなかった。貧困と怒りはゆっくりと膨らんでいった。経済危機が進む日常においても、特定の層はまだあまり心配をしなくても生きていけた。ポムゼルが一九三〇年代のベルリンについて書いていることは、財政危機で疲弊したデトロイトにも、緊縮財政政策で消耗しきったアテネにも、衰退の危機に瀕したドイツの各地域にも当てはまる。

でも、人々の憧れのベルリンにも、暗い面はたしかにあった。第一次世界大戦に負けたころは特にそうだった。あちこちの街角に失業者や物乞いや貧しい人々がいた。でも、私のように郊外の落ち着いた環境に住んでいれば、そういう面はほとんど目にしなかった。もちろん、貧しい人が多く住む特別な界隈もあった。でも、そういうものを人は見たいとは思わなかった。そして目を向けなかったから、見えなかった――。

ポムゼルの生涯を一貫して流れているのが、この「見ようとしない」姿勢だ。しかしそういう態度をとっていたのは彼女一人ではなかったし、それは現在もそうだ。ワイマール共和国の民主主義が失敗したのは、当時民主主義を標榜していた複数の政党のせいだとしばしば言われている。彼らには、責任を担う勇気と、党の隔てを越えて結束する覚悟がなかった。時代の大きな課題を解決することよりも、政党間の争いのほうが重要だったのだ。一九三〇年代のドイツでは、人々は国内の出来事に目をつぶり、当時すでに自国民の多くが現実問題として困窮し没落していることを認めず、あげくに「国民の敵」という誤った烙印を押された者が迫害され、追放され、殺害されても、それを見ようとしなかった。

当時と同じように現代においても、節度のないグローバリゼーションに続いて、根本的な変化や過激化が起こった。一九二〇年代にも市場は開かれており、入国制限やビザ取得義務が課されない国が数多くあった。一九二九年の株価大暴落と同様に、二〇〇八年の米国株式市場の大暴落も破滅的な結果を招いた。この二つの歴史的状況のいずれにおいても、大暴落の直後に一握りの勝者と多数の敗者という構図が生まれた。しかも二〇〇八年にはそれが一九三〇年よりリアルに感じられたかもしれない。だが実際にはいずれの場合にも、ヨーロッパとアメリカ合衆国の大衆は、仕事を失って収入の道を絶たれるか、将来に対する不安に駆られる状況に追い込まれた。堰を切ったようなグローバリゼーションの猛威は、当時も今もそうだが、国民国家というあり方を根底から揺るがす。統治機構は問題解決能力を失い、致命的な真空状態が生じた。国家は自国民を守るという機能をもはや果たすことができなくなったのである。ポムゼルは、そのときからヒトラーはすべてを意のままにできるようになったと述べている。

現代の金融資本主義によってもたらされた損害をなんとかしようと、二〇〇八年以降、景気対策と、歴史的に例を見ない国家間の協力による試みは続いている。しかし危機的状況にもかかわらず銀行員のボーナスは増え、その一方でヨーロッパとアメリカの中央銀行の金利政策と金融政策によって、生命保険の価値も年金生活者の購買力も下がり、さまざまな公共サービスの質が低下している。その上、ヨーロッパ各国の政府は社会福祉に大なたを振るい、労働市場改革によって、労働条件はますます不安定になった。

一九三〇年代の人々は、株式投機と世界経済危機の間の複雑な関係がまだよく理解できていなかったのかもしれない。それに対して今日の私たちは、世界のどこにいても毎日繰り返し政治の不平等と無為無策について情報を得ている。

今日の政治も、危機的状況に適切に対処するどころか振り回されているようで、一触即発の状態が生じている。

ポムゼルはヒトラー以前の時代をこう回想している。

第一次世界大戦に負けたあと、ドイツは指導者を欠いていた。そういう人間が、誰一人いなかった。だからこそヒトラーは、あんなにもやすやすと勝利できた。あふれる失業者たちが、ヒトラーの大きな後ろ盾になっていた。

今日でも右翼ポピュリストはこうしたリーダーシップの欠如を利用している。しかし第二次世界大戦の犠牲者を思うと、人口の多くに拡大した貧困と、政治を担う者の行動力の欠如とが織りなす葛藤状態は、現在の状況と一対一でぴったり対応するわけではない。少なくとも今の段階ではそう言える。

だがアメリカでは、遅くとも一九九〇年代の終わりまでに、金融業界の無秩序が引き金となって、自由民主主義の新たなる失敗のシナリオが進行した。ビル・クリントン大統領の任期（一九九三〜二〇〇一年）以降、米国の左派リベラル勢力である民主党は、イギリスの「ニューレイバー」やヨーロッパの社会民主主義政党と同じように、ネオリベラルなグローバリゼーションの法則に屈服した。第一線の経済学者たちの強い警告にもかかわらず、金融市場の規制緩和が行われたのである。その後、イギリスではトニー・ブレア政権のもとで社会福祉を切り捨てる政策がとられ、ドイツのゲアハルト・シュレーダー首相は、福祉制度を大胆に切り崩し、すでに確立している労働市場法の規制を緩和し、労働組合の弱体化を狙った「アジェンダ２０１０」を打ち出した。それ以来、社会福祉国家の萎縮が、金融部門の著しい拡大、低賃金の産業分野の増加と足並みを揃えるようにして進んでいる。左派は有権者のかなりの部分を裏切り続け、昨今では、まさにその労働者階級や下位中産階級の一部が過激化している。ここではっきり見えてくるのは、西欧社会の分断を招いた責任者は民主主義を担うエリート層であり、右翼ポピュリストがやすやすと地歩を固めることができたのは、彼らのせいだということだ。

「社会は、オープンでリベラルな大都市圏のエリートと、ますます苦しくなる下層階級とに分かれてしまっている。下層階級が衰退に対して抱いている不安は、上位の階層に向けて強力に放散されている」[66]とアルブレヒト・フォン・ルッケは書いている。これがパニックを呼び、最近では中産階級も巻き込んで、レイシズムを社会的に許容させてしまっている。

国民の大部分が気づいている現在の過激化傾向は、社会の無知と無関心の結果である。この社会は、難民危機がはじまるよりずっと前に、すでにもっとも弱い者との連帯をやめてしまっていたのだ。ポムゼルは、誰もが自分のことだけを考え、ヒトラーが政権を握る前からあった社会の困窮を正視していなかったと言っているが、それはそのまま現代にも当てはまる。

米国と欧州のすべての住民集団において、一九三〇年代と同じように経済的衰退が現実に認められ、将来的にもこれが危惧されるために、ここ数年というもの、民主主義に対する信頼が低下し、規制による介入はむずかしくなっている。さらに悪いことに、右派勢力は陰謀論を広め、「上の連中」は国民の大部分が社会的に没落している状況を、エリート層に有利になるようにあえて放置しているのではないだろうか、という疑念を煽っている。

欧州諸国でも、米国とまったく同じように、低金利という形でひそかに搾取が進み、救済が必要な銀行に税金が投入されることによって、損失を社会が担う形になっている。その一方で、バランスと社会の平和を前提とする社会的市場経済と民主主義の成果は、ネオリベラルな市場イデオロギーの犠牲になってしまった。今日のネオリベラリズムも、突然生まれたのではない。このネオリベラリズムは、グローバリゼーションは社会的市場経済を拡張するという人々の信頼を悪用した。実際にはその逆のことが起こり、グローバリゼーションはエリートと大金持ちのプロジェクトとなってしまった。

ポムゼルが仕事を始めた一九三〇年代も、世界中の国ですでに孤立主義の動きが始まっていた。これは、トランプがアメリカ大統領選の前に述べたことと重なる。一九三〇年代当時もヨーロッパの経済移民に対する危惧から、選別された外国人だけが優先的に入国を許された。現在も似たような状況で、欧州では国境が封鎖され、難民法の要件が厳しくなり、イギリスはＥＵを脱退しようとしている。ポムゼルも述べているように、一般大衆の日常生活における困窮は、国家にも裕福な市民にも無視され、一九二九年の株価大暴落に続いて、ヨーロッパの至るところで政治の右傾化が見られるようになった。同様に、二〇〇八年の世界金融危機以来、さまざまな傾向のナショナリストへの支持が年々広がっている。これはけっして偶然ではない。なぜなら民主主義を担ってきたエリートのリーダーたちは、自分たちの信頼性の喪失に日々貢献しているようなありさまだからだ。

メディアは、かなり多くの国家元首、首相、トップアスリートがオフショアビジネスに関与していることを暴露している。大金持ちと大会社がその財産を租税回避地(タックスヘイブン)で安全に管理し、税金逃れをするなら、グローバリゼーションはもはや公共の利益のためにコントロールすることはできないという印象を与えるのは当然だった。この秘匿されている莫大な資産は、大金持ちの少数のエリートにとってつもない力を与えている。そのようなわけで、政府による統治などというものは、ジャーナリストのハラルト・シューマンも述べているように無力なように見える。「緑の党や左派も含むヨーロッパのすべての政治階級は、基本的に降伏してしまったのだ。彼らは、国家、地域、地方自治体の財産について決定するのは会社、銀行、大金持ちだということを知っている」[67]。これはまさにワイマール共和国の諸政党に下された評価と同じである。

民主主義の危機は、無力で無知な政治家がもたらした。彼らは金融危機の際には銀行を救済することが唯一の選択肢だとしたが、それが左右の両勢力から敗北だと見なされた。両者に共通しているのは、グローバリゼーションの拒絶だ。政治エリートは経済界の強欲に屈し、右翼ポピュリストは、平凡な市井の人々の怒りと絶望を自分たちの目的のために利用している。

完全に分裂した西欧社会は、連帯して共同体を形成することはもはやできなくなっている。今日では、一九三〇年代と同じようにヨーロッパ民主主義のエリートと政党は消滅しつつある。彼らは公共の利益のために尽くすことがもうできないか、少なくともそういう印象を人々に強く与えている。

難民に対する反射的な拒絶は、危機的な欧州にふたたび共通のアイデンティティーと連帯を与える要因となっている。つまり、外部に対しては非人間的な壁を設け、国民的なエゴイズムを核とする連帯である。

一九三〇年代と同様、現代においても西欧諸国の団結は経済危機によって失われてしまった。そして当時のように、ポピュリストが人を引きつける魅力は、危険をはらんだ世界にあって、一見簡単な解決法を示してくれることにある。しかしはっきりと黒白をつけて敵味方に分ける単純な図式化による解決は、非常に危険だ。なぜならこの図式を変更することは、作り出すよりはるかにむずかしいからである。テロ、債務危機、気候変動、難民――こうした問題は一国だけでは解決できないというのに、いまだに多くの人々が、反射的に単純化と過激化に飛びついている。そして穏健な中道派の市民は、当時も今も自分のことに忙殺されているようだ。

柔軟な労働市場の中で、人々は家庭とキャリアのどちらを優先すべきか揺れている。アメリカンドリームをモデルにして生きてきた世代は、経済危機の後にそのドリームの正体が「悪夢」だったことを知った。誰もが自分の行動に対する責任を負わなければならず、社会のネットワークは崩壊しかけていて、日常生活の中で感じるものは「自由」ではなく「不確かさ」だ。「ベビーブーム」世代にはまだ確実だと思えていた、自分の力で出世できるという見通しが、アメリカでもヨーロッパ諸国でも通用しなくなった。西欧資本主義の恩恵がさほど感じられなくなり、大企業や金持ちと一介の市民との格差がますます広がる現実に、人々は何のための民主主義なのかと自問している。この状況につけいるようにして、左右両派のポピュリストは、社会のきずなを破壊しようとしている。欧米で以前から予告されてきたことが今や現実となった。救済を約束する者がふたたびあらわれたのである。ポムゼルもヒトラーが権力についた当初のことをよく覚えている。

でも、ヒトラーが就任した直後の雰囲気は、ただただ新しい希望に満ちていた。とはいえ、ヒトラーがそれを成し遂げたということは、大きな驚きだった。当人たちも、驚いていたのではないかと思うわ。

今日の西欧社会は、エゴイズムと、ポピュリストに対する無知と無関心のために、新しい悪夢の中に図らずも足を踏み入れているのではないだろうか?

しかしかつてのポムゼルの時代と同じように、右翼ポピュリストにそれとなく力を貸しているのは、自分の出世だけに関心を抱いている市民の無知と無関心だけではない。右翼ポピュリストが勢いを増すもう一つの要因は、自由民主主義のエリートが、社会的弱者や学歴が低い人々の生活状況に対して傲慢で無関心な態度をとっているからだ。なぜなら、右派政党の投票者を愚かだとか無教養だなどと侮辱する、自由民主主義勢力の「刺激‐反応モデル」は、問題の解決にはまったく役立たないからだ。リベラルなエリートたちは、その傲慢さのために、みずから民主主義システムの危機を招き、「上の連中」に復讐したいと考えている「おちこぼれ」の有権者の抗議を引き起こす結果になっている――エリザベート・レーターは「ツァイト・オンライン」の注目すべき記事でそう指摘している。[68] 大学卒で多少安定した職に就いている住民集団は、移民などのマイノリティに対して寛容さを欠き、自分たちより下の階層を軽蔑している。もっとも、大学卒の人々の職場は、移民によって脅かされる可能性はあまりない。彼らと社会的業績を競うライバルが登場する心配はないのだ。グローバリゼーションの潜在的な敗者は、難民がわが国の国境の前に立っているように、職業安定所の前に立っている。難民と右翼ポピュリストの存在は、よりよい世界を作ろうという努力が、私たちのまさに眼前で破綻していることを思い起こさせる。民主主義政党の課題は、有権者の怒りと不愉快な真実を真剣に受け止めることにもある。ここに、住民の気分を反映しているアンケート結果がある。ライプツィヒ大学の研究者による二〇一六年の調査によれば、ドイツ人の半数は、イスラム教徒が大勢住んでいるために、自分の国にいるというのに自分のほうがよそ者のように感じることがときどきあるとしている。四一パーセントは、イスラム教徒のドイツ移住は、最初から禁じるべきだとしている。この数字は、極右のＡｆＤにこれまでに票を投じた住民の比率をかなり上回っている。

住民をおおうこうした不安と不満を否定すること、あるいは抑圧することは、移住の全般的な制限について公の場で討論することよりもはるかに危険である。こうした世論が定着し、ついには人口の半数が移民をこれ以上受け入れることを拒否するようになれば、その考えを一笑に付すわけにはいかなくなるだろう。

もしも社会を中心で支える市民層が、住民の多くが抱く不安と潜在的な過激化傾向に正面から向き合わず、各国政府が、難民が他国に逃れる原因を根本的に解消するための投資をしないのなら、壁を築くことの代価が何であるかを示すべきである。それは、人権蹂躙(じゅうりん)、国際法違反、軍事境界線の設定に他ならない。

イギリスの世論調査研究所イプソス・モリの研究結果によれば、ドイツ人は、ヨーロッパと米国の市民同様、イスラム教徒の移住者が大量に押し寄せているという完全に誤った印象にとらわれている。ドイツに暮らす五人に一人、すなわち自国民の二一パーセントがイスラム教を信じていると回答者は推定している。しかし現実には二〇人に一人、すなわち全人口の五パーセントあまりにすぎない。しかもこれは二〇一五年に大量の難民が押し寄せてきたあとの数値である。シリア紛争の終結後、どのくらいの人が故国に戻るか、イスラム教徒の人口比率がふたたび下がるかどうかは現時点でははっきりしない。

アメリカ合衆国においては、さらに顕著な誤認がみられる。米国ではイスラム教徒の比率は一七パーセントと推定されたが、実際には一パーセントにすぎなかった。[69] 右翼ポピュリストの宣伝メディアでは、数字がなんの躊躇もなく誇張され、そのことによって不安と憎悪がさらにかき立てられている。

現代の社会が時代の粗暴化に打ち勝つことができるとしたら、それはその社会が、ナショナリスティックな遮断政策とは異なる、信頼できる秩序の枠組みを打ち立て、ポピュリストのまったく非現実的な約束と虚言の仮面を剝ぐことができた場合に限られる。ポピュリストの言説を追って右往左往する必要はない。すべての民主主義勢力が、感情に流されることなく、事実と客観的に対峙することができれば、右翼ポピュリストの勢いを止められる。そのためには、社会の諸問題も、ネオリベラル型資本主義のゆがみも、財政危機と経済危機の問題も、一九三〇年代との類似事例も、真剣に考慮しなければならない。

右翼ポピュリストの台頭がプラスに作用した面もある。これまで社会政策の問題に真剣に取り組んでこなかったという反省が、エリートたちの間に生まれたからだ。しかし二〇一六年九月のG20において、二〇の主要工業国の政府は、グローバリゼーションがもたらす利益はもっと幅広い層に配分されなければならないと明言した。おそらくこの約束は実行されるだろう。なぜならエリートたちも一九三〇年代への逆戻りを恐れているからだ。したがってグローバリゼーションに変化が起きるチャンスはある。

さらに言えば、政治的に穏健な市民層が今後も右翼ポピュリストの台頭を傍観し、世代を超えた政治的関心の高まりは起こらないと、まだ決まったわけではない。トランプ大統領の選出、接戦となったオーストリア大統領選、ポーランドとハンガリーの民主主義の崩壊、ブレグジット、トルコとシリアの状況、そして西欧民主主義の全般的な荒廃は、今後のフランス、オランダ、ドイツの選挙に対する最後の警告の役割を果たし、おぞましい一九三〇年代に戻ろうとしていた多くの人が踵を返すきっかけとなるかもしれない。もちろんこれはただの「チャンス」にすぎない。なぜなら民主主義の敵は、いまだに議場に突撃しようと機会をうかがっているからだ。

私たちはおそらくまだ、ポムゼルの言う「ガラスのドーム」の中で、不安と無知のために立ち尽くしている。念頭にあるのは自分の利益ばかりで、社会の状況には目をつぶってご都合主義を貫き、右翼ポピュリストの台頭に間接的に手を貸し続けている。ポムゼルが言うように、そこから抜け出す逃げ道はないのだろうか？　無知と無関心が潜在的な罪であるならば、現代の私たちが担う責任は非常に大きいという主張は、意外でも何でもない。ナチ政権の時代の人間なら、知らなかったと弁明することができるかもしれない。だが私たちは彼らより歴史を知っている分、わかっていなければならない。

右翼ポピュリストを撃退し、ふたたび民主主義的な法治国家とヨーロッパ統一に向けた賛成票を獲得するための戦いは、長く苦しいものになるだろう。そのためには、単に不安感から反射的に反応するだけでなく、民主主義に背を向けている有権者の要求に応えるために徹底して取り組まなければならない。

社会に安心と信頼感を醸成するには、マイノリティに対する寛容さと、その保護を求めるリベラルな要求だけでなく、具体的な対策が必要になる。二〇一五年と二〇一六年のテロ事件〔パリ同時多発テロ事件やベルギー連続テロ事件など〕後のヨーロッパが、ふたたび安心感を取り戻せるような対策だ。難民を規則にのっとって登録させること、国家が、難民の間に紛れこんでいる「危険人物」と、その他の犯罪者をフィルタリングできる立場にあることは、憲法で認められている。しかもこれは、右翼ポピュリストのように追放や隔離などの弾圧的な措置を、連日ヒステリックに喧伝して要求するのではなく、内乱による難民や移民全般の人権を損なわない形で行われなければならない。こうした権利は、私たち市民が日常生活の場でも市民的勇気（ツィヴィル・クラージェ）をもって防衛しなければならないのである。

私たちは決して忘れてはならない。一九三〇年代と四〇年代に国際社会が犯した難民政策の失敗から学ぶべき教訓のひとつは、世界中がその受け入れをめぐって一致できなかったユダヤ人難民を国際社会が拒絶してしまったという点から導き出されるということである。迫害がいよいよひどくなり、一九三八年にユダヤ人住民の出国の波が起きたときに、彼らが国境を越えて無条件で移住することができた国はなかった。一九四一年一〇月にナチ政権が移住を全面的に禁じると、ドイツに残っていたユダヤ人は、迫りくる殲滅から逃れるために外国に移り住むことはほぼ不可能になった。第二次世界大戦後にようやく難民の保護に関する法的拘束力のある協定ができた。一九五一年にジュネーブで締結され、今日に至るまで有効な「難民の地位に関する条約」である。この条約は、保護を求めている者を、迫害を受けるおそれのある場所に送還してはならないと定めている。

グローバリゼーションが進む中での安全な国境の確保と社会正義の実現という要請を、民主主義社会は右翼ポピュリストの政権にゆだねてはならない。全般に単純化された彼らの分析に、たとえごくわずかな真理が潜んでいたとしても、彼らはジュネーブ条約の国際法上の原則を危ういものにしている。過去においても現在も、どのような右翼ポピュリストや独裁者も、問題を平和裡に、人道的かつ持続的に解決できることを立証できていない。彼らが権力を握ると、結局はほぼ例外なくマイノリティが犠牲になり、混乱状態、暴力、戦争、弾圧が生じることになる。

一般にポピュリストは、まったく非現実的な公約をする傾向がある。だが彼らが権力を掌握したり、権力の一翼を担うようになったりすると、しばしば主張と現実の間の食い違いが顕著になる。最近の例でも、右翼ポピュリストの政権あるいは彼らが加わった連立政権には、基本的に二つの傾向が見られる。つまり、有権者の関心が正反対の方向に離れてしまうか、党内の揉め事で党が分裂してしまうかだ。[70]

人類は歴史から何か学んだのだろうか、という問いを発した高齢のファシズムの生き証人は、ポムゼル一人ではない。一〇四歳で没した女医インゲボルク・ラポポートは、迫害を受けた経験が何度もある。ポムゼル同様、二〇一六年のドイツにおける新たな極右の煽動に恐怖を抱いたという。ラポポートは、おそらく世界で最高齢の一〇二歳で博士号を取得したことで一躍有名になった。彼女は一九一二年に当時はドイツ領だったカメルーンで生まれ、ハンブルクで育ったが、ユダヤ人だったためにナチスの手から逃れるべく、一九三八年に母親とともにアメリカ合衆国に渡った。しかしマッカーシズム（赤狩り）の時代に共産主義者だと告発されたために、今度はドイツ民主共和国（旧東ドイツ）への亡命を余儀なくされた。後年、彼女はここでベルリンの壁崩壊を経験する。彼女はインタビューの中で、もともとはポムゼルと同じように政治に関心がなかったと回顧している。しかしナチ・ドイツの時代となり、反ユダヤ主義に立ち向かわざるをえなくなったときから、事情が変わった。[71] 彼女はどこにいても不安を感じていた当時の雰囲気をよく覚えている。後年の旧東ドイツでは、反ユダヤ主義は表にはあらわれないものの、ひそかに存在していた。ところがドイツの再統一によって、潜んでいたものが一挙に顕在化した。外国人を排斥するペギーダのような運動が他でもない東ドイツで生まれたことを、明晰な彼女は心配な面持ちで見守っている。彼女は毎日ニュースを聞き、国内の出来事に強い関心をもっている。難民施設の放火事件が起き、デモ参加者は「ドイツをドイツ人の手に」とシュプレヒコールをして、不安を煽っている。こうしたやり口を彼女はよく知っている。なぜなら不安はナチスの最大の武器だったからだ。人々が難民のことをどのように言っているかを耳にすると、どうしても昔の忌まわしい記憶がよみがえってしまう。インゲボルク・ラポポートは、過激化と政治的無関心の両方を非常に危険だと感じている。「非政治的な人間は付和雷同しがち」だからだ。

危険なのは、複雑な問題に簡単な答えを求める人間だ。彼女は現在も平和を愛し、人々の連帯を信じ、自己中心的な資本主義のシステムは信じない。イスラム教を蔑視する議論やブルカの問題〔欧州全体で、イスラム教徒の女性が全身を覆い隠す「ブルカ」を公共の場で着用禁止にする動きがある〕は、憎悪をかきたてるために使われるおそれがあると感じている。同じようなことを彼女もナチズムの時代に経験したからだ。

二人の人生には共通点がある。ポムゼルとインゲボルク・ラポポートは、ファシズムとは何か、無知、受動性、無関心、ご都合主義はドイツと世界に何を引き起こしたかを身をもって経験した世代の、おそらく最後の警告者だという点である。

一九二〇年代と三〇年代の市民層は、アドルフ・ヒトラーを最初はまぬけだと見くびり、あげくに時機を失するまで声をあげなかった。ポムゼルも過去を振り返り、自分の幸福と成功と豊かさを追求するあまり、時代の情勢が見えておらず、無関心だったと述べている。現代の私たちも同様に、目前の現実に立ち向かい、制度の中で不遇をかこつ人々がふたたび相応の持ち分を得られるように手助けする努力を、明らかに怠っている。現在のような形のネオリベラリズムは、自己陶酔的で自己中心的で、社会の連帯を犠牲にしている。「幸福はみずからの手で築くもの」という格言がアメリカンドリームを象徴しているのは偶然ではない。そのアメリカンドリームは遅くとも二〇〇八年の金融危機を機に悪夢に豹変し、多くの敗者を生み出し、ついにトランプが登場した。連帯は、自由で人間的な民主主義社会というエンジンのオイルである。私たちが今後も経済体制の不公平を甘受し続ければ、過去数年間に進行した脱連帯はさらに進み、多国籍企業の利益を最大化し、右翼ポピュリストをますます勢いづかせることになる。

脱連帯がゆっくりと進んだあとには決まって脱人間化が続く。思いやりや連帯といった人間的な本能が排除される社会は、民主主義をもはや必要としない醜い社会だ。自己中心的で深く考えずに自分の利益を求めるポムゼルのような態度は、今日では無数に見られ、私たち自身の内面にもある。

民主主義が経済に屈服し、人々が自分は諸制度に対してなんの影響力ももっていない、それどころが自分の利益がないがしろにされていると考えるようになると、ポピュリストやファシストは近い将来にやすやすと地歩を固めることになるだろう。だが民主的法治国家の存続のために今すぐ動き出そうとするならば、勝機は十分にある。

移民のための対策は何としても見いださなければならないだろう。そうでないと、さらに何万人もの難民が地中海で溺死し、あるいはヨーロッパの「城壁」で日に日に残酷さを増す暴力によって行く手をふさがれ、悲惨な状態におちいってしまう。

難民が生じる理由を解決しながらグローバリゼーションを進めていくにはどうしたらよいのか、私たちは議論を始めなければならない。結局のところ、問題の解決には、再分配の実現、気候変動の影響の克服、人的資源と環境資源の搾取を阻止し、対立している当事者を交渉のテーブルにつかせる平和運動を展開するしかない。そのためには、これまでは世界大戦の終戦後にしか行われなかったことが必要になる。それはつまり、上から下への再分配、グローバリゼーションに関する一種の「ニューディール」である。民主主義社会のエリートたちは、これ以上の不公平がまかり通れば、自分たちにも不利益が及ぶことを理解し、最近数十年の誤った発展の方向性を修正し、人々を民主主義の決定プロセスへ参加させ、それによって大企業と大金持ちの暴走を抑止し、古くからある行動原理をふたたび西欧の価値観の中心に据えなければならない。すなわち、経済は人々に奉仕するためのものであり、一握りの大金持ちのものではないのである。アメリカのバラク・オバマ前大統領は、離任前の二〇一六年のヨーロッパ訪問で、まさにこの軌道修正を促した。そうしないと、深く刻まれた不公平感は今後も払拭できないだろう。

アメリカの元国務長官ヘンリー・キッシンジャーは、アメリカ合衆国における政治の動向について述べた際に、ドイツが経験した歴史にも端的に言及している。「アメリカの私たちは、中間層の利益を長期にわたって毀損（きそん）するならば、いずれ罰を受けることを理解すべきだ。そのことをドイツほどよく知っている国はない」[72]

脱線してしまったグローバリゼーションを、より良くより公正な軌道に戻し、私たちの社会と経済体制の病巣を改革する時間は、もうあまり残っていない。収入格差、銀行の支配、大富豪や巨大企業グループの税金逃れ、急激に進む経済のデジタル化、失業に対する不安、民主主義と難民に対する私たち自身の考え方——社会と経済が病んでいる背景には、こうした原因があるのだ。社会の全集団に責任がある。まったく予測のつかない将来に不安を抱く人々、ヨーロッパやアメリカ合衆国で不利な立場に置かれている人々、遠く離れた地から逃れてきた難民たちとともにあり、彼らを助ける責任である。

歴史上の類似点を論ずることは、けっして容易ではない。それでも本書で大まかに述べてきたように、民主政治を獲得するために欧州ではたくさんの血が流されたこと、そうやって手に入れたものがふたたび失われるかもしれないことをしっかり心に留めなくてはならない。かつてヒトラーの台頭を傍観していた市民層が、今もまた煽動家や過激派を傍観している。私たちはポムゼルの例から、右翼ポピュリストは結局サイレント・マジョリティの代弁者ではないことを学ばなければならない。

一九三〇年代のファシズムは、ハンナ・アーレントのあの「悪の凡庸さ」という言葉そのものだ。悪の集団的なメカニズムがどのように機能するのか、私たちはすでに知っている。もはや言い訳は存在しないのだ。現代の私たちは、自分の小さなエゴイズムに負けて、現実を直視することと、人間の権利と尊厳を擁護することを怠れば、それだけで悪事に手を染めたことになるのだとわかっている。そういう意味で、私たちには特別なプレッシャーがのしかかっている。私たちは歴史を知っているし、自分たちが何をすればいいかも知っている。それをしないことは自己欺瞞(ぎまん)なのである。

ポムゼルの生涯と、彼女がゲッベルスの秘書になった時代にも同じような出来事が起きていたことを知った私たちは、目を覚まさずにはいられない。今こそ、政治的に穏健な市民が団結し、改革に取り組むようにと民主主義の立場に立つ指導者たちに圧力をかける時なのだ。正義と連帯を推し進め、西欧社会の結束をふたたび固めることが求められている。難民危機は、競争と脱連帯を主張する世界の経済秩序が生んだものだからだ。

私たちはこれ以上「見ないふり」をするわけにはいかない。右翼のデマゴーグたちは、民主主義を毀損するためならすべてを利用する。市場の強大化をもたらしたのは西欧のネオリベ政治であり、責任はそこにある。社会の安定を約束した社会契約は、破棄されてしまった。私たちは民主主義の価値が疑問視されている過渡期に生きている。もしもまだ生き残っている民主主義政党と市民グループが、どうやったらこの契約を再構築できるのか考えることを始めなかったら、私たちは右翼ポピュリストの波がこの数年でヨーロッパの民主主義を飲み込んでしまうさまを目撃することになるだろう。今こそ、穏健な市民層と社会のあらゆる分野のエリートたちは、自分たちは過去の教訓をけっして無駄にはしないと身をもって示さなければならない。

謝辞

歴史の証人ブルンヒルデ・ポムゼルに対し、その証言に心から感謝している。彼女の稀有な伝記のおかげで、現在の私たちが直面している危機について比較しながら考察することができた。彼女の記憶と矛盾は、私たち全員の教訓となりうる。なぜなら自由と民主主義は、今こそ私たちの積極的な参加と細心の注意を必要としているからだ。

映画監督のクリスティアン・クレーネス、オーラフ・S・ミュラー、ローラント・シュロットホーファー、フロリアン・ヴァイゲンザマーの諸氏には、ブルンヒルデ・ポムゼルとの何回にもおよぶインタビューの準備をしてもらった上に、友好的で緊密な共同作業を行えたことに感謝したい。グヴェンドリン・ハルフーバーとドロテー・ベサーの協力にも感謝している。

このプロジェクトを二〇一六年八月に私に任せてくれた出版者クリスティアン・シュトラッサーにも、心からの謝意を表したい。

担当編集者のイルカ・ハイネマンは特に熱心に仕事にあたってくれた。彼女の協力がなかったら、これほど短期間にこれほどエキサイティングな仕事をやり遂げることはできなかっただろう。

二〇一七年一月　　トーレ・D・ハンゼン

『ゲッベルスと私』刊行に寄せて

東京大学大学院教授　石田勇治

ヒトラーの時代を考える

ヒトラーと、その右腕ゲッベルス宣伝相が作り出した大衆的熱狂の先には、戦争と破壊、そして未曾有の大量殺戮(さつりく)が待ち受けていた。偏狭な自民族中心主義と極端な反ユダヤ主義、人種差別(レイシ)主義(ズム)が第二次世界大戦と結びついて、ヨーロッパを「暗黒の大陸」へと変えたのだ。戦後、世界は解放された各地の強制収容所に累々と積み上げられた犠牲者の屍(しかばね)に絶句し、「二度と繰り返してはならない」と誓ったのである。

それから七三年が経過した今、ドイツ、オーストリアを始め世界各地でポピュリズム、排外主義の動きが不穏な高まりを見せている。人権と民主主義を軽んじる政治的指導者が名乗りをあげるなか、あらためてヒトラーの時代を考えることには大きな意味があるだろう。ヒトラーは大衆民主主義の中で台頭し、その弱点を衝いて独裁者となった。庶民の出で、少なくとも三〇歳までとくに何者でもなかったヒトラーに、言いようのない空恐ろしさを感じるのは、その卑近さのせいかもしれない。私たちとさほど違わない人間が国民大衆を従え、ドイツを、そして世界を破滅の淵へ追いやったのである。

本書は、ヒトラーの時代を知る最後の生き証人、二〇一七年に一〇六歳で亡くなったドイツ人女性ブルンヒルデ・ポムゼルの物語である。ポムゼルは、本書刊行と同時に公開された稀代のドキュメンタリー映画「ゲッベルスと私」の制作にあたり三〇時間に及ぶインタビューに臨んだ。その記録を編集し、ドイツの著名なジャーナリスト、トーレ・ハンゼンが長文の解説を付して出版したのが、本書の原著 *Ein Deutsches Leben. Was uns die Geschichte von Goebbels' Sekretärin für die Gegenwart lehrt*, Europa Verlag 2017(『あるドイツ人の一生――ゲッベルスの秘書の語りは現代に何を教えているか』)である。

ポムゼルは、ゲッベルス宣伝相の秘書を務め、ナチ党員でもあったことから、戦後は散々非難されたのであろう。ポムゼルの語りはすべて言い訳のように読める。納得の行くところもあるが、首をかしげる箇所もある。だがその語りに真摯に向き合うことで、あの忌まわしい独裁がいかなる人びとによって支えられていたのか、私たちは推し量ることができるだろう。

アイヒマンとポムゼル

ポムゼルの独白を読んで、アドルフ・アイヒマン(一九〇六〜一九六二)のことを思い浮かべた人も少なくないのではないだろうか。アイヒマンはヒムラー配下の親衛隊中佐で、戦時中は国家公安本部第四局Ｂ４課長として、ユダヤ人移送計画の立案と執行に深く関わった人物だ。戦後、亡命先のブエノスアイレスでイスラエルの情報機関モサドに捕らえられ、イェルサレムの裁判所で裁かれて絞首刑に処せられた。

公判で、被告アイヒマンはナチ・ドイツによるユダヤ人の絶滅を「人類史上、最も重大な犯罪のひとつ」と認め、自らを「人道的な観点からみれば有罪だ」としながらも、「忠誠の誓いに縛られ」ており、「命令に従って義務を果たす」より他なかった。「心の底では責任があるとは感じていない」と述べた。

そのアイヒマンに「凡庸な悪」という表現を与えたのは、哲学者のハンナ・アーレント（一九〇六～一九七五）である。悪魔のような恐ろしい人間、剝き出しの反ユダヤ主義者ではなく、ただ命令と法に従って上位に服従したというこの男の姿に、アーレントは誰もが「アイヒマン」になりうると考えた。だが公判での印象に反して、アイヒマンは首尾一貫した冷徹な反ユダヤ主義者であったことが近年の研究で明らかになっている。アイヒマンはヒトラー同様、当初から突撃隊が用いたような直接的暴力によってではなく、法律に則って粛々と「ユダヤ人問題の最終解決」、つまり「ユダヤ人なきドイツ」、ひいては「ユダヤ人なきヨーロッパ」を実現しようとした親衛隊の意思を体現していた。その意味でアイヒマンは、「凡庸」でも「陳腐」でもなく、「アーリア人種至上主義」の立場からヨーロッパの民族秩序を一変しようとしたナチ体制にとって、不可欠の存在であった。

一方、ポムゼルは、世の中の動き、政治にまったく関心のない、むしろ身の回りの事柄にばかり意識が向かう、ごく普通の市民だった。プロイセン的な躾(しつけ)の厳しい家庭で育ち、頭はよかったが、長女として負わされた重荷は相当なものだった。知人のつてで憧れの国営放送局への就職が決まり、そこに一〇年ほど勤めた後、宣伝省大臣官房への異動を命じられた。つましい庶民の出であることを考えれば、シンデレラガールのような出世だ。

ゲッベルスの国民啓蒙宣伝省

宣伝省は、ヒトラー政権の誕生から二か月余りたった一九三三年三月、直前に起きたベルリンの国会議事堂炎上事件で世情が騒然とする中、授権法(全権委任法)案の国会での議決を目前にして新設された。同時期の国会選挙で悲願のナチ党単独過半数を果たせなかったヒトラーは、国営放送局の人事に介入し、政権に批判的なジャーナリスト、メディア関係者を追放してこの官庁をつくった。

宣伝省が設置されて、政府宣伝のあり方は一変した。

「宣伝の秘訣は、いかにも宣伝らしくではなく、相手にそうと気づかれないうちに宣伝にどっぷりと浸らせてしまうことだ」——宣伝相就任直後の演説(一九三三年三月二五日)でそう述べたゲッベルスは、ヒトラーが掲げる「民族共同体」の理想を実現すべく、ナチ党が野党時代に培った宣伝技術を、国費を投じてさらに発展させて、国民大衆の精神的動員を主導した。何より重視したのがラジオと映画だが、新聞・出版メディアも駆使して幅広い政府宣伝を展開した。

夥しい映画がゲッベルスの下で制作され、何千万もの人が映画館でそれを観た。娯楽映画が多数を占めたが、反ユダヤ主義を煽る「ユダヤ人ジュース」や、不治の患者に対する安楽死政策を正当化する「私は告発する」など、ゲッベルス肝煎りの宣伝映画には、弱者に対して憐憫の情を抱くことを戒め、「価値なき者」の抹殺を肯定する規範意識、ジェノサイド・メンタリティを育む作品が少なくなかった。ナチ体制下の国家的メガ犯罪に向けて国民の心理的・精神的障壁を取り除くことに寄与したのが、ゲッベルスの宣伝省だったと言えるだろう。

そのような宣伝省にポムゼルは仕えた。アイヒマンのように政策立案にタッチする立場ではなく、上司の口述筆記を主な業務としたポムゼルは、巨大な行政機構を支える歯車の一つに過ぎなかった。

ポムゼルの語り

ポムゼルの語りは正直だ。思い違いや主観的に過ぎる話が多々あるにせよ、意図的な虚構はないだろう。大臣官房秘書の給料はよく、同僚にはよい人が多かった。すべてが快適で、居心地がよかった。職業婦人として中央官庁で働くことで自分が少しだけエリートになった気分だった、とも述べている。そして何よりも誇らしく思えたのは、上司の命令、与えられた職務を忠実に遂行し、見てはいけないものは見ない、してはいけないことはしない。その点で上司の信頼を得ていたことである。

ポムゼルの語りには、ナチ時代を生きたドイツ人の多数派が見聞きし、感じたことがストレートに表現されている。強制収容所を、「政府に逆らった人や殴り合いの喧嘩をした人たちを矯正する」ための施設だと思っていたり、ユダヤ人の女友だちエヴァは「強制収容所にいる方が身は安全なのではないか」と考えたり、東方へ移送されたユダヤ人は、ドイツ人が移住して空になった農園などで働けると信じていたりした。

ポムゼルは、ヒトラーについて他愛のないジョークを言っただけで逮捕され、処刑された人がいたと述べている。しかし不法国家に仕えているという自覚はなかった。ひょっとして犯罪者の下で働いているのではないかという疑念も抱かなかった。

映画「ゲッベルスと私」には、ポムゼルの語りと語りの間にゲッベルスの意味深長な言葉とともに、当時の資料映像が数多く挟み込まれている。そこにはポムゼルの独白と真っ向から対立する世界が映し出される。それは、職務に忠実なポムゼルが見ようとも、知ろうともしなかったヒトラー時代の過酷な現実に他ならない。

「無思想性」を超えて

アーレントは、アイヒマンの「無思想性」を指摘している。自分の頭で考え、思索し、反省する営みを停止させたことが「アイヒマン」を生んだというのである。だが、それはむしろ「ガラスのドーム」の中にいたというポムゼルにこそあてはまるのではないだろうか。ポムゼルは多くを知らなかったし、多くを知りたいとも思わなかった。不用意に知って、良心の呵責（かしゃく）に苛（さいな）まれることを避けようとした。多少の矛盾やおかしなことがあっても、それらを突き詰めて厄介な事態に巻き込まれたくないという思い、一種の防衛機制が働いていたのだろう。そこに思考の停止状態が生じる契機があった。

ヒトラーの時代がまたどこかで、かつてとまったく同じように繰り返されることはないだろう。だが民主主義体制の下でも、主権者である国民が、ポムゼルのように世の中の動きに無頓着で、権力の動きに目を向けず、自分の仕事や出世、身の回りのことばかりに気をとられていれば、為政者は易々と恣意的な政治、自分本位の政治を行うだろう。それに批判的精神を失ったメディアが追随すれば、民主主義はチェックとバランスの機能を失い、果てしなく劣化していく。これは、他でもない現在の日本で起きていることである。

ところで、ポムゼルがヒトラーの時代の記憶をすべて語っているとは思えない。本書には、映画撮影後、亡くなる二か月前にポムゼルがスタッフに語った、ユダヤ人の恋人との別れについての記述がある。カメラを前にしては話せなかったのだろう。それは、ポムゼルというひとりのドイツ人女性の人生を理解するためにはどうしても知らなければならない、余りに切ないエピソードである。

66 Albrecht von Lucke: Trump und die Folgen: Demokratie am Scheideweg, *Blätter für deutsche und internationale Politik*; 12/2016, p. 5-9

67 Harald Schumann: Die Herrschaft der Superreichen. *Blätter für deutsche und internationale Politik*. 12/2016, p. 67-78

68 参照記事Elisabeth Raether: Was macht die Autoritären so stark? Unsere Arroganz, *Zeit Online*, 2016年8月18日, http://www.zeit.de/2016/33/demokratie-klassenduenkel-rassismus-populismus, 閲覧日2016年12月28日

69 Ipsos MORI: Research Highlights — 2016年12月, https:// www.ipsos-mori.com/researchpublications/publications/1900/Ipsos-MORI-Research-Highlights-December-2016.aspx, 閲覧日2016年12月28日

70 参照箇所Frank Decker/Florian Hartlieb: Das Scheitern der Schill-Partei als regionaler Machtfaktor: Typisch für Rechtspopulismus in Deutschland? 所収: Susanne Frölich-Steffen/Lars Rensmann (編): Populisten an der Macht. Populistische Regierungsparteien in West- und Osteuropa, Wien 2005, p. 117

71 参照記事(以下も同様) Heike Vowinkel: Die Angst am Ende eines Jahrhundertlebens, 2016, *Welt24 Online*, 2016年10月4日, http://hd.welt.de/politik-edition/article158494449/Die-Angst-einer-104-Jaehrigen-vor-der-Hetze.html, 閲覧日2016年12月28日

72 引用元Bastian Berbner und Amrai Coen: Trump muss sich erst mal informieren, *Zeit Online*, 2016年11月23日, http:// www.zeit.de/politik/ausland/2016-11/henry-kissinger-interview-donald-trump-demokratie-usa-angst/seite-3, 閲覧日2016年12月28日

zentralrat-der-juden-ist-empoert-ueber-rede-des-afd-politikers-a-1130520.html, 閲覧日2017年1月18日

56 参照記事AFP/dsa | EurActiv.de: Le Pen attackiert Flüchtlingspolitik von ≫Kaiserin≪ Merkel, *EurActiv Online*, 2015年9月17日, https://www.euractiv.de/section/eu-innenpolitik/news/le-pen-attackiert-fluchtlingspolitik-von-kaiserin-merkel, 閲覧日2016年12月28日

57 参照記事The Millennial Dialogue REPORT, 2015, https://www.millennialdialogue.com/media/1072/germany-italy-poland-report.pdf, 閲覧日2016年12月28日

58 Edzard Reuter: Die Generation Y hat sich nie für Politik interessiert, *Zeit Online*, 2016年3月2日, http://www.zeit.de/wirtschaft/2016-03/edzard-reuter-generation-y-ex-daimler-chef-kritik, 閲覧日2016年12月28日

59 参照記事AG Hochschulforschung, Universität Konstanz: Entwicklung des politischen Habitus der Studierenden, *Studierendensurvey*, News 40.3/06.12, https://www.soziologie.uni-konstanz.de/ag-hochschulforschung/publikationen/news/news-archiv/news-ausgaben-33-44-2010-2013/, Ausgabe Nr. 40 / Juni 2012/, 閲覧日2018年5月14日

60 参照文献Shell Deutschland Holding(編): Jugend 2015 (Konzeption & Koordination: K. Hurrelmann, Gudrun Quenzel, TNS Infratest Sozialforschung), Frankfurt a. M. 2015

61 参照記事Pew Research Center: Youth Engagement Falls; Registration Also Declines, *Pew Research Center Online*, 2012年9月28日, http://www.people-press.org/2012/09/28/youth-engagement-falls-registration-also-declines/, 閲覧日2016年12月28日

62 参照箇所Die Wiederkehr der Dreißiger Jahre?, *Blätter für deutsche und internationale Politik*; 11/2016, p. 31-32

63 引用元Roman Leick: Eine tief greifende Angst, dass das Überleben der Gesellschaft bedroht ist, *Spiegel Online*, 2016年9月7日, http://www.spiegel.de/spiegel/zygmunt-bauman-spiegel-gespraech-zu-fluechtlingen-globalisierung-terror-a-1111032.html, 閲覧日2016年12月28日

64 Gerry Stoker: Why Politics Matters. Making Democracy Work, Palgrave Macmillan 2006, p. 88 [邦訳:『政治をあきらめない理由——民主主義で世の中を変えるいくつかの方法』山口二郎訳, 岩波書店, 2013年]

65 参照記事Ralf Melzer: Wie Rechtspopulismus funktioniert, *Spiegel Online*, 2016年10月2日, http://www.spiegel.de/politik/deutschland/rechtspopulismus-die-kraft-des-einfachen-gastbeitragralf-melzer-a-1114191.html, 閲覧日2016年12月28日

Frankfurter Allgemeine Zeitung Online, 2016年11月11日, http://www.faz.net/aktuell/politik/inland/wie-facebook-populisten-wie-trump-afd-und-pegida-gross-macht-14518781. html, 閲覧日2016年12月28日

46 参照記事Hasnain Kazim: Ungefiltert FPÖ, *Spiegel Online*, 2016年11月30日, http://www.spiegel.de/kultur/gesellschaft/rechte-medien-in-oesterreich-ungefiltert-fpoe-a-1123653.html, 閲覧日2016年12月28日

47 参照記事Edelman: Trust Barometer — Global Results, 2016年1月17日, http://www.edelman.com/insights/intellectual-property/2016-edelman-trust-barometer/global-results, 閲覧日2016年12月28日

48 参照記事The Southern Poverty Law Center: Ten Days After: Harassment and Intimidation in the Aftermath of the Election, 2016年11月, https://www.splcenter.org/20161129/ten-days-after-harassment-and-intimidation-aftermath-election# antimuslim, 閲覧日2016年12月28日

49 参照記事Benedikt Peters: Gewalt gegen Ausländer geht nicht mehr weg, *Süddeutsche Zeitung Online*, 2016年9月30日, http:// www.sueddeutsche.de/politik/grossbritannien-gewalt-gegen-auslaender-geht-nicht-mehr-weg-1.3185999, 閲覧日2016年12月28日

50 参照記事Jörg Winterbauer: Flüchtlingsfrage eskaliert in Form von körperlicher Gewalt, *Welt24 Online*, 2015年12月4日, https:// www.welt.de/politik/ausland/article149607210/Fluechtlingsfrage-eskaliert-in-Form-von-koerperlicher-Gewalt.html, 閲覧日2016年12月28日

51 参照記事Giovanni di Lorenzo: Als München Nein sagte, *Welt24 Online*, 2012年12月2日, https://www.welt.de/print/wams/muenchen/article111757587/Als-Muenchen-Nein-sagte.html, 閲覧日2016年12月28日

52 参照記事Emily Schultheis: Donald Trump: U.S. must start thinking about racial profiling, *CBS News Online*, 2016年6月19日, http:// www.cbsnews.com/news/donald-trump-after-orlando-racial-profiling-not-the-worst-thing-to-do, 閲覧日2016年12月28日

53 トリーア近郊オスブルクにおけるビヨン・ヘッケの2016年10月11日の演説。参照記事http://www.fliesstexte.de/2016/10/11/thueringer-afd-chef-will-menschen-entsorgen-empoert-das-irgendwen, 2016年10月閲覧

54 Joseph Goebbels: Der Nationalcharakter als Grundlage der Nationalkultur, Rundfunkbeitrag, 1932年7月18日, https://archive.org/ details/19320718JosephGoebbelsRundfunkVortragDerNationalcharakterAlsGrundlageDerNationalkultur11m43s_201611, 閲覧日2016年12月28日

55 参照記事Linken-Politiker erstattet Strafanzeige gegen Höcke, *Spiegel-Online*, 2017年1月18日, http://www.spiegel.de/politik/deutschland/bjoern-hoecke-

されていた。レアター駅近くの地下ケーブル敷設工事現場で人骨が発見され、その後、彼の遺骨であることが確認されて、1945年5月2日に自殺していたことが明らかになったのは、1973年のことだった。

36 Paul Garbulski: Gib acht vor der Nazi-Sekretärin in dir, *VICE Magazin Online*, 2016年8月17日, http://www.vice.com/de/read/ sind-wir-nicht-alle-ein-bisschen-pomsel, 閲覧日2016年12月28日

37 参照記事Sven Felix Kellerhoff: Goebbels-Sekretärin will ≫nichts gewusst≪ haben; *Welt24 Online*; 2016年6月30日, https://www. welt.de/geschichte/zweiter-weltkrieg/article156710123/Goebbels-Sekretaerin-will-nichts-gewusst-haben.html, 閲覧日2016年12月28日

38 参照記事Amnesty International: Hunderttausende Kurden im Südosten der Türkei vertrieben, Amnesty International, 2016年12月6日; https://www. amnesty.de/2016/12/6/hunderttausende-kurden-im-suedosten-der-tuerkei-vertrieben, 閲覧日2016年12月28日

39 参照記事Sylke Gruhnwald / Alice Kohl: Die Toten vor Europas Toren, *Neue Züricher Zeitung Online*, 2014年4月2日, http://www. nzz.ch/die-toten-vor-europas-tueren-1.18272891, 閲覧日2016年12月28日

40 参照記事Jean-Marc Manach: Ces gens-là sont morts, ce ne sont plus des migrants, *Le Monde diplomatique Online*, 2014年3月31日, http://www.monde-diplomatique.fr/carnet/2014-03-31-morts- aux-frontieres, 閲覧日2016年12月28日

41 参照記事Lutz Haverkamp, Markus Grabitz: 10000 Tote seit 2014 im Mittelmeer, *Der Tagespiegel Online*, 2016年6月7日, http:// www.tagesspiegel.de/politik/europaeische-union-und-die-fluechtlinge-10-000-tote-seit-2014-im-mittelmeer/13701608. html, 閲覧日2016年12月28日

42 参照記事John Woodrow Cox: Let's party like it's 1933: Inside the altright world of Richard Spencer, *Washington Post Online*, 2016年11月22日, https://www.washingtonpost.com/local/lets-party-like-its-1933-inside-the-disturbing-alt-right-world-of-richard-spencer/2016/11/22/cf81dc74-aff7-11e6-840f-e3ebab6bcdd3_story.html, 閲覧日2016年12月28日

43 Richard Herzinger: Trump weiter zu unterschätzen ist selbstmörderisch, *Welt24 Online*, 2016年11月10日, https://www. welt.de/debatte/kommentare/article159392876/Trump-weiter-zu-unterschaetzen-ist-selbstmoerderisch.html, 閲覧日2016年12月28日

44 Albrecht von Lucke: Trump und die Folgen: Demokratie am Scheideweg; *Blätter für deutsche und internationale Politik*; 12/2016, p. 5-9

45 参照記事Timo Steppat: Wie Populisten durch Facebook groß werden,

ざまなポストに就いていた。1945年5月2日のベルリン攻防戦のあと、ベルリンに残っていた官吏の中でおそらく最も高位だったフリッチェは、ベルリンの無条件降伏声明にサインした。

28 ギュンター・シュヴェーガーマン(1915年ウルツェン生まれ)は、1941年からヨーゼフ・ゲッベルスの副官をつとめ, 最終的に親衛隊大尉となる。ベルリン陥落直前の1945年5月1日、彼はヨーゼフ・ゲッベルスとマグダ・ゲッベルスの遺体を焼いた。その後シュヴェーガーマンはベルリンから西ドイツに逃れたが、1945年6月25日にアメリカ軍の捕虜となり、1947年4月24日に解放された。

29 1945年4月にヴァルター・ヴェンク司令官のもとでベルリン攻防戦のために編成された部隊のこと。軍隊の中でももっとも年少の兵士たちが集められた部隊で、装備も充実しておらず、結局、ベルリン進撃はかなわなかった。

30 アドルフ・ヒトラーは、1889年4月20日にオーストリア゠ハンガリー帝国のブラウナウ・アム・インで生まれた。

31 ヘルベルト・コラッツ博士(1899年4月13日生まれ、1945年没)は、国民啓蒙宣伝相の上級参事官だった. ソビエト軍がベルリンに侵入したとき、彼は家族とともに銃で自殺した。

32 ヨハネス・「ハンネ」・ゾベック(1900年ミロー生まれ、1989年ベルリンで死去)は、ドイツのサッカー選手および監督。ヘルタBSCの選手として名を馳せ、このチームの一員として6回連続してドイツ・サッカー選手権の決勝に進出し、2回優勝した。現役時代の終わりごろからベルリン国営放送局のレポーターとしても働いていた(1938年～45年)。

33 ワシーリー・イヴァーノヴィチ・チュイコフ(1900年セレブリャヌイエ・プルドイ生まれ、1982年モスクワで死去)は、多くの勲章を授与されたソビエトの司令官および政治家。1942年9月に第62軍の司令官になり、スターリングラードの戦いからベルリン攻防戦(1945年4月・5月)まで、陸軍大将として指揮をとった。戦後は「ソビエト連邦英雄」の称号を授与され、1955年には「ソビエト連邦元帥」に任命された。

34 ハンナ・ライチュ(1912年シュレージエンのヒルシュベルク生まれ、1979年フランクフルト・アム・マインで死去)は第三帝国において国民によく知られた女性テストパイロットだった。1945年4月23日にヘルマン・ゲーリングがヒトラーによりすべての職を解かれたあと、ハンナ・ライチュは4月26日にゲーリングの後継者ロベルト・リッター・フォン・グライムとともに連合軍に包囲されたベルリンに飛んだ。

35 マルティン・ボアマン(1900年ハルバーシュタット生まれ、1945年ベルリンで死去)はナチズムの時代に党の要職を歴任した。最後は国務大臣の地位に相当するNSDAP(国民社会主義ドイツ労働者党)の官房長となり、ヒトラーの腹心の部下であった。1945年5月はじめに総統地下壕から出て行方不明になったとと一緒になるために妻との離婚を考えていた。しかしヒトラーの有無を言わさぬ命令により、関係は終わった。折しもズデーテン地方併合の時期で、そうしたスキャンダルがふさわしくなかったことと、ゲッベルス一家はナチ体制における理想的家族だと宣伝されていたためである。

18 第二次世界大戦中に、ベルリン・ズートエンデ地区は連合軍の空爆によりほぼ壊滅状態に陥った。特にイギリス軍爆撃機による1943年8月23日から24日にかけての夜間攻撃は決定的であった。

19 1943年初頭にスターリングラード攻防戦に破れ、その際にドイツ第6軍が殲滅されたことが、1941年6月からはじまった独ソ戦の心理的な転換点になったとされている。

20 コンスタンティン・フォン・シルマイスター(1901年アルザスのミュールハウゼン生まれ。1946年以降に没したとみられる)はジャーナリストで、1933年から1945年まで高級官僚として国民啓蒙宣伝省のヨーゼフ・ゲッベルスのもとで勤務した。

21 1943年2月18日にヨーゼフ・ゲッベルスはベルリンのスポーツ宮殿で演説を行い、「総力戦」を呼びかけた。約109分のこの演説は、ナチズムのプロパガンダの典型的な例として知られている。

22 1934年8月20日付けの官吏の宣誓に関する法律には、次のような宣誓が規定されている。「私は誓います。私はドイツ国およびドイツ民族の総統アドルフ・ヒトラーに忠実かつ従順であり、法を守り、私の職務上の義務を誠実に行うことを、神かけて誓います」。省の職員として、正確に文面通りこの宣誓を行うことを求められたかどうかについては、ブルンヒルデ・ポムゼルはよく覚えていない。

23 リヒャルト・オッテは参事官で、ヨーゼフ・ゲッベルスの専属速記者でもあった。特にヨーゼフ・ゲッベルスの詳細におよぶ日記の記録に携わった。

24 「ユダヤ人ジュース」は、1940年に製作されたファイト・ハーラン監督によるナチズムの反ユダヤ映画。

25 フェルディナント・マリアン(1902年ウィーン生まれ、1946年フライジング郊外で死去)は1930年代に人気を博したオーストリアの俳優。彼は反ユダヤ主義のプロパガンダ映画としてもっとも有名な「ユダヤ人ジュース」の主人公の役をいったん断ったが、ヨーゼフ・ゲッベルスに強要されて結局引き受けた。

26 ブルンヒルデ・ポムゼルがここで言及しているのは、映画「コルベルク」である。この映画は1943年から宣伝相ヨーゼフ・ゲッベルスの監督下で製作され、第二次世界大戦末期に、あくまで耐えて頑張り通すようにとドイツ人を鼓舞することをめざしていた。

27 アウグスト・フランツ・アントン・ハンス・フリッチェ(1900年ボーフム生まれ、1953年ケルンで死去)は、ドイツのジャーナリストで、国民啓蒙宣伝省でさま

9　1934年以降、ベルリン国営放送局の多くの職員が逮捕され、就業を禁じられた。ラジオ放送の草分けとして有名なユリウス・イェーニッシュ、アルフレート・ブラウン、ハンス・ブレドウ、ハンス・フレッシュ、ヘルマン・カザック、フリードリッヒ・クネプケ、クルト・マグヌス、フランツ・マリオー、ゲルハルト・ポールもこの中に含まれている。

10　ルートヴィッヒ・レッサー（1869年ベルリン生まれ、1957年スウェーデンのヴァレントゥナで死去）は、ベルリンの造園家。ナチ時代に就業を禁じられ、1939年にスウェーデンに亡命し、没後の2013年にドイツ造園協会の名誉会長に選ばれた。

11　ハインリッヒ・グラスマイヤー（1892年ドルステン生まれ。死亡年は1945年と推測される）は、ドイツの放送局総裁。1933年からケルン国営放送局の総裁をつとめる。1937年には、ヨーゼフ・ゲッベルスに全ドイツの放送局を統括する上部組織の総裁に任命され、1943年からはドイツの占領下にあったフランスにおける宣伝相の全権代表となった。

12　経済学者ヴェルナー・ナウマン（1909年シュレージエンのグーラウ生まれ、1982年リューデンシャイトで死去）は、国民啓蒙宣伝省の次官で、ヨーゼフ・ゲッベルスの補佐官だった。1953年、ナウマンは、元ナチのグループがノルトライン゠ヴェストファーレン州のFDP（自由民主党）に潜入しようとした陰謀に加わった。

13　クルト・フローヴァイン（1914年ヴッパータール生まれ）は、1940年にヨーゼフ・ゲッベルスの報道官になり、1943年6月にはナチ政権の映画部門の長に昇進し、宣伝省のメディア中央統制室において大きな影響力を発揮していた。

14　1941年10月から1945年3月末の間に、5万人のユダヤ人がベルリンから移送された。宣伝相が1945年5月に自決したとき、ナチ独裁がはじまった当時ベルリンに16万人いたユダヤ人は、8千人に減っていた。移送用の列車がベルリンからテレージエンシュタット方面に最後に出発したのは1945年3月27日で、その6週間後には第三帝国は終わりを迎えた。

15　エヴァ・レーヴェンタールは1943年11月8日にベルリンからアウシュヴィッツに移送され（輸送番号46番）、そこで1945年初めに殺害された。

16　ヴェルナー・パウル・ヴァルター・フィンク（1902年ゲルリッツ生まれ、1978年ミュンヘンで死去）は、ドイツのカバレット芸人、俳優、作家。1935年に逮捕され、1年間就業を禁じられた。再逮捕を逃れるために、彼は1939年に志願して兵役につき、のちに二級鉄十字章と1941年/1942年東部戦線冬季戦記章を授与された。

17　リダ・バーロヴァ（1914年プラハで生まれ、2000年にザルツブルクで死去。本名ルドミラ・バブコヴァ）は、チェコ出身の女優でヨーゼフ・ゲッベルスの愛人だった。二人の関係は早い時期に人々の知るところとなり、ゲッベルスは彼女

原注

1　第一次世界大戦中のドイツ帝国では、寄付をして専用の（多くの場合、木製の）土台に釘を一本打ち込むという活動があって、「戦争釘」と呼ばれていた。集まったお金は戦争犠牲者と遺族のために使われた。ベルリンのティーアガルテンにあった1915年製作の「鉄のヒンデンブルク」は、もっとも大きな釘打ち像だった。

2　リツェーウムは今日のギムナジウムに当たる高等学校。リツェーウムはすべて女子校だった。

3　ハインリッヒ・ゲオルゲ（1893年シュテッティン生まれ、1946年9月25日オラニエンブルクの旧ザクセンハウゼン強制収容所［ソ連の第7特別収容所］で死去）は、ワイマール共和国の時代からドイツの人気俳優として活躍していた。［左翼俳優とみられていた彼は］ナチズムの時代になって干されていたが，やがてナチ政権と折り合いをつけてさまざまなプロパガンダ映画に出演するようになった。「ヒットラー青年（Hitlerjunge Quex）」（1933年）、「コルベルク（Kolberg）」（1945年）、反ユダヤ主義のプロパガンダ映画「ユダヤ人ジュース（Jud Süß）」（1940年）などがある。

4　アッティラ・ヘルビガー（1896年オーストリア゠ハンガリー帝国ブダペスト生まれ、1987年オーストリアのウィーンで死去）は、オーストリアの俳優。1935年から1937年までと、1947年から1951年までの期間にザルツブルク音楽祭で「イェーダーマン（Jedermann）」の主役を演じた。妻のパウラ・ヴェッセリィと反ユダヤ主義のプロパガンダ映画「帰郷（Heimkehr）」にも出演している。

5　「時事ニュース」で報じたのは、主としてドイツとヨーロッパならびに前線における出来事だった。

6　エドゥアルト・ローデリッヒ・ディーツェはスコットランド系ドイツ人の卓球選手で、1932年からラジオの記者になった。1936年のオリンピックでは英語放送のチーフアナウンサーをつとめる。第二次世界大戦後はテレビ放送の発展に大きく貢献し、のちに南西ドイツ放送（SWF）の主任記者となる。

7　ロルフ・ヴァルデマール・ヴェルニッケはドイツのスポーツ記者。1936年のベルリンオリンピックの開会式と陸上競技大会の報道を担当。さらにナチ党党大会のような政権の主要行事の報道も行い、戦時中は前線からの中継も担当した。

8　カール・ヨハネス・ホルツアーマーはドイツの哲学者・教育学者で、のちにZDF（第2ドイツテレビ）の会長になった。第二次世界大戦の開戦後、ホルツアーマーは召集されて空軍の機上射手となったが、その後ラジオの従軍記者に任ぜられた。

マ

ヤ

ラ

ワ

タ

ナ

ハ

索引

英数字

ア

カ

サ

著者　ブルンヒルデ・ポムゼル　Brunhilde Pomsel

1911年生まれ。1933年にナチ党員になり、ベルリン国営放送局で秘書として働く。1942年に国民啓蒙宣伝省に移り、ヨーゼフ・ゲッベルスの秘書の一人として終戦までの3年間勤務。総統地下壕の隣にある宣伝省の防空壕で終戦を迎えてソ連軍に捕えられ、その後5年間、複数の特別収容所(旧ブーヘンヴァルト強制収容所など)に抑留。解放後はドイツ公共放送連盟ARDで60歳まで勤務。2017年1月27日、国際ホロコースト記念日に106歳で死去。

トーレ・D. ハンゼン　Thore D. Hansen

政治学者、社会学者。経済ジャーナリストおよびコミュニケーション・コンサルタントとしても活動し、成功をおさめている。国際政治および諜報機関の専門家でもある。著書に、*Quantum Dawn*、*China Dawn*(いずれも未邦訳)などがある。

監修者　石田勇治　いしだ・ゆうじ

東京大学大学院総合文化研究科教授。専門はドイツ近現代史。マールブルク大学Ph.D.取得。ベルリン工科大学客員研究員、ハレ大学客員教授を歴任。主な著書に、『過去の克服——ヒトラー後のドイツ』『20世紀ドイツ史』(以上、白水社)、『ヒトラーとナチ・ドイツ』(講談社現代新書)、『ナチスの「手口」と緊急事態条項』(共著、集英社新書)などがある。

訳者　森内 薫　もりうち・かおる　*「まえがき」とポムゼルの伝記部分を担当

英語・ドイツ語翻訳家。上智大学外国語学部フランス語学科卒。主な訳書に、ヴェルメシュ『帰ってきたヒトラー』、ムーティエ『ドイツ国防軍兵士たちの100通の手紙』(以上、河出書房新社)、ブラウン『ヒトラーのオリンピックに挑め』(早川書房)、ボーンスタイン『4歳の僕はこうしてアウシュヴィッツから生還した』(NHK出版)などがある。

赤坂桃子　あかさか・ももこ　*ハンゼンによる解説、謝辞、原注を担当

ドイツ語・英語翻訳家。上智大学文学部ドイツ文学科および慶應大学文学部卒。主な訳書に、クリングバーグ・ジュニア『人生があなたを待っている——〈夜と霧〉を越えて』(みすず書房)、フランクル『精神療法における意味の問題——ロゴセラピー 魂の癒し』(北大路書房)、ラッポルト『ピーター・ティール —— 世界を手にした「反逆の起業家」の野望』(飛鳥新社)などがある。

ゲッベルスと私
ナチ宣伝相秘書の独白

2018年6月26日　第1刷発行
2018年7月24日　第3刷発行

著者
ブルンヒルデ・ポムゼル　トーレ・D. ハンゼン

監修者
石田勇治

訳者
森内薫　赤坂桃子

発行所
株式会社紀伊國屋書店
東京都新宿区新宿3-17-7
電話 出版部(編集)03-6910-0508 ホールセール部(営業)03-6910-0519
〒153-8504 東京都目黒区下目黒3-7-10

本文組版
明昌堂

印刷・製本
シナノ パブリッシング プレス

ISBN978-4-314-01160-0 C0022 Printed in Japan
定価は外装に表示してあります